EXÍLIO

CHRISTINA BAKER KLINE

EXÍLIO

Tradução
Isabella Pacheco

Rio de Janeiro, 2023

Copyright © 2020 por Christina Baker Kline.
Copyright da tradução © 2022 por Casa dos Livros Editora LTDA. Todos os direitos reservados.
Título original: *The Exiles*

Todos os direitos desta publicação são reservados à Casa dos Livros Editora LTDA.

Nenhuma parte desta obra pode ser apropriada e estocada em sistema de banco de dados ou processo similar, em qualquer forma ou meio, seja eletrônico, de fotocópia, gravação etc., sem a permissão do detentor do copyright.

Diretora editorial: *Raquel Cozer*
Gerente editorial: *Alice Mello*
Editora: *Lara Berruezo*
Editoras assistentes: *Anna Clara Gonçalves e Camila Carneiro*
Assistência editorial: *Yasmin Montebello*
Copidesque: *Julia Vianna*
Revisão: *Suelen Lopes, Cindy Leopoldo e Anna Beatriz Seilhe*
Adaptação de capa: *Guilherme Peres*
Design de capa: *Mumtaz Mustafa*
Imagens de capa: *© Joel Douillet/Alamy Stock Photo (boat); © Jeanrenaud Photography/ Shutterstock (water): © Horacio Selva/Shutterstock*
Diagramação: *Abreu's System*

Dados Internacionais de Catalogação na Publicação (CIP)
(Câmara Brasileira do Livro, SP, Brasil)

Kline, Christina Baker
    Exílio / Christina Baker Kline ; tradução Isabella Pacheco. –
1. ed. – Rio de Janeiro : HarperCollins Brasil, 2023.

    Título original: The Exiles
    ISBN 978-65-5511-533-8

    1. Ficção norte-americana I. Título.

23-147744   CDD-813

Índices para catálogo sistemático:
1. Ficção : Literatura norte-americana   813
Aline Graziele Benitez – Bibliotecária – CRB-1/3129

Os pontos de vista desta obra são de responsabilidade de seu autor, não refletindo necessariamente a posição da HarperCollins Brasil, da HarperCollins Publishers ou de sua equipe editorial.

HarperCollins Brasil é uma marca licenciada à Casa dos Livros Editora LTDA.
Todos os direitos reservados à Casa dos Livros Editora LTDA.
Rua da Quitanda, 86, sala 218 – Centro
Rio de Janeiro, RJ – CEP 20091-005
Tel.: (21) 3175-1030
www.harpercollins.com.br

Para Hayden, Will e Eli —
todos os viajantes aventureiros

Não deixe ninguém dizer que o passado está morto.
O passado está ao nosso redor e dentro de nós.

— Oodgeroo Noonuccal, poeta aborígene

PRÓLOGO

Ilha de Flinders, Austrália, 1840

Quando a chuva chegou, Mathinna já estava escondida no arbusto fazia quase dois dias. Ela tinha oito anos e a coisa mais importante que havia aprendido era desaparecer. Desde que tinha idade suficiente para andar, a menina explorava cada canto e cada fenda de Wybalenna, o local remoto da ilha de Flinders onde seu povo fora exilado desde antes de ela nascer. Mathinna já havia percorrido as rochas de granito que se estendiam pelo cume das montanhas, cavado túneis nas dunas da praia que pareciam de açúcar, brincado de esconde-esconde pelas matas e campos. Ela conhecia todos os animais: o cusu-de-orelhas-grandes, o *wallaby*, o canguru, os marsupiais que viviam na floresta e só saíam à noite, as focas que ficavam estiradas nas pedras e rolavam nas ondas para se refrescar.

Três dias antes, o governador John Franklin e sua mulher, lady Jane, haviam chegado em Wybalenna de barco, a mais de quatrocentos quilômetros da residência deles na ilha de Lutruwita — ou Terra de Van Diemen, como os brancos a chamavam. Mathinna ficou com as outras crianças no topo da montanha enquanto o governador e sua mulher eram encaminhados à praia, acompanhados de meia dúzia de criados. Lady Franklin teve dificuldade para andar com seu sapato de salto de cetim, que ficava escorregando nas pedras. Ela se agarrou ao braço do marido enquanto se desequilibrava, com uma expressão azeda no rosto, como se tivesse comido uma pétala de alcachofra. As rugas em seu pescoço lembravam Mathinna a pele rosa de um filhote de passarinho.

Na noite anterior, os idosos do povo palawa se sentaram ao redor da fogueira para conversar sobre a visita anunciada. Os missionários cristãos estavam se preparando havia dias. As crianças tinham sido instruídas a aprender uma dança. Mathinna se sentou na escuridão, na beira da roda, como costumava fazer, ouvindo os idosos falarem enquanto arrancavam penas das pardelas-de-cauda-curta e assavam mexilhões na brasa reluzente. Todos concordavam que os Franklin eram pessoas impulsivas e tolas; havia histórias sobre o jeito estranho e excêntrico deles. Lady Franklin tinha pavor de cobras. Uma vez, ela formulara um plano para pagar um xelim para cada cobra morta que fosse entregue a eles, o que naturalmente gerou um mercado robusto de criadores e custou a ela e a sir John uma pequena fortuna. Quando os dois visitaram a ilha de Flinders no ano anterior, o objetivo fora coletar crânios de aborígenes para a coleção pessoal deles — crânios obtidos pela decapitação e fervura das cabeças para remoção da pele.

O homem inglês com cara de cavalo a cargo do assentamento na ilha de Flinders, George Robinson, morava com sua mulher em uma casa de tijolo em um semicírculo de oito casas, todas de tijolo, cada uma contendo quartos para seus trabalhadores, um hospital e um ambulatório. Na parte de trás havia vinte cabanas para os palawa. Na noite em que os Franklin chegaram, eles dormiram na casa dos Robinson. Na manhã seguinte, bem cedinho, eles inspecionaram o assentamento enquanto os criados distribuíam miçangas, bolas de gude e lenços. Depois do almoço, os nativos foram convocados. Os Franklin se sentaram em duas cadeiras de mogno na clareira de areia na parte da frente das casas de tijolo, e, durante a hora seguinte, os poucos homens palawa foram obrigados a representar uma luta de mentira e fazer uma competição de lançamento de flecha. Depois, as crianças foram exibidas, como em uma exposição.

Enquanto Mathinna dançava em ciranda com as outras crianças na areia branca, lady Franklin olhou fixo para ela com um sorriso curioso.

Como filha do chefe da aldeia Lowreenee, Mathinna já estava acostumada com a atenção especial que recebia. Muitos anos antes, seu pai, Towterer — como tantos dos palawa deportados para a ilha de Flinders — morreu de tuberculose. Mathinna sentia orgulho de ser filha do líder, mas a verdade é que ela não o conhecera muito bem. Quando tinha três anos de idade, foi enviada da cabana dos pais para morar em uma casa de tijolos com sua professora branca, que a obrigava a usar chapéus e vestidos de botão e a ensinara a ler e escrever em inglês e a segurar facas e colheres de maneira adequada. Ainda assim, ela passava o máximo de horas que conseguia com a mãe, Wanganip, e com os outros membros da aldeia, que, em sua maioria, não falavam inglês nem aderiram aos costumes britânicos.

Passara somente alguns meses desde que a mãe de Mathinna havia morrido. Wanganip sempre detestara a ilha de Flinders. Ela costumava subir a montanha de mata fechada próxima ao assentamento e olhar sobre o oceano turquesa na direção de sua terra natal, a cem quilômetros de distância. Esse lugar terrível, dizia ela para Mathinna — essa ilha árida onde os ventos são tão fortes que arrancam os vegetais da terra e transformam pequenas fogueiras em labaredas ferozes, onde as árvores trocam de casca como cobras trocam de pele —, não era nada como a ilha de seus ancestrais. Era uma maldição em sua alma. Na alma de todo o povo. A população estava doente; a maioria dos bebês nascidos naquela ilha morria antes do primeiro aniversário. Os palawa receberam a promessa de uma terra de paz e fartura; se fizessem o que fosse pedido, diziam os britânicos, eles poderiam manter seu estilo de vida.

— Mas tudo isso era mentira. Assim como tantas mentiras em que nós, tolos, acreditamos — falou Wanganip, ressentida. — Mas que outra opção nós tínhamos? Os britânicos já tinham tomado tudo.

Olhando no rosto de sua mãe, Mathinna viu raiva em seus olhos. Mas a menina não odiava a ilha. Era o único lar que conhecia.

— Venha aqui, pequena — disse a mulher do governador quando a dança terminou, gesticulando com um dedo. Quando Mathinna lhe obedeceu, lady Franklin olhou para ela bem de perto antes de se virar para o marido. — Olhos tão expressivos! E um rosto doce, você não acha? Atipicamente doce para uma nativa.

Sir John deu de ombros.

— É difícil distingui-los uns dos outros, sinceramente.

— Fico pensando se é possível educá-la.

— Ela mora com a professora da escola, que está lhe ensinando inglês — afirmou Robinson, dando um passo para a frente. — Ela já sabe falar um pouco.

— Interessante. Onde estão os pais dela?

— A menina é órfã.

— Entendo. — Lady Franklin se virou para Mathinna. — Fale alguma coisa.

Mathinna fez uma reverência. A grosseria arrogante dos britânicos não mais a surpreendia.

— O que devo dizer, madame?

Lady Franklin arregalou os olhos.

— Meu Deus! Estou impressionada, sr. Robinson. Você está transformando selvagens em cidadãos respeitáveis.

— Ouvi dizer que em Londres estão vestindo orangotangos como cavalheiros e damas e ensinando-os a ler — brincou sir John.

Mathinna não sabia o que era um orangotango, mas tinha ouvido conversas sobre selvagens no assentamento dos idosos — baleeiros e pescadores de focas que viviam como animais e desdenhavam das regras e bons costumes. Lady Franklin devia estar enganada.

Robinson deu uma risada.

— Isso é um pouco diferente. Afinal de contas, os aborígenes são humanos. Nossa teoria é que, ao mudarmos o ambiente externo, podemos mudar também a personalidade. Estamos ensinando-os a comer nossa comida e falar nossa língua. Nós alimentamos suas almas com o cristianismo. Eles se renderam às roupas, como podem ver. Cortamos os cabelos dos homens e impusemos pudor às mulheres. Demos a eles nomes cristãos para ajudar no processo.

— A taxa de mortalidade é bastante alta, pelo que entendi — falou sir John. — Condições de saúde delicadas.

— Uma infelicidade inevitável — completou Robinson. — Nós os trouxemos da floresta, onde não conheciam nem Deus nem sequer quem criou as árvores. — Ele suspirou. — Fato é que todos nós iremos morrer, e devemos primeiro rezar para Deus salvar nossas almas.

— Está certo. Você está prestando um ótimo serviço a eles.

— Como é o nome dessa? — perguntou lady Franklin, voltando sua atenção novamente para Mathinna.

— Mary.

— E como era originalmente?

— Originalmente? Seu nome aborígene era Mathinna. Ela foi batizada como Leda pelos missionários. Nós escolhemos algo um pouco menos… extravagante — respondeu Robinson.

Mathinna não se lembrava de ser chamada de Leda, mas sua mãe detestava o nome Mary, portanto, os palawa se recusavam a usá-lo. Somente os britânicos a chamavam de Mary.

— Ah, eu a achei charmosa — afirmou lady Franklin. — Gostaria de ficar com ela.

Ficar com ela? Mathinna olhou para Robinson, tentando encontrar seu olhar, mas ele não olhou para ela de volta.

Sir John pareceu se divertir.

— Você quer levá-la para casa conosco? Depois do que aconteceu com o último?

— Com essa será diferente. Timeo era... — Lady Franklin sacudiu a cabeça. — A menina é órfã, você disse? — indagou ela, virando-se para Robinson.

— Sim. Seu pai era um líder da aldeia. Sua mãe se casou outra vez, mas morreu recentemente.

— Isso a torna uma princesa?

Ele deu um pequeno sorriso.

— Algo do tipo, talvez.

— Ah. O que acha, sir John?

Sir John sorriu, com ar generoso.

— Se você deseja se entreter de tal forma, minha querida, acredito que não haja mal algum.

— Acho que será divertido.

— Se não for, você sempre pode enviá-la de volta.

Mathinna não queria ir embora da ilha com esses tolos. Não queria se despedir de seu padrasto e dos outros idosos. Não queria ir para um lugar novo e estranho, onde ninguém a conhecia nem ligava para ela. Apertando a mão de Robinson, ela sussurrou:

— Por favor, senhor. Eu não...

Ele soltou a mão dela e se virou para os Franklin.

— Nós tomaremos as providências necessárias.

— Muito bem. — Lady Franklin ergueu a cabeça, avaliando-a. — *Mathinna.* Prefiro chamá-la assim. Será uma surpresa ainda maior se ela conseguir adquirir os modos de uma dama.

Mais tarde, quando a comitiva do governador estava distraída, Mathinna fugiu por trás das casas de tijolo onde todos estavam reunidos, ainda usando sua capa para cerimônias feita de pele de marsupial que seu pai havia lhe dado antes de morrer e um colar de pequenas conchas verdes feito por sua mãe. Abrindo caminho pela mata de capim-branco como seda encostando em suas pernas, ela ouviu os cachorros latirem e os pássaros *currawong*, pretos e robustos, que gorjeavam e batiam suas asas quando a chuva se aproximava. Ela respirou o aroma familiar de eucaliptos. Enquanto se escondia no arbusto na beira do desfiladeiro, olhou para cima e viu um bando de pardelas-de-cauda-curta irromper em direção ao céu.

EVANGELINE

"Nunca soube do caso de nenhuma mulher condenada que eu considerasse ter um caráter honesto. Seu vício descarado e desavergonhado deve ser exposto. Sua audácia feroz e indomável não seria levada a sério. Elas são a peste e a gangrena da sociedade colonial — uma reprovação da natureza humana —, e mais insignificantes que os bichos, uma desgraça à toda existência animal."

— James Mudie, *The Felonry of New South Wales: Being a Faithful Picture of the Real Romance of Life in Botany Bay*, 1837
[Os criminosos de New South Wales: uma descrição fiel do romance da vida real em Botany Bay, 1837]

ST. JOHN'S WOOD

Londres, 1840

Das profundezas de um sonho agitado, Evangeline ouviu uma batida na porta. Ela abriu os olhos. Silêncio. E então mais insistente: *pá, pá, pá*.

Um fio de luz vindo da pequena janela alta em cima de sua cama cruzou o chão. Ela sentiu uma onda de pânico: deve ter dormido enquanto o sino da manhã tocava.

Ela nunca dormia durante o toque do sino.

Ao se sentar na cama, se sentiu tonta. Recostou de volta no travesseiro.

— Só um minuto.

Sua boca se encheu de saliva e ela engoliu.

— As crianças estão esperando! — anunciou a criada da copa, indignada.

— Que horas são, Agnes?

— Nove e meia!

Sentando-se novamente, Evangeline afastou a coberta. Bile subiu pela sua garganta e dessa vez ela não conseguiu segurar; inclinou-se e vomitou no chão de madeira.

A maçaneta girou e a porta se abriu. Ela olhou para cima, desamparada, enquanto Agnes franzia o nariz e a testa na direção da poça viscosa e amarela a seus pés.

— Me dê um minuto. Por favor.

Evangeline limpou a boca na manga da blusa.

Agnes não se mexeu.

— Você comeu algo estranho?

— Acho que não.

— Está febril?

Evangeline pressionou a mão na testa. Fresca e úmida. Ela sacudiu a cabeça.

— Já vinha se sentindo mal?

— Não até hoje de manhã.

— Hum.

Agnes pressionou os lábios.

— Eu estou bem, só vou...

Evangeline sentiu seu estômago contorcer. Ela engoliu com força.

— Claramente você não está bem. Vou informar à sra. Whitstone que não haverá aula hoje. — Fazendo um sinal de cortesia com a cabeça, Agnes se virou para sair, mas fez uma pausa, apertando os olhos na direção da cômoda.

Evangeline seguiu seu olhar. Em cima, ao lado de um espelho oval, um anel de rubi brilhava com a luz do sol, refletindo uma luz vermelho--sangue no lenço branco embaixo.

Seu coração apertou. Ela estava admirando o anel sob a luz de velas na noite anterior e, de maneira estúpida, havia esquecido de guardá-lo.

— Onde você conseguiu isso? — perguntou Agnes.

— Foi... um presente.

— De quem?

— De um familiar.

— *Seu* familiar?

Agnes sabia muito bem que Evangeline não tinha família alguma. Ela só tinha se candidatado ao posto de governanta porque não tinha ninguém a quem recorrer.

— Foi... uma herança.

— Eu nunca a vi usando.

Evangeline colocou os pés no chão.

— Pelo amor de Deus. Não tenho muitas ocasiões para usá-lo, tenho? — indagou ela, tentando soar grosseira. — Agora, quer me deixar em paz? Estou perfeitamente bem. Vou encontrar as crianças na biblioteca em quinze minutos.

Agnes a encarou com um olhar firme. E depois deixou o quarto, fechando a porta ao sair.

Mais tarde, Evangeline reviveria esse momento em sua mente inú-meras vezes — o que ela poderia ter feito ou dito para desviar a suspeita de Agnes? Não importava. Agnes nunca gostara dela. Somente alguns anos mais velha que Evangeline, a mulher trabalhava para os Whitstone havia quase uma década e descarregava seu conhecimento institucional em Evangeline com arrogância e condescendência. Estava sempre repreendendo-a por não saber as regras ou não entender de imediato como as coisas funcionavam. Quando Evangeline confidenciou ao mordomo assistente, seu único aliado entre os serviçais da casa, que não entendia o desprezo palpável de Agnes, ele sacudiu a cabeça.

— Por favor. Não seja ingênua. Até você chegar, ela era a única jovem solteira por aqui. Agora é você que concentra a atenção de todos, inclusive do próprio jovem senhor. Ele costumava flertar com a Agnes, ou ela acreditava nisso. E, além de tudo, seu trabalho é tranquilo.

— Não é nada!

— Mas não é como o dela, certo? Esfregar lençóis com soda cáustica e esvaziar penicos do amanhecer ao anoitecer. Você é paga para usar seu cérebro, não suas costas. Não é surpresa que ela esteja mal-humorada.

Evangeline se levantou da cama e, passando com cuidado ao redor da poça, foi até a cômoda. Pegou o anel de rubi, segurou-o na frente da janela e reparou com temor em como ele refletia a luz. Ela olhou ao redor do quarto. Onde poderia escondê-lo? Debaixo do colchão? Dentro da fronha do travesseiro? Abriu a última gaveta da cômoda e colocou o anel dentro do bolso de um vestido velho, debaixo de outros mais novos.

Pelo menos Agnes não tinha reparado no lenço branco debaixo do anel, com as iniciais de Cecil escritas em letra cursiva — *C. F. W.*, de Cecil Frederic Whitstone — e o brasão distinto da família bordado no canto. Evangeline escondeu o lenço no cós de suas roupas de baixo e foi limpar a sujeira que tinha feito.

A sra. Whitstone se materializou na biblioteca enquanto as crianças intercalavam a leitura de uma cartilha em voz alta. Elas ergueram os olhos, surpresas. Não era comum a mãe aparecer sem ser anunciada durante as aulas.

— Srta. Stokes — disse ela em um tom agudo atípico —, por favor, conclua a lição o mais rápido que puder e encontre-me na sala de estar. Ned, Beatrice, a sra. Grimsby preparou um pudim especial. Assim que terminarem, podem se encaminhar para a cozinha.

As crianças trocaram olhares curiosos.

— Mas a srta. Stokes sempre nos leva lá embaixo para tomar chá — resmungou Ned.

Sua mãe sorriu levemente para ele.

— Tenho certeza de que você sabe achar o caminho sozinho.

— Nós estamos de castigo? — perguntou Ned.

— Pode ter certeza que não.

— E a srta. Stokes? — indagou Beatrice.

— Mas que pergunta ridícula.

Evangeline sentiu uma pontada de medo.

— A sra. Grimsby fez pão de ló?

— Vocês vão descobrir logo, logo.

A sra. Whitstone deixou a biblioteca. Evangeline respirou fundo.

— Vamos terminar essa seção, que tal? — sugeriu ela, mas seu coração não estava ali, e as crianças já estavam distraídas, pensando no bolo. Quando Ned chegou ao final do seu trecho, recitado de forma cantarolada, de um parágrafo sobre barcos, ela sorriu e falou: — Muito bem, crianças, está bom por hoje. Vocês podem ir para o chá.

Lá estava ele: o anel de rubi, reluzindo no brilho dos lampiões a óleo de baleia da assombrada sala de estar. A sra. Whitstone segurava-o em sua frente, como um achado de uma caça ao tesouro.

— Onde você arrumou isso?

Evangeline girou a ponta de seu avental, um hábito antigo da infância.

— Eu não o roubei, se essa é sua dedução.

— Não estou deduzindo nada. Estou somente fazendo uma pergunta.

Evangeline ouviu um barulho atrás de si e virou, assustada com a visão de um oficial da polícia de pé, em meio às sombras atrás de uma cadeira. Seu bigode descia pela lateral da boca. Ele vestia um sobretudo preto cintado com um cassetete preso no coldre; em suas mãos havia um caderninho e um lápis.

— Senhor — disse ela, fazendo reverência. Seu coração batia tão alto que ela temeu que ele pudesse ouvir.

O homem baixou a cabeça e anotou algo em seu bloco.

— Este anel foi encontrado em sua posse — afirmou a sra. Whitstone.

— A senhora... entrou no meu quarto?

— Você é uma das funcionárias desta casa. O quarto não é seu.

Evangeline não tinha uma resposta para isso.

— Agnes o viu em cima da cômoda quando foi conferir como você estava se sentindo. Como bem sabe. E então você o escondeu. — Segurando o anel no alto novamente, a sra. Whitstone olhou para o policial. — Este anel pertence ao meu marido.

— Não é verdade. Ele pertence a Cecil — retrucou Evangeline.

O policial alternou o olhar entre as duas.

— Cecil?

A sra. Whitstone lançou um olhar ríspido para Evangeline.

— O jovem sr. Whitstone. Meu enteado.

— A senhora concorda que este anel é do seu enteado?

O bigode do policial se mexia sob o nariz bulboso quando ele falava. Com um sorriso falso, a sra. Whitstone respondeu:

— Pertencia à mãe do meu marido. Há um dilema, talvez, se o anel agora pertence ao meu marido ou ao seu filho. Mas certamente não pertence à srta. Stokes.

— Ele deu o anel para mim — insistiu Evangeline.

Poucos dias antes, Cecil havia tirado uma caixa de veludo azul do bolso e colocado sobre o joelho dela.

"Abra."

Ela olhara para ele, surpresa. Uma caixa de joia. Será? Impossível, é claro, e ainda assim… Ela se permitiu sentir uma pontada de esperança. Ele não vivia dizendo que ela era mais bonita, mais charmosa e mais inteligente do que qualquer outra mulher que conhecia? Ele não vivia dizendo que não dava a mínima para o que sua família esperava dele ou para os julgamentos morais tolos da sociedade?

Ao abrir a caixa, Evangeline ficara sem ar: era um anel de ouro decorado com entalhes, que se abria em quatro pétalas delicadas em curva com uma pedra vermelha no meio.

"O rubi da minha avó", dissera ele. "Ela deixou para mim quando morreu."

"Ah, Cecil. É maravilhoso. Mas você…"

"Ah, não, não! Não vamos atropelar as coisas", sugerira ele, com um sorriso. "Agora, só vê-lo no seu dedo já será suficiente."

Quando ele retirara o anel da caixa aveludada e o colocara no dedo dela, o gesto foi emocionante e íntimo, e ao mesmo tempo estranhamente constrangedor. Ela nunca tinha usado um anel desse tipo antes; seu pai, um vicário, não acreditava em adornos. Gentilmente, Cecil abaixara a cabeça até sua mão e beijara o anel. Depois fechara a caixa de veludo e a colocara de volta no bolso do casaco, de onde tirara um lenço branco.

"Coloque o anel embrulhado aqui e esconda até que eu volte de férias. Será o nosso segredo."

Agora, na sala de estar com o policial, a sra. Whitstone resmungava:

— Isso é ridículo. Por que Cecil daria para você... — Sua voz falhou. Ela olhava fixamente para Evangeline.

Evangeline percebeu que já tinha falado demais. *Será o nosso segredo.* Mas Cecil não estava ali. Ela se sentia desesperada, encurralada.

E agora, para se defender, tinha revelado o segredo.

— Onde está esse jovem sr. Whitstone? — perguntou o policial.

— Fora do país — respondeu a sra. Whitstone, ao mesmo tempo que Evangeline falou:

— Veneza.

— Podemos tentar entrar em contato com ele — falou o policial. — A senhora tem um endereço?

A sra. Whitstone balançou a cabeça em negação.

— Isso não será necessário. — Cruzando os braços, ela acrescentou: — É óbvio que a jovem está mentindo.

O policial ergueu a sobrancelha.

— Existe algum histórico de mentiras?

— Eu não faço a menor ideia. A srta. Stokes está conosco somente há alguns meses.

— Cinco — adicionou Evangeline. Recuperando suas forças, ela se virou para o policial. — Eu fiz o meu melhor para educar os filhos da sra. Whitstone e ajudar a moldar o caráter deles. Jamais fui acusada de nada.

A sra. Whitstone deu uma risada seca.

— É ela que está dizendo.

— É fácil descobrir — afirmou o policial.

— Eu não roubei o anel — repetiu Evangeline. — Eu juro.

O policial bateu com o lápis em seu bloco.

— Anotado.

A sra. Whitstone observou Evangeline com um olhar frio e desconfiado.

— A verdade é que eu já tenho minhas suspeitas dessa menina há algum tempo. Ela entra e sai em horas estranhas do dia e da noite. É cheia de segredos. As empregadas a acham distante. E agora sabemos por quê. Ela roubou uma herança da família e achou que ia se safar.

— A senhora estaria disposta a testemunhar?

— Certamente.

O estômago de Evangeline se revirou.

— Por favor — implorou ela para o policial —, nós não podemos esperar a volta de Cecil?

A sra. Whitstone se virou para ela com um olhar fulminante.

— Eu não vou tolerar essa familiaridade inapropriada. Ele é sr. Whitstone para você.

O policial mexeu no bigode.

— Acho que já tenho o que preciso, srta. Stokes. Você pode ir. Tenho mais algumas perguntas para fazer à madame.

Evangeline alternou o olhar entre os dois. A sra. Whitstone ergueu o queixo.

— Espere no seu quarto. Eu vou enviar alguém até lá em um instante.

Se havia alguma dúvida na cabeça de Evangeline sobre a gravidade de sua situação, a resposta ficou bem clara logo em seguida.

Enquanto descia a escada da ala dos serventes, ela encontrou vários membros da criadagem, e todos a cumprimentaram de um jeito sóbrio ou simplesmente viraram para o outro lado. O mordomo assistente deu um sorriso amarelo para ela. Ao passar pelo quarto que Agnes dividia com outra empregada, no andar entre dois lances de escada, a porta se abriu e Agnes saiu do cômodo. Ela ficou pálida ao ver Evangeline e tentou passar por ela com a cabeça baixa, mas Evangeline segurou seu braço.

— O que você está fazendo? — sussurrou Agnes. — Me solte.

Evangeline olhou para os dois lados do corredor e, como não viu ninguém, empurrou Agnes de volta para dentro do quarto e fechou a porta.

— Você pegou aquele anel do meu quarto. Você não tinha esse direito.

— Não tinha o direito de devolver uma propriedade roubada? Pelo contrário, era meu dever.

— Não foi roubada. — Ela girava o braço de Agnes, fazendo a empregada se encolher. — Você sabe disso, Agnes.

— Eu não sei de nada, a não ser o que vi.

— Era um presente.

— Uma herança, você disse. Uma mentira.

— Era um *presente*.

Agnes conseguiu se desvencilhar.

— Era um *presente* — imitou ela. — Sua idiota. Essa é só a metade do problema. Você está *grávida*. — Ela riu da expressão atordoada de Evangeline. — Ficou surpresa? Inocente demais para saber, mas não para cometer o ato.

Grávida. No momento em que a palavra saiu da boca de Agnes, Evangeline soube que ela estava certa. Os enjoos, a fadiga recente inexplicável...

— Eu tinha uma responsabilidade moral de informar à madame — afirmou Agnes, com ar presunçoso e moralista.

As palavras doces de Cecil. Seus dedos insistentes e o sorriso encantador. A fraqueza dela, sua ingenuidade. Como tinha sido patética e tola. Como tinha permitido se deixar levar desse jeito? Sua reputação era tudo o que tinha. Agora ela não tinha mais nada.

— Você acha que é melhor do que todos nós, não acha? Bem, não é. E agora tem a sua recompensa — disse Agnes, segurando a maçaneta e abrindo a porta. — Todo mundo já sabe. Você é a piada dos empregados.

Ela passou por Evangeline a caminho da escada, esbarrando nela e jogando-a contra a parede.

O desespero atingiu Evangeline como uma onda, derrubando-a com tanta força e velocidade que ela não tinha como lutar. Sem pensar, ela seguiu Agnes pelas escadas e a empurrou com força. Com um grito agudo e esquisito, Agnes desabou pelos degraus, despencando até o chão.

Enquanto observava Agnes ficar de pé, Evangeline sentiu sua raiva aumentar e diminuir. No seu auge, ela sentiu um leve tremor de arrependimento.

O mordomo e o chefe dos empregados chegaram à cena em segundos.

— Ela... ela tentou me matar! — lamentou Agnes, segurando a cabeça.

De pé no topo da escada, Evangeline estava assustadora e estranhamente calma. Ela alisou seu avental e ajeitou o cabelo atrás da orelha. Como se estivesse assistindo a uma peça de teatro, ela percebeu a careta de desdém do mordomo e os soluços teatrais de Agnes. Ela viu a sra. Grimsby se aproximar, gritando.

Esse era seu fim na rua Blenheim, ela sabia. O fim de cartilhas e giz de cera branco e lousa, de Ned e Beatrice tagarelando sobre pão de ló, do seu pequeno quarto com uma janela miúda. Da respiração quente de Cecil em seu pescoço. Não haveria nenhuma explicação, nenhuma salvação. Talvez fosse melhor assim... ser uma participante ativa do seu declínio em vez de uma vítima passiva. Pelo menos agora ela merecia o próprio destino.

No corredor dos empregados, iluminado com lampiões a óleo, dois policiais conduziram Evangeline algemada nas mãos e acorrentada nos pés, enquanto o policial com o bigode caído conversava com os empregados com seu bloco de notas.

— Ela era tão quieta — disse a camareira, como se Evangeline já tivesse ido embora. Para ela, parecia que cada um deles agia de maneira exagerada conforme o papel que lhes era atribuído: a criadagem bastante indignada, os policiais seguros de si, Agnes compreensivelmente atordoada com toda aquela atenção e simpatia aparente de seus superiores.

Evangeline ainda vestia seu uniforme velho de lã azul e o avental branco. Não deixaram que ela levasse mais nada. Com as mãos algemadas na frente e as pernas enroscadas no metal, ela precisou de dois policiais para conduzi-la pela escada estreita até a entrada de serviço do andar térreo. Eles praticamente tiveram que erguê-la para dentro da carruagem da polícia.

Era uma tarde de março fria e chuvosa. A carruagem estava úmida e tinha um cheiro estranho de carneiro molhado. As janelas abertas tinham barras verticais em vez de vidro. Evangeline se sentou em uma tábua de madeira irregular ao lado do policial de bigode caído e de frente para os outros dois, ambos olhando para ela. A mulher não sabia ao certo se o olhar era de maldade ou simplesmente de curiosidade.

Enquanto o cocheiro preparava os cavalos, Evangeline se debruçou para ver a casa pela última vez. A sra. Whitstone estava de pé na janela da frente, puxando a cortina de renda com a mão. Quando os olhos de Evangeline encontraram os dela, a sra. Whitstone largou a cortina e voltou para o fundo da sala de visitas.

Os cavalos começaram a trotar. Evangeline se segurou no assento, tentando de forma inútil impedir que as correntes nas pernas cortassem seus tornozelos enquanto a carruagem balançava e chacoalhava pelos paralelepípedos da rua.

No dia em que chegou naqueles táxis pretos antigos em St. John's Wood também estava frio e chuvoso. Parada nos degraus da porta principal da casa geminada bege-clara na rua Blenheim — com o número 22, em metal preto e a porta da frente vermelho brilhante —, ela respirou fundo. A valise de couro que carregava em uma das mãos continha tudo o que ela possuía no mundo: três vestidos longos, um sobretudo e duas roupas de dormir, algumas roupas de baixo, uma escova de cabelo e uma toalha, além de uma pequena coleção de livros — a Bíblia do seu pai com as anotações dele; seus livros de latim, grego e matemática; e um exemplar todo marcado de *A tempestade*, a única peça a que havia assistido, em um festival a céu aberto realizado por uma trupe viajante que passou por Tunbridge Wells durante um verão.

Ela ajeitou seu chapéu e tocou a campainha, ouvindo-a ecoar dentro da casa.

Ninguém atendeu.

Ela apertou de novo. Quando estava se perguntando se havia chegado no dia errado, a porta se abriu e um jovem apareceu. Seus olhos castanhos eram vívidos e curiosos. Seu cabelo escuro, grosso e cacheado caía sobre o colarinho da sua camisa branca amarrotada. Ele não usava gravata nem terno. Claramente, não era o mordomo.

— Pois não? — disse ele com ar de impaciência. — Em que posso ajudá-la?

— Bem, eu… eu sou… — Ela se deu conta da situação e fez uma reverência. — Perdão, senhor. Talvez eu devesse retornar mais tarde.

Ele a observou, como se à distância.

— Alguém está lhe aguardando?

— Acredito que sim.

— Quem?

— A dona da casa, senhor. A sra. Whitstone. Eu sou Evangeline Stokes, a nova governanta.

— É mesmo? Você tem certeza?

— Perdão?

Ela ficou paralisada.

— Eu não fazia ideia de que as governantas chegavam assim — disse ele, movendo a mão na direção dela. — Que coisa injusta. A minha não se parecia em nada com você.

Evangeline se sentiu completamente boba, como se estivesse atuando em uma peça e tivesse esquecido sua fala. Em seu papel como filha do vicário, ela costumava ficar um passo atrás do pai, cumprimentando os cristãos antes e depois da missa, acompanhando-o em visitas aos doentes e enfermos. Ela conhecera todo tipo de gente, de artesãos de cestaria a fabricantes de carroça, de carpinteiros a ferreiros. Mas tinha tido pouco contato com os abastados, que costumavam rezar em suas próprias capelas, com seu próprio povo. Ela tinha pouquíssima experiência com o humor escorregadio das classes mais altas e não tinha nenhuma habilidade com ironias.

— Só estou me divertindo um pouco. — O jovem sorriu e estendeu a mão. Hesitante, ela aceitou. — Cecil Whitstone. Meio-irmão dos seus alunos. Eu me arrisco a dizer que você ficará bastante ocupada. — Ele abriu a porta completamente. — Estou substituindo Trevor, que sem dúvida está fora satisfazendo algum capricho da minha madrasta. Entre, entre. Eu estou de saída, mas vou anunciá-la.

Quando ela entrou no hall de azulejos preto e branco, abraçada à sua valise, Cecil colocou o pescoço para fora.

— Mais nenhuma mala?

— É só essa.

— Céus, você viaja com pouca coisa.

Naquele momento, a porta na outra ponta do corredor se abriu e uma mulher de cabelos escuros, que parecia ter uns trinta e poucos anos, surgiu, usando um chapéu de seda verde.

— Ah, Cecil! — exclamou ela. — E essa deve ser, imagino, a srta. Stokes? — Ela deu um sorriso distraído para Evangeline. — Eu sou a sra. Whitstone. Temo estar tudo um pouco caótico hoje. Trevor está ajudando Matthew a arrear os cavalos para que eu possa ir à cidade.

— Nós todos temos dupla função por aqui — falou Cecil para Evangeline de forma conspiratória, como se fossem grandes amigos. — Além de ensinar latim, logo, logo você vai depenar gansos e polir a prata.

— Bobagem — retrucou a sra. Whitstone, ajeitando seu chapéu em um espelho dourado enorme. — Cecil, você pode avisar a Agnes que a srta. Stokes chegou? — Virando-se de volta para Evangeline, ela continuou: — Agnes irá lhe mostrar seus aposentos. O jantar dos serventes é servido às cinco da tarde. Você fará suas refeições com eles se as aulas das crianças já tiverem terminado nesse horário. Você parece um pouco pálida, querida. Por que não descansa um pouco antes do jantar?

Foi mais uma afirmação do que uma pergunta.

Quando a sra. Whitstone saiu, Cecil olhou para Evangeline com um sorriso maroto.

— "Pálida" não é a palavra que eu teria usado.

Ele chegou mais perto dela do que seria apropriado.

Evangeline sentiu a sensação nada familiar do seu coração batendo acelerado.

— Você deveria... é... avisar Agnes que eu estou aqui?

Ele bateu com os dedos no queixo, como se estivesse pensando. E disse:

— Meus afazeres podem esperar. Eu mesmo vou lhe mostrar a casa. Será um prazer.

Como as coisas teriam sido diferentes se Evangeline tivesse seguido as instruções da sra. Whitstone — ou seus próprios instintos? Como ela não percebera que o terreno em que pisava era tão instável que poderia rachar com um simples passo em falso?

Mas não percebeu. Sorrindo para Cecil, ela prendeu uns fios de cabelo rebeldes de volta em seu coque.

— Seria adorável — concordou ela.

Agora, sentada na carruagem gelada, ela moveu seus pulsos algemados para o lado esquerdo do corpo e esfregou o lugar embaixo do seu casaco onde havia escondido o lenço com o monograma. Com os dedos de uma das mãos, ela tocou no contorno das letras, imaginando que podia sentir a trama das iniciais de Cecil entrelaçadas no brasão da família — um leão, uma serpente, uma coroa.

Era tudo o que tinha, e que teria, dele. Com exceção, aparentemente, do filho que crescia em seu ventre.

A carruagem tomou rumo a oeste, na direção do rio. Ninguém falava no compartimento congelante. Sem perceber o que estava fazendo, Evangeline se aproximou minimamente do calor do policial sentado ao seu lado. Olhando para baixo, ele pressionou os lábios e se virou na direção da janela, abrindo espaço entre eles.

Evangeline ficou levemente chocada. Ela jamais havia experimentado a repulsa de um homem em toda sua vida. Tinha subestimado os pequenos gestos de bondade e gentileza que recebera: o açougueiro que dava a ela partes selecionadas de carne, o padeiro que guardava para ela o último pão.

Lentamente se deu conta: ela iria aprender como era ser tratada como uma pessoa desprezível.

PENITENCIÁRIA DE NEWGATE

Londres, 1840

Essa parte de Londres era diferente de todos os lugares que Evangeline já tinha visto. O ar, denso de fumaça de carvão, fedia a estrume de cavalo e vegetais podres. Mulheres em cobertores esfarrapados vagavam sob lampiões a óleo, homens se amontoavam ao redor de fogueiras em barris, crianças — mesmo tarde da noite — atravessavam pela estrada correndo, vasculhando o lixo, gritando umas com as outras, comparando seus achados. Evangeline se encolheu, tentando descobrir o que eles tinham nas mãos. Eram…? Sim. *Ossos*. Ela tinha ouvido falar dessas crianças que ganhavam uns trocados catando ossos de animais que eram transformados em cinzas e misturados com barro para fazer as peças de cerâmica exibidas em cristaleiras de madames. Até algumas horas atrás, talvez ela sentisse pena; agora só estava anestesiada.

— Lá está ela — disse um dos policiais, apontando para fora da janela. — O Jarro de Pedra.

— Jarro de Pedra? — Evangeline se debruçou, esticando o pescoço.

— Newgate. — Ele sorriu. — Sua nova casa.

Em jornais sensacionalistas, ela tinha lido histórias de criminosos perigosos presos em Newgate. E ali estava ele, um forte ocupando um quarteirão inteiro escondido nas sombras da Catedral de St. Paul. Conforme se aproximavam, Evangeline viu que as janelas que davam para a rua estavam estranhamente fechadas. Foi só quando o cocheiro gritou para os cavalos e puxou com força as rédeas na frente do portão preto alto que ela percebeu que as janelas eram falsas, pintadas sobre o muro.

Um pequeno grupo de pessoas, ocioso perto da entrada, rodeou a carruagem.

— Esses obcecados por tragédias — disse o policial do bigode caído. — Nunca se cansam desse show.

Os três policiais saíram da carruagem gritando para as pessoas se afastarem. Evangeline se agachou no compartimento apertado até que um deles gesticulou com impaciência.

— Vamos!

Ela foi mancando até a porta e ele a puxou pelo ombro. Quando Evangeline saiu da carruagem, ele a empurrou como um saco de arroz e a jogou no chão. Suas bochechas ferveram de vergonha.

Crianças de olhos esbugalhados e adultos com caras amarguradas observavam enquanto ela se colocava de pé.

— Que desgraça! — gritou uma mulher. — Deus tenha piedade da sua alma.

Um policial empurrou Evangeline na direção dos portões de ferro, onde estavam dois outros guardas. Enquanto entrava, escoltada pelos guardas, com os policiais atrás, ela olhou para cima, para as palavras gravadas em um relógio de sol acima do arco. *Venio Sicut Fur.* A maioria dos prisioneiros que passava por esses portões provavelmente não sabia o que aquilo significava, mas Evangeline sabia. *Entro aqui como um bandido.*

O portão rangeu ao se fechar. Ela ouviu um barulho abafado, como gatos miando dentro de um saco, e virou a cabeça.

— A escória das prostitutas — disse um guarda para ela. — Logo você se juntará a elas.

Prostitutas! Ela se retraiu.

Um homem pequeno, com um anel enorme preso ao cinto onde chaves eram penduradas como se fossem amuletos exagerados, estava apressando-a.

— Por aqui. Somente os prisioneiros e dois de vocês.

Evangeline, o policial do bigode caído e um dos guardas o seguiram até um vestíbulo, e então subiram alguns lances de escada. Ela se movia devagar com os tornozelos algemados; o guarda ficava cutucando-a por trás com um cassetete. Eles passaram por um labirinto confuso de corredores, pouco iluminado por lampiões a óleo pendurados nas paredes grossas de pedra.

O carcereiro parou na frente de uma porta de madeira com dois cadeados. Vasculhando as chaves, ele encontrou a que procurava e a inseriu no cadeado de cima, e depois no de baixo. O homem abriu a porta de uma pequena sala com uma mesa e uma cadeira de carvalho, iluminada por uma luminária no alto da parede, e atravessou o cômodo para bater em uma outra porta menor.

— Perdão, superintendente. Uma nova prisioneira.

Silêncio. E então uma voz baixa:

— Só um minuto.

Eles esperaram. Os homens se apoiaram contra a parede, conversando uns com os outros. Evangeline ficou parada com as suas algemas, sem saber ao certo o que fazer, no meio da sala. Suas axilas estavam suadas e as algemas tinham ralado seus tornozelos. Sua barriga roncava; ela não comia desde a manhã.

Depois de algum tempo, a porta se abriu. A carcereira tinha claramente sido acordada. Seu rosto angular era bastante marcado de rugas, seu cabelo grisalho puxado para trás em um coque descabelado. Ela usava um vestido preto desbotado.

— Vamos logo com isso — disse ela, irritada. — A prisioneira já foi revistada?

— Não, senhora — respondeu o guarda.

Ela acenou para ele.

— Reviste-a.

O homem passou as mãos, de maneira bruta, pelos ombros de Evangeline, desceu pelas laterais, debaixo do braço, e até, rapidamente, entre suas pernas. Ela ficou vermelha de vergonha. Quando ele assentiu com a cabeça para a carcereira, a mulher foi até a mesa, acendeu uma vela e se sentou na cadeira. Abriu um livro de registro enorme, repleto de linhas com letras pequenas, e disse:

— Nome?

— Evangel…

— Você não — interrompeu a carcereira, sem olhar para cima. — Você perdeu o direito de falar.

Evangeline mordeu os lábios.

O policial puxou um papel do bolso do casaco.

— O nome... é... Evangeline Stokes.

Ela afundou sua pena em um pote de tinta e escreveu no livro.

— Casada?

— Não.

— Idade?

— Ah...vamos ver. Ela vai fazer 22 anos.

— Vai fazer ou tem?

— Nasceu no mês de agosto, diz aqui. Então... 21.

A carcereira olhou para cima com uma expressão ríspida, sua pena espalhou tinta pelo papel.

— Fale com precisão, policial, ou ficaremos aqui a noite toda. O delito. No mínimo de palavras possível.

Ele pigarreou.

— Bem, madame, há mais de um.

— Comece com o mais grave.

Ele respirou fundo.

— Primeiro, ela é uma criminosa em flagrante. Da pior espécie.

— A acusação?

— Tentativa de assassinato.

A carcereira ergueu a sobrancelha para Evangeline.

— Eu não... — começou a falar.

A carcereira ergueu a palma da mão aberta para contê-la. Depois olhou para baixo, escrevendo no livro.

— De quem, policial?

— Uma camareira que trabalha para... é... — ele procurou no papel — um tal de Ronald Whitstone, o endereço é rua Blenheim, número 22, St. John's Wood.

— Qual método?

— A srta. Stokes a empurrou escada abaixo.

Ela olhou para cima.

— A vítima... está bem?

— Parece que sim. Abalada, mas essencialmente... bem, acredito.

Do canto dos olhos, Evangeline viu uma pequena movimentação onde o chão e a parede se encontravam: um ratinho magro saindo de uma rachadura das tábuas.

— E o que mais?

— Uma herança que pertencia ao dono da casa foi encontrada no quarto da srta. Stokes.

— Que tipo de herança?

— Um anel. De ouro. Com uma pedra valiosa. Um rubi.

— Eu ganhei aquele anel — falou Evangeline.

A carcereira largou sua caneta de pena.

— Srta. Stokes, você foi advertida duas vezes.

— Sinto muito. Mas...

— Você não vai dizer mais nenhuma palavra, a não ser que seja solicitada diretamente. Está claro?

Evangeline assentiu, arrasada. O pânico e a preocupação que a tinham mantido em alerta o dia todo deram lugar a um torpor enervante. Ela pensou, quase de maneira abstrata, se iria desmaiar. Talvez sim. A escuridão misericordiosa seria melhor do que isso.

— Assalto e roubo — disse a carcereira ao policial, com a mão na página do livro. — São essas as acusações?

— Sim, senhora. E ela também... está grávida.

— Estou vendo.

— Mas não é casada, senhora.

— Eu entendi sua implicação, policial. — A mulher olhou para cima. — Então as acusações são tentativa de homicídio e furto.

Ele assentiu.

Ela respirou fundo.

— Muito bem. Vocês podem ir. Eu irei escoltar a prisioneira até as celas.

Quando os homens foram embora, a carcereira inclinou a cabeça na direção de Evangeline.

— Longo dia para você, imagino. Sinto lhe informar, mas não vai melhorar.

Evangeline sentiu uma onda de gratidão. Era o mais próximo de bondade que ela havia vivenciado durante o dia todo. Lágrimas se formaram no fundo de seus olhos e, embora não quisesse chorar, elas escorreram pelo seu rosto. Com as mãos algemadas, ela não podia enxugá-las. Durante alguns instantes, seu choro abafado foi o único som na sala.

— Preciso levá-la até lá embaixo — disse a carcereira, por fim.

— Eu não sou como ele disse. — Evangeline soluçou. — Eu... eu não...

— Você está desperdiçando sua saliva. Minha opinião é irrelevante.

— Mas eu odiaria que você... pensasse mal de mim.

A carcereira deu uma risada.

— Ah, garota. Você é nova nisso.

— Eu sou. Completamente.

A carcereira guardou a caneta de pena, fechou o livro e perguntou:

— Foi à força?

— Perdão? — indagou Evangeline, sem entender.

— Um homem a forçou a fazer isso?

— Ah, não, não.

— Foi por amor, então, não foi? — Respirando fundo, a carcereira balançou a cabeça. — Você está aprendendo do jeito difícil, srta. Stokes, que não há homem algum em que se possa confiar. E nem mulher alguma. Quanto mais rápido entender isso, melhor será para você.

Ela atravessou a sala e abriu um armário, do qual tirou dois pedaços de juta marrom, uma colher de pau e uma caneca. Após envolver a colher e a caneca com o pano, ela amarrou tudo com barbante e fez um laço por onde Evangeline pudesse carregar com as mãos atadas. Pegou a vela de cima da mesa e um molho de chaves da gaveta, e fez um gesto para que Evangeline a seguisse.

— Aqui — disse ela quando as duas estavam no corredor —, segure isso. — Então entregou a vela acesa para ela. Evangeline segurou de um jeito torto, espirrando cera nos dedos, enquanto a carcereira abria os cadeados. A vela tinha um cheiro forte de sebo. Gordura de carneiro, espessa e escorregadia. Ela reconheceu das visitas aos paroquianos pobres com seu pai.

Elas foram até o fim do corredor, passaram pelas luzes fracas e desceram os degraus. Na entrada principal, a carcereira virou para a esquerda, para um pátio aberto. Evangeline a seguiu pelas pedras úmidas no escuro, tentando não escorregar, enquanto ouvia os gemidos das prostitutas. Ela queria suspender a saia, mas as algemas tornavam o ato impossível. As barras molhadas batiam nos tornozelos ralados. A vela iluminava somente alguns metros à frente delas e o caminho para trás desaparecia na escuridão. Quando chegaram ao outro lado do pátio, os gemidos ficaram ainda mais altos.

Evangeline deve ter feito algum som, uma lamúria de autopiedade, talvez, pois a carcereira olhou por cima dos ombros e disse:

— Você vai se acostumar.

Desceram mais um lance de escada e passaram por um pequeno corredor. A carcereira parou na frente de uma porta preta de ferro com uma grade na parte de cima e entregou a vela a Evangeline de novo. Ela selecionou uma chave do molho, inseriu-a nos três cadeados separados antes de abrir a porta para um corretor escuro.

Evangeline parou, enjoada com o cheiro desagradável. Aquilo evocou uma memória antiga: o quarto de abate do açougue em Tunbridge Wells, onde só tinha entrado uma vez e jurado nunca mais colocar os pés de novo. Ela não conseguia ver as mulheres nas celas, mas podia ouvi-las, sussurrando e resmungando. O lamento de uma criança, uma tosse que parecia um latido de cachorro.

— Vamos — disse a carcereira.

Somente a luz fraca da vela iluminava o caminho por uma passagem estreita, com celas de um dos lados. Houve um *ta, ta, ta* enquanto elas passavam, pedaços de ferro batendo nas grades das celas. Dedos tocaram o cabelo de Evangeline, seguraram seu avental. Ela gritou e se esquivou à direita, batendo o ombro na parede de pedra.

— Você é fina, não é? — perguntou uma mulher com voz rouca.

— Esse vestido não vai ficar limpo por muito tempo.

— O que que tu fez, mocinha?

"O que que tu fez?"

De repente, a carcereira parou na frente de uma cela. Sem dizer uma palavra, entregou a vela para Evangeline de novo e destrancou a porta. Murmúrios e sussurros vieram das mulheres de dentro da cela.

— Abram espaço — ordenou a carcereira.

— Não tem espaço.

— Alguém caiu aqui, senhora. Ela estava muito doente. Agora está gelada feito pedra.

— Ela tá ocupando muito espaço.

A carcereira respirou fundo.

— Coloquem-na em um canto. Vou mandar alguém aqui de manhã.

— Tô com fome!

— O balde da privada tá cheio.

— Leva a garota pra outro lugar!

— Ela vai entrar aqui. — A carcereira se virou para Evangeline. — Levante suas saias para que eu retire as algemas das pernas. — Antes de se ajoelhar, ela encostou na mão trêmula de Evangeline e falou: — Elas ladram mais do que mordem. Tente dormir um pouco.

Ao entrar na cela escura, Evangeline tropeçou em uma borda de pedra, caiu em cima de um amontoado de mulheres e bateu o ombro no chão.

Vozes surgiram em um coro de insultos.

— Qual é o teu problema?

— Sua imbecil desastrada.

— Levanta, sua idiota.

Ela sentiu um chute na costela.

Lutando para conseguir ficar em pé, Evangeline esfregou os punhos não mais algemados e parou na porta da cela, assistindo à luz fraca da vela da carcereira desaparecer pelo corredor. Quando a porta do fim do corredor se fechou, ela se encolheu. Foi a única da cela a fazer isso.

Por uma pequena janela, alta e gradeada, a luz da lua, opaca e nebulosa, adentrava o cubículo. Quando seus olhos se ajustaram à escuridão, ela observou a cena. Dezenas de mulheres lotavam a cela, que era do tamanho da pequena sala de entrada da casa dos Whitstone. O chão de pedra era coberto de palha no lugar de colchões.

Ela se encolheu na parede. Os cheiros perto do chão — o odor metálico de sangue, algo forte e fermentado lembrando vômito, a imundice de fezes humanas — reviraram seu estômago, e quando bile emergiu na sua garganta, ela se curvou para a frente e vomitou na palha.

As mulheres perto dela deram um passo para trás, resmungando e gritando:

— Puta nojenta, ela vomitou pelo meio dos dentes!

— Eca, que nojo!

Evangeline limpou a boca com a manga do vestido e murmurou:

— Me des... — Antes de vomitar o que restava em seu estômago.

Nesse momento, as mulheres ao seu lado viraram de costas para ela. Evangeline fechou os olhos e caiu de joelhos no chão, tonta e cansada além da conta, molhando seu vestido com o próprio vômito.

Depois de um tempo, ela acordou. Desamarrou a trouxa que a carcereira havia lhe dado e guardou a colher de pau e a caneca dentro do bolso do avental. Ela abriu um dos pedaços de juta sobre a palha grudenta de vômito, colocou as anáguas entre os joelhos e se deitou no chão, onde ficou cuidadosamente recolhida em um retângulo de juta pequeno demais. Naquela mesma manhã, ela estava deitada na sua cama, no seu quarto, sonhando com um futuro que parecia muito próximo do seu alcance. Agora tudo aquilo tinha desaparecido. Ao ouvir aquelas mulheres ao seu redor ofegarem e roncarem, resmungarem e ressonarem, ela entrou em um estado peculiar meio dormindo, meio acordada — consciente, mesmo enquanto dormia, de que poucos pesadelos poderiam ser comparados ao sofrimento que ela encararia quando abrisse os olhos.

PENITENCIÁRIA DE NEWGATE

Londres, 1840

A porta do final do corredor se abriu e Evangeline despertou do seu sono. Levou um instante para se lembrar onde estava. Pedras sujas de fuligem e com umidade escorrendo, amontoados terríveis de mulheres, uma grade de ferro enferrujada... a boca seca, as anáguas endurecidas com cheiro azedo...

Como seria bom se tivesse esquecido.

O amanhecer não era muito melhor: apenas uma luz opaca filtrada pela janela do alto. Ela segurou uma barra de ferro da cela, levantou do chão e esticou as costas doloridas. Um balde pútrido de xixi ficava em um canto. O *ta, ta* tinha começado de novo, e agora ela viu a fonte: mulheres batendo na grade de ferro e nas paredes com suas colheres de pau.

Dois guardas apareceram na frente da cela com um balde.

— Em fila! — gritou um deles, enquanto o outro destrancava a porta.

Evangeline observou enquanto ele mergulhava uma concha dentro de um balde e despejava o conteúdo na caneca estendida de uma das prisioneiras. Ela colocou a mão dentro do bolso do avental, pegou sua própria caneca amassada e a virou de cabeça para baixo para tirar a poeira. Apesar da umidade ao redor dos seus pés, da sua bexiga cheia, dos seus órgãos doloridos e do enjoo, ela foi até a frente da cela, a fome vencendo a batalha.

Quando o guarda encheu sua caneca, Evangeline tentou olhar nos olhos dele. Será que o homem não conseguia enxergar que ela não tinha nada a ver com aquelas pobres coitadas com os rostos tão sujos que pareciam mineradoras?

Ele sequer olhou para ela.

Evangeline deu um passo para trás e tomou um gole da aveia aguada, fria e insípida, e possivelmente azeda. Seu estômago se revirou levemente, mas ela se recusou a vomitar.

Mulheres equilibrando canecas e bebês chorando nos braços se amontoavam para alcançar o mingau, erguendo-as na direção dos guardas. Algumas ficavam no fundo, doentes ou cansadas demais para enfrentar a batalha até a porta. Uma mulher — provavelmente sobre a qual as outras tinham falado à superintendente na noite anterior — não se mexia. Evangeline olhou inquieta para ela.

Sim, parecia estar morta mesmo.

Depois que os guardas saíram, carregando a mulher inconsciente, a cela silenciou. Um grupo de detentas se reuniu em um canto para jogar cartas feitas do que parecia ser páginas rasgadas de uma Bíblia. Em outro canto, uma mulher vestindo um gorro de tricô lia mãos. Uma menina que parecia ter não mais de quinze anos ninava um bebê apoiado em seu pescoço, cantando uma canção que Evangeline reconhecia: *Deixei meu bebê deitado aqui para catar frutinhas...* Ela tinha ouvido as mulheres em Tunbridge Wells cantarem essa canção de ninar escocesa esquisita para os filhos. Na canção, uma mãe desesperada, cujo bebê desaparece, relembra seus passos: *Procurei nos lagos das montanhas e vaguei por cada vale silencioso.* A mãe descobre os rastros de uma lontra e de um cisne atravessando o lago. *Encontrei os rastros da névoa da montanha, mas nunca os vestígios do bebê, ó!* Claramente uma advertência a mães novatas para ficarem de olho em seus bebês; a canção de ninar agora parecia sombria e cruel, o fantasma de uma perda quase impossível de aguentar.

Evangeline sentiu uma pontada forte em suas costas.

— Então, o que tu fez?

Ela se virou e viu uma mulher de bochechas coradas e circunferência considerável, uns seis anos mais velha que ela, no mínimo, de cabelo loiro cacheado e nariz arrebitado.

O primeiro impulso de Evangeline foi dizer a ela para não se meter na vida dos outros, mas seu instinto não vinha funcionado muito bem ultimamente.

— O que *você* fez?

A mulher riu, revelando dentes pequeninos e amarelos como grãos de milho e um buraco grande na frente.

— Fui enganada por um idiota que não cumpriu o que prometeu. — Ela passou a mão na barriga. — Vai ser pai em breve, mas nunca vai nem saber. — Ela deu uma piscadela e acrescentou: — Ossos do ofício. Ia acabar acontecendo, mais cedo ou mais tarde. — Deu de ombros. Balançando os dedos na direção da barriga de Evangeline, ela falou: — Pelo menos não estou mais me sentindo enjoada. Não dura muito tempo. Você sabe.

— Eu sei como é — falou Evangeline, embora não soubesse.

— Qual é o seu nome? — Quando Evangeline hesitou, a mulher completou: — Eu sou Olive.

— Evangeline.

— Evange-*liiine* — repetiu Olive, como se falasse esse nome pela primeira vez. — Chique.

Era? Seu pai havia escolhido esse nome, ele dissera, porque era uma derivação da palavra em latim *evangelium*, que significa "evangelho".

— Acho que não.

Olive deu de ombros.

— De qualquer forma, nós somos todas iguais aqui. Minha sentença é o exílio. Eles me deram sete anos, mas também pode ser prisão perpétua, pelo que ouvi falar. E tu?

Evangeline lembrava de ter lido em jornais sobre os incorrigíveis — homens, ela achava — transferidos em navios clandestinos para a Austrália. Assassinos e outros condenados exilados para a ponta extrema da Terra, livrando as Ilhas Britânicas dos seus piores criminosos. Ela se arrepiava com os detalhes terríveis, estranhos e peculiares, como histórias da mitologia grega: gulags e casas de trabalho forçado sombrias dentro de rochas no meio do nada, separadas da civilização por quilômetros de areia do deserto e predadores mortais.

Ela nunca tinha sentido pena desses homens. Eles fizeram por merecer, afinal, não? Eles mesmos eram predadores.

— Eu ainda não fui a julgamento — disse ela.

— Ah, quem sabe… talvez não seja mandada pra lá. Tu não matou ninguém, matou?

Evangeline queria que Olive falasse um pouco mais baixo. Ela hesitou, e então sacudiu a cabeça em negação.

— Roubo?

Ela respirou fundo e escolheu o delito menos grave:

— Eu fui acusada, equivocadamente, de roubar um anel.

— Ah, deixa eu adivinhar. — Olive entrelaçou os dedos e estalou-os.
— Algum idiota te deu em troca de alguns favores. E depois negou tudo.

— Não! Não foi em troca de... — Ou foi? — Ele está... viajando. Eu
fui acusada na ausência dele.

— Ahã. Ele sabe que tu tá embuchada?

Evangeline nunca tinha ouvido aquela expressão, mas seu significado
era óbvio. Ela sacudiu a cabeça em negação.

Olive colocou a mão no queixo e olhou Evangeline dos pés à cabeça.

— Tu era a governanta.

Será que a sua história trágica era tão previsível?

— Como você sabe?

Olive levou a mão à boca e estalou os dedos.

— O jeito que tu fala. Toda inteligentona. Mas não tem cara de grã-
-fina. Pena que não é tão esperta no mundo real, Evange-*liiine*.

Ela sacudiu a cabeça e se afastou.

Como Evangeline conhecia bem dos sermões do pai, a grande posse de
uma mulher era sua castidade. Enquanto os homens eram mais avançados
em praticamente todos os quesitos — eram mais inteligentes e sensatos,
mais fortes, mais habilidosos —, eles também eram mais propensos à
imprudência e à impulsividade. Era dever da mulher desacelerá-los, ele
sempre dizia, para que pudessem trazer à tona o melhor de sua natureza.

Ela achava que tinha absorvido tais ensinamentos, mas no vilarejo
em que foi criada, a 65 quilômetros e um mundo inteiro de distância
de Londres, eles nunca tinham sido colocados à prova. A maioria das
pessoas em Tunbridge Wells ficava próxima dos pais e se casava com os
vizinhos, sustentando e fortificando uma rede de relações que se tornavam laços ainda mais fortes conforme cada geração sucedia a anterior.
Mas Evangeline não fora parte dessa rede. Sua mãe morreu no parto e
seu pai viúvo viveu uma vida para os estudos, com poucos interesses nos
pormenores cotidianos comuns. Ele preferia que Evangeline lhe fizesse
companhia na biblioteca, lendo ao seu lado, em vez de realizar tarefas
tipicamente femininas — e de qualquer forma, o vicariato incluía uma
empregada.

Ao observar a grande curiosidade de sua filha única, ele contratou um professor para ensinar a ela latim e grego, Shakespeare e filosofia. As horas na biblioteca do vicariato moldaram seu destino de diversas maneiras. Evangeline teve uma educação muito acima da recebida pelas pessoas do vilarejo, mas, por ter sido criada sem amigos, ela era completamente inocente. Não tinha ninguém com quem fofocar, para então aprender. Seu pai queria isolá-la, protegê-la de todo o mal, mas, ao fazer isso, ele impediu que Evangeline aprendesse a maldade necessária para sobreviver. Ela sabia nomear os sete continentes e identificar as constelações, mas sabia muito pouco, em termos práticos, sobre o mundo além da porta de casa.

Quando Evangeline tinha vinte anos, seu pai morreu após uma doença repentina. Dois dias depois do enterro, um emissário do bispo apareceu em sua porta, perguntando educadamente quais eram seus planos. Um jovem vice-pároco com sua mulher e filhos pequenos havia sido nomeado para assumir o vicariato. Quando ela poderia desocupar as dependências?

Decepcionada, Evangeline percebeu que seu pai tinha pensado muito pouco — ou nada — em um futuro sem ele. Assim como ela. Os dois haviam concluído, sem preocupação alguma, que seguiriam lendo juntos na biblioteca e bebendo chá na frente da lareira. Com uma pequena herança, nenhum parente vivo e habilidades práticas insignificantes, ela tinha poucas opções. Poderia se casar, mas com quem? Apesar de sua beleza, os homens solteiros no vilarejo não estavam exatamente clamando por ela. Seu temperamento era bastante parecido com o do pai: retraído, com uma timidez com frequência confundida com indiferença, uma inteligência entendida como menosprezo.

Evangeline estava em um dilema, o emissário do bispo sabia — com uma educação bem acima de sua posição, mas sem os meios ou o status social para atrair um homem de nível social mais elevado. Isso a deixava, segundo ele, com uma única opção viável: ela precisava se tornar governanta, dando aula para crianças e vivendo na casa de uma família. Ao pedir a ela que enumerasse suas habilidades, ele ouviu com atenção e fez anotações em um pergaminho com sua caneta de pena: literatura inglesa, gramática, aritmética, religião, grego, latim, francês, desenho. Um pouco de piano. E então colocou um anúncio nos jornais e panfletos que circulavam em Londres.

GOVERNANTA — Um homem do clero deseja RECOMENDAR UMA JOVEM SENHORITA, órfã de um vigário, para o posto de GOVERNANTA em uma família onde ela ficará a cargo das crianças. A jovem foi expressamente educada para esta função. Respostas por carta, com pagamento feito pelo destinatário, ao Rev. P.R. no endereço rua Dorchester, número 14, Tunbridge Wells.

Envelopes começaram a aparecer na caixa de correio do vicariato. Uma carta em especial se destacou. Uma mulher chamada Mary Whitstone, que escrevia de uma rua silenciosa no noroeste de Londres, detalhava uma vida confortável com seu marido advogado e dois filhos bem-comportados, Beatrice e Ned. As crianças tinham sido cuidadas por uma babá, mas já era hora de iniciarem uma educação adequada. A nova governanta teria seu próprio quarto. Ela ficaria com as crianças durante seis horas por dia, seis dias por semana, e esperava-se que acompanhasse a família nas férias. No restante do tempo, estaria livre. Uma educação completa, escreveu a sra. Whitstone, deveria, a seu ver, incluir visitas ocasionais a museus e assistir a concertos de música, e até, quem sabe, a peças de teatro. Evangeline, que nunca tinha frequentado nenhum desses lugares, ficou intrigada. Ela respondeu as diversas perguntas da sra. Whitstone com zelo e paciência, enviou a carta e esperou a resposta.

Apesar da sua ingenuidade provinciana, ou quem sabe por causa dela, Evangeline impressionou a dona da casa o suficiente para receber uma oferta de trabalho: vinte libras por ano, além de acomodação e alimentação. Para Evangeline, parecia uma quantia extravagante. Para o bispo, e para o jovem vice-vigário ansioso para começar sua nova vida no vicariato, foi um presente de Deus.

Durante os dias seguintes em Newgate, Evangeline pensou desesperadamente em entrar em contato com alguém, qualquer pessoa, que pudesse vir ao seu encontro, mas não conseguiu pensar em ninguém que fosse testemunhar com convicção em favor de sua boa reputação. Apesar de ter recebido um mínimo de consideração, por ser filha do vigário, a decisão do pai de mantê-la perto de casa resultou no fato de que ela não fizera nenhum amigo de verdade no vilarejo. Evangeline pensou em contatar a empregada do vicariato, ou talvez o açougueiro ou o padeiro ou um dos vendedores que conhecia, mas suspeitava que a palavra de um morador comum de um vilarejo não teria muito peso. Ela não conhecia ninguém em Londres além dos Whitstone.

E não tinha ouvido de Cecil até então.

A essa altura, ele já deveria ter voltado de Veneza. A essa altura, ele já deveria saber da notícia. Uma pequena parte dela se apegou à esperança de que ele agiria de maneira honrosa e se pronunciaria. Talvez ele enviasse uma carta: *Você foi acusada erroneamente. Eu contei tudo para eles*. Quem sabe ele viesse procurá-la.

Ela tinha que estar apresentável caso ele chegasse. Quando os guardas trouxeram um balde de água limpa, Evangeline esfregou o rosto e o pescoço e limpou debaixo dos braços com um pedaço de pano. Ela secou seu corpete, dividiu seu cabelo com as unhas e o penteou com os dedos, amarrando-o com uma tira do pano.

— Pra quem tu tá se limpando? — Olive quis saber.

— Para ninguém.

— Tu acha que ele vai vir.

— Não.

— Tá com esperança.

— No fundo, ele é um homem bom.

Olive riu.

— Não é, não.

— Você não o conhece.

— Ah, pobrezinha — disse ela. — Pobre Leenie. É provável que eu conheça, sim.

Ele era um homem bom, pensou. Não era? Afinal de contas, ele a tinha resgatado da solidão naquela casa na rua Blenheim. Ela não sabia, quando aceitou o emprego, o quão isolada se sentiria. Evangeline normalmente ficava com as crianças até o jantar; na hora em que ela ficava livre, os empregados já tinham acabado de comer e estavam ocupados servindo o jantar da família. A sra. Grimsy, a cozinheira, guardava um prato para ela, e Evangeline comia sozinha. Às sete horas da noite, ela já estava trancada em seu quarto para dormir.

Muitas noites, no fim do corredor do seu quarto, ela podia ouvir os empregados jogando cartas ao redor de uma mesa comprida na cozinha, suas vozes aumentando em uma cumplicidade nítida, que só fazia sua solidão se intensificar ainda mais. Em algumas raras ocasiões quando ia até lá, ela ficava parada no canto, desconfortável, enquanto eles a evitavam sem nenhum constrangimento. Eles a consideravam um peixe fora d'água, tanto objeto de fofoca por seus atos excêntricos (como ler enquanto comia), quanto um mistério que eles não tinham o menor interesse em desvendar. Angeline falava um dialeto que, sem dúvida, lembrava os patrões, e eles ficavam claramente aliviados quando ela voltava para o quarto e fechava a porta.

Nesse vazio, Cecil apareceu, três anos mais velho e infinitamente mais experiente. O toque dos dedos dele nos dela, uma piscadela escondida por cima da cabeça das crianças, a mão dele nas suas costas quando ninguém estava vendo: nesses pequenos gestos, ele telegrafava suas intenções.

Durante as semanas e meses do flerte dos dois, ele foi ficando mais insistente, suas atitudes mais diretas.

— Querida Evangeline! — sussurrava ele. — Até seu nome é pitoresco.

Cecil tinha estudado Chaucer em Cambridge com o único propósito, disse ele, de memorizar as falas para sussurrar em seu ouvido:

Ela era branca como as rosas em maio.

E:

O que é melhor do que a sabedoria? Mulheres. E o que é melhor do que uma boa mulher? Nada.

Tudo sobre ele a impressionava. Esse homem havia sentado em cafés em Paris à meia-noite, atravessado canais venezianos de gôndola, nadado nas águas azuis cristalinas do Mediterrâneo. E tinha aquele cachinho de cabelo castanho que caía em seu pescoço, aqueles ombros largos debaixo da camiseta amarrotada, o nariz aquilino, os lábios vermelhos carnudos...

"Você me cativou", dizia ele, puxando os cordões do corpete de Evangeline.

"Você é a única mulher para mim", afirmava ele, respirando entre seus cabelos.

"Mas e... mas e..."

"Eu adoro você. Quero passar todas as horas de todos os dias com você."

"Isso é... imoral."

"É moral para nós. Por que deveríamos nos preocupar com as censuras provincianas enfadonhas?"

Da mesma forma que é quase impossível imaginar o frio brutal de inverno em um dia quente de verão, Evangeline se lançou no calor do afeto de Cecil sem pensar nas consequências. Ele prometeu o suficiente para persuadi-la de que também sentia as emoções que ela sentia tão profundamente.

Foi bem fácil manter os encontros dos dois em segredo. O pequeno quarto de Evangeline ficava separado dos aposentos dos outros empregados, no fim de um corredor estreito depois da cozinha. Como ela tinha um horário de trabalho diferente da maioria, ninguém prestava atenção nas suas idas e vindas. A proximidade de Londres era um álibi perfeito. Ao voltar para o seu quarto entre as aulas, ela encontrava bilhetes passados por debaixo da porta — *18h30, esquina da Cavendish com a Circus... Gloucester Gate, 19h... Praça Dorset, 12h* — e os escondia debaixo do travesseiro. Ela dizia à cozinheira que ia sair para caminhar, para ver as luzes do pôr do sol no Tâmisa, para explorar o Regent's Park no domingo, e não estava sequer mentindo.

O melhor amigo de Cecil da universidade era um jovem gentil chamado Charles Pepperton. Diferente de Cecil, que estava estudando para ser advogado como o pai, a família não esperava que Charles seguisse uma vocação. Ele herdaria tanto a propriedade da família como a cadeira de seu pai na Câmara dos Lordes; tudo o que precisava fazer pelas décadas seguintes era cultivar os amigos adequados, casar-se com uma mulher em idade apropriada de uma família do mesmo círculo social (de baixa nobreza, se possível) e melhorar suas habilidades de caça na casa campestre da família, em Dorset. Ele passava bastante tempo em Dorset. Sua casa em Mayfair era espaçosa, bem decorada e estava quase sempre inabitada.

A primeira vez que Cecil levou Evangeline a essa casa em Mayfair — em uma tarde de sábado, quando as aulas já tinham terminado e os Whitstone estavam em uma festa —, ela estava tímida e insegura na frente dos empregados. Mas logo aprendeu os mecanismos para guardar segredos, acobertar indiscrições e proteger as classes mais altas de um escândalo. Cecil, bem conhecido pelos empregados, era tratado com o respeito de sempre: um discreto baixar de olhos, uma linguagem em códigos cuidadosa. ("A senhorita vai acompanhá-lo para o chá?") Conforme o tempo foi passando, Evangeline ficou mais confortável, mais aberta. Quando Cecil a puxava para seu colo na frente do mordomo, ela não sentia mais vontade de protestar.

Foi no salão obscuro da casa de Charles que Cecil lhe deu o anel.

— Para se lembrar de mim enquanto eu estiver de férias. E quando eu voltar... — Ele fungou em seu pescoço.

Ela se afastou, sorrindo um pouco desconfiada e tentando captar o significado por trás das palavras dele.

— E quando você voltar...?

Ele colocou o dedo em seu lábio.

— Você vai usá-lo de novo para mim.

É claro que essa não era a resposta para a pergunta que ela estava fazendo. Mas era a única resposta que ele estava preparado para dar.

Foi somente muito depois que ela percebeu que tinha construído conexões entre as palavras, como uma teia de aranha, grudenta como a própria seda do bicho, dizendo as palavras que ela queria ouvir.

PENITENCIÁRIA DE NEWGATE

Londres, 1840

Acertas coisas ela jamais se acostumaria: os gritos que se espalhavam como uma peste contagiosa de uma cela para outra. As brigas brutais que começavam de repente e terminavam com uma detenta cuspindo sangue ou os dentes. O caldo morno de almoço com juntas e focinho de porco boiando, poeira e cabelo. Pão mofado com larvas. Mas depois que o choque inicial tinha passado, Evangeline achou surpreendentemente fácil aguentar a maioria das degradações e situações indignas de sua nova vida: os guardas brutamontes, as baratas e outros parasitas, a sujeira inevitável, ratos passando pela palha no chão. O contato constante com outras mulheres, bochecha com bochecha, o hálito azedo delas em seu rosto enquanto tentava dormir, o ronco delas em seu ouvido. Ela aprendeu a ofuscar o barulho: o ranger das portas no fim do corredor, as colheres batendo e os bebês chorando. O fedor do balde de excrementos, que a havia deixado tão enjoada no dia em que chegara, já não a incomodava tanto; ela se obrigou a ignorar.

Sua relação com Cecil havia sido tão envolvente enquanto estivera na casa dos Whitstone que ela mal tivera tempo de sentir falta da vida que levava antes. Mas, agora, sua vida em Tunbridge Wells era o que mais vinha à sua cabeça. Ela sentia saudade do pai: do seu temperamento tranquilo e de suas pequenas gentilezas, de como conversavam durante horas à noite, assistindo ao fogo da lareira enquanto a chuva batia nos azulejos do teto. Ela ajeitava o cobertor nas pernas dele e ele lia para ela, de Wordsworth a Shakespeare, frases que agora ela dizia para si mesma, deitada em um pequeno espaço onde havia se enfiado no chão da cela:

Houve um tempo em que o prado, o bosque, o matagal, / A terra e o que nela se via, / Tudo me parecia / Envolto em luz celestial...

Somos dessa matéria / De que os sonhos são feitos, e nossa vida breve / é rodeada pelo sono.

Quando fechava os olhos, Evangeline encontrava conforto ao lembrar até das pequenas rotinas das quais costumava reclamar: aquecer a chaleira para lavar a louça na pia, catar carvão da lixeira para manter o fogo do fogão aceso, ir à padaria com sua cesta em uma manhã fria de fevereiro. Prazeres comuns agora pareciam inimagináveis: chá preto adoçado à tarde, com bolo de damasco e recheio; seu colchão na paróquia, estofado com pena de ganso e algodão; o vestido leve de musselina e o robe que ela usava para dormir; luvas de couro de bezerro marrom-escuras, com botões de pérola, moldadas no formato das suas mãos ao longo dos anos; seu casaco de lã com gola de pelo de coelho. Observar seu pai em sua escrivaninha, enquanto ele trabalhava em seus sermões semanais, seus dedos finos segurando uma caneta de pena. O cheiro das ruas de Tunbridge Wells quando chovia na primavera: rosas e lavandas molhadas, esterco de cavalo e feno. Ficar de pé em um campo ao anoitecer, assistindo a um pôr do sol colorido a céu aberto.

Ela se lembrou de uma coisa que o pai lhe dissera ao se ajoelhar ao lado da lareira uma noite, enquanto acendia o fogo. Segurando a ponta de uma tora de madeira, ele mostrou a ela os anéis na parte de dentro e explicou que cada anel correspondia a um ano da árvore. Alguns eram mais largos do que outros, dependendo do tempo, explicara ele; eram mais claros no inverno e mais escuros no verão. Todos se juntavam para dar à arvore seu centro sólido.

Talvez os humanos sejam assim, pensou ela. Talvez os momentos que significam algo importante para você e para aqueles que você amou ao longo dos anos sejam os anéis. Talvez o que você achou que havia perdido ainda esteja lá, dentro de você, dando-lhe força.

As prisioneiras não tinham nada a perder, o que significava que não tinham vergonha de nada. Assoavam o nariz na manga da camisa, catavam piolho na cabeça umas das outras, espremiam pulgas com os dedos, chutavam ratos sebosos do caminho sem pensar duas vezes. Xingavam diante das menores provocações, cantavam músicas indecentes sobre açougueiros tarados e garçonetes grávidas, e inspecionavam abertamente seus trapos de menstruação, com manchas escuras de sangue, para checar se poderiam usá-los de novo no mês seguinte. Elas tinham marcas estranhas de sarna e tosses catarrentas e feridas prurindo, por negligência. O cabelo repleto de sujeira e insetos, os olhos vermelhos e com infecções escorrendo. Muitas passavam os dias tossindo e cuspindo, um sinal revelador, segundo Olive, de febre tifoide.

Quando acompanhava seu pai nas visitas aos doentes e enfermos, Evangeline aprendeu a colocar um lençol ao redor de um corpo frágil ou inserir uma colher de sopa em uma boca fraca, e a murmurar salmos para os moribundos: *Oremos ao Senhor, minha alma, e não esqueça todos os seus benefícios — aquele que perdoa todos os seus pecados e cura todas as suas doenças, que redime toda a sua vida da perdição e a honra com amor e compaixão.* Mas ela não sentia empatia de verdade. Não exatamente. Mesmo após deixar a casa de um paroquiano doente, ela virava o rosto, com um leve repúdio velado, para um mendigo na rua.

Como ela era jovem, se dava conta agora de como ficava chocada tão facilmente, como julgava com rapidez as pessoas.

Ali não podia fechar a porta nem virar a cara. Não era melhor do que a alma mais infeliz da cela: não era melhor que Olive, com sua tosse seca e jeito brusco, que vendia o corpo nas ruas; não era melhor que a menina infeliz que cantava a canção de ninar, segurando seu bebê no colo por dias até que alguém percebeu que estava morto. As partes mais privadas e vergonhosas do ser humano — os fluidos corporais que as pessoas passavam a vida tentando conter e esconder — era o que mais as conectava: sangue, bile, urina, fezes, saliva e pus. Ela se sentia horrorizada por ter sido levada para o fundo do poço. Mas também sentia, pela primeira vez, uma pontada de compaixão verdadeira pelo mais desprezível dos seres. Afinal de contas, ela era um deles.

A cela silenciou quando dois guardas entraram para levar o bebê sem vida dos braços da mãe. Eles tiveram que arrancá-lo dela, enquanto a mulher permanecia parada cantando uma música desafinada, lágrimas escorrendo pelo rosto.

Sim, Evangeline abominava esse lugar, mas ela abominava mais ainda a vaidade e a ingenuidade e a ignorância obstinada que a tinham trazido até ali.

* * *

Uma manhã, cerca de quinze dias depois de ter sido encarcerada, a porta de ferro do fim do corredor rangeu ao abrir e um guarda gritou:

— Evangeline Stokes!

— Aqui!

Lutando para ser ouvida em meio ao barulho, ela se lançou na direção da porta da cela. Olhou para baixo, para sua roupa manchada, seu avental cheio de sujeira. Ela sentiu seu próprio hálito e suor azedos, e engoliu o medo. Ainda assim, o que a aguardasse do lado de fora tinha que ser melhor do que ali dentro.

A carcereira e dois guardas carregando cassetetes apareceram na porta da cela.

— Saiam da frente, deixem-na passar — ordenou um dos guardas, batendo no portão com o bastão conforme as mulheres surgiam na frente.

Quando chegou à porta, Evangeline foi escorada para fora, algemada e carregada pela rua para outro prédio cinza, o Tribunal. Os guardas a conduziram por uma escada estreita até um cômodo sem janela cheio de celas de contenção, uma em cima da outra, como gaiolas de galinhas, onde mal cabia um adulto agachado, com barras de ferro em cada um dos lados. Quando foi trancada lá dentro e, após seus olhos se ajustarem ao ambiente, ela pôde ver as silhuetas de prisioneiros em outras celas e ouvir seus gemidos e tosses.

Quando um pedaço de pão caiu no chão, Evangeline pulou, batendo a cabeça no teto da gaiola. Uma mulher idosa na cela ao lado lançou o braço entre as ripas e o pegou, rindo do susto dela.

— Dá lá na rua — disse ela, apontando para o teto. Evangeline olhou para cima: sobre o corredor estreito que separava as jaulas em dois lados havia um buraco. — Algumas pessoas sentem pena.

— Estranhos jogam pão aqui embaixo?

— Em sua maioria, parentes que vêm para o julgamento. Alguém veio pra você?

— Não.

Evangeline podia ouvir a velha mastigando.

— Eu te daria um pouco — falou a mulher depois de um tempo —, mas eu tô faminta.

— Ah... tudo bem. Obrigada.

— Sua primeira vez, imagino.

— Minha única vez — respondeu Evangeline.

A mulher riu de novo.

— Eu disse isso um dia.

O juiz lambeu os lábios com um nojo óbvio. Sua peruca estava amarelada e levemente torta. Uma camada fina de poeira cobria os ombros da toga. O guarda designado para escoltar Evangeline havia dito a ela no caminho para o tribunal que o juiz já tinha presidido mais de uma dúzia de casos só naquele dia, e provavelmente uma centena naquela semana. Sentada no banco do corredor, esperando seu julgamento, ela viu os acusados e condenados entrarem e saírem: batedores de carteira e viciados em láudano, prostitutas e falsificadores, assassinos e insanos.

Ela ficou de pé sozinha no banco dos réus. Advogado era coisa de gente rica. Um júri todo composto por homens estava sentado à direita, olhando para ela com diversos graus de indiferença.

— Como você será julgada? — perguntou o juiz com a voz cansada.

— Por Deus e pelo meu país — respondeu ela, conforme havia sido instruída.

— Você tem alguma testemunha que poderá comprovar o seu caráter?

Ela sacudiu a cabeça em negação.

— Fale, prisioneira.

— Não. Nenhuma testemunha.

Um advogado se levantou e recitou as acusações contra ela: tentativa de homicídio. Furto. Ele leu uma carta que disse ter recebido da sra. Whitstone da rua Blenheim, número 22, em St. John's Wood, detalhando os crimes escandalosos da srta. Stokes.

O juiz olhou para ela.

— Você tem algo a dizer em sua defesa, prisioneira?

Evangeline fez uma reverência.

— Bem, senhor. Eu não tive a intenção de... — Sua voz falhou. Ela teve a intenção, afinal de contas. — O anel foi um presente; eu não roubei. Meu... O homem que...

Antes que ela pudesse continuar, o juiz já estava balançando a mão no ar.

— Já ouvi o suficiente.

O júri demorou apenas dez minutos para anunciar o veredito: culpada pelos dois crimes.

O juiz ergueu seu martelo.

— Sentenciada — disse ele, e bateu o martelo na mesa. — Catorze anos de exílio, transferida para a terra além-mar.

Evangeline se agarrou na barra de madeira em sua frente para não cair de joelhos. Ela tinha ouvido direito? Catorze anos? Ninguém olhou de volta para ela. O juiz embaralhou os papéis em sua mesa.

— Tragam o próximo prisioneiro — anunciou ele.

— É isso? — perguntou ela ao guarda.

— É isso. Austrália. Você será uma pioneira.

Ela se lembrou de Olive dizendo que o exílio era uma prisão perpétua.

— Mas... eu posso voltar depois que cumprir a pena?

A risada dele foi isenta de compaixão, mas não exatamente cruel.

— É do outro lado do mundo, senhorita. É mais fácil velejar em direção ao sol.

Enquanto voltava para Newgate, escoltada pelos guardas, e descia pelo corredor escuro até as celas, Evangeline se forçou a estufar o peito (o melhor que conseguiu, com as mãos e pés algemados) e respirou fundo. Anos antes, ela tinha subido até o pináculo da igreja de Tunbridge Wells, onde os sinos eram tocados. Enquanto subia a escada circular de pedra na torre sem janelas, as paredes iam se estreitando e os degraus ficavam mais íngremes. Ela podia ver um feixe de luz sobre sua cabeça, mas não fazia ideia do quanto faltava para chegar ao topo. Subindo em círculos cada vez menores, ela temeu que pudesse acabar espremida, presa por todos os lados, incapaz de se mexer.

Ela se sentia assim agora.

Ao passar pelas celas cheias de prisioneiras, ela reparou nas unhas tortas e pretas de uma mulher que segurava em uma grade de ferro, os olhos esbugalhados de um bebê fraco demais ou faminto demais para chorar. Ela ouviu o caminhar pesado dos coturnos dos guardas, o tilintar monótono das correntes presas nas pernas. Sob o odor pungente de excrementos humanos e doenças havia o cheiro salgado e azedo de vinagre, usado vez ou outra pelos guardas da mais baixa patente para esfregar as paredes e o chão. Um rio de líquido se formava na direção de um ralo debaixo dos seus pés. Ela sentiu como se estivesse assistindo a uma peça de teatro da qual participava, *A tempestade*, talvez, com seu mundo às avessas, a paisagem caótica e ameaçadora. Uma frase passou pela sua cabeça: *O inferno está vazio, e todos os demônios estão aqui.*

— Inclusive você — falou o guarda, empurrando-a.

Ela havia dito a frase em voz alta, percebeu, como se a estivesse recitando para o pai durante uma aula.

De vez em quando, não importava o tempo, um grupo de prisioneiras era levado para fora da cela, todas algemadas, e marchavam para uma área de exercícios isolada, separada das outras áreas por muros altos com espetos de ferro no topo, para se arrastarem em círculo por aproximadamente uma hora.

— Quanto tempo você acha que falta até nós partirmos? — perguntou Evangeline para Olive, enquanto caminhavam pelo cubículo em uma tarde cinza.

— Sei lá. Ouvi dizer que eles enchem um navio duas ou três vezes por ano. Um partiu logo antes de eu ser pega. No meio do verão, eu acho.

Era início de abril.

— Não entendo por que estão nos mandando para o outro lado do mundo — falou Evangeline. — Seria muito mais barato e menos trabalhoso se cumpríssemos nossa pena aqui.

— Você não entendeu — explicou Olive. — É um esquema do governo. Uma trapaça.

— O que você quer dizer?

— A Inglaterra mandava sua escória para os Estados Unidos, mas, depois da rebelião, eles tiveram que encontrar uma nova pocilga. E foi a Austrália. Antes que se dessem conta, havia nove homens para cada mulher. *Nove!* Não dá pra fazer uma colônia só com homem, né? Ninguém pensou nisso. Então inventaram um monte de desculpas esfarrapadas pra mandar a gente pra lá.

— Você não quer dizer… — falou Evangeline.

— Claro que sim. Pelo julgamento deles, nós já somos pecadoras.

Olive bateu na barriga e disse:

— Olhe para nós, Leenie! Não há dúvida de que somos férteis, não é? Além do mais, estamos levando novos cidadãos com a gente. É um bônus se forem meninas. E não custa muito. Arranjam alguns navios negreiros e pronto.

— Navios *negreiros*?

Olive riu. A ingenuidade de Evangeline era um de seus grandes atrativos.

— Faz todo sentido, se parar pra pensar. Dezenas de navios largados lá, apodrecendo no píer, e tudo porque alguns bonzinhos do parlamento ficaram com pena de ser donos de seres humanos. Mas ninguém tem escrúpulo algum com condenadas grávidas.

Um guarda se aproximou e agarrou o braço de Olive.

— Ei, você, pare de fofocar.

Ela puxou o braço.

— Mas é a verdade, né?

Ele cuspiu no chão aos pés dela.

— Como você sabe disso tudo? — perguntou Evangeline depois de mais algumas voltas no cubículo.

— É só dar uma volta pelos bares da cidade depois de meia-noite. Nem te conto o que um cara pode revelar depois de alguns drinques.

— Eles devem estar mentindo. Ou exagerando, pelo menos.

Olive sorriu para ela, com pena.

— O seu problema, Leenie, é que você não quer acreditar no que está na sua cara. É por isso que veio parar aqui, né?

Nas manhãs de domingo, as detentas eram levadas até a capela da prisão, onde se sentavam no fundo, em uma seção de bancos atrás de placas de madeira altas e inclinadas que permitiam que elas enxergassem o pastor, mas não os detentos homens. Uma fogueira de carvão brilhava debaixo do púlpito, mas o calor não chegava até elas. Por mais de uma hora, as mulheres se encolhiam em seus vestidos franzinos e correntes pesadas, enquanto o pastor as repreendia, advertia e criticava por seus pecados.

O cerne do sermão era sempre o mesmo: elas eram pecadoras miseráveis pagando sua penitência aqui na Terra; o Diabo estava esperando para ver até onde podiam ir antes de se tornarem irredimíveis. A única chance que tinham era se lançar na misericórdia severa de Deus, nosso Senhor, e pagar o preço pela perversão que cometeram.

Às vezes, Evangeline olhava para as mãos e pensava: esses mesmos dedos seguraram flores e as arrumaram em vasos. Escreveram letras em latim com giz em um quadro. Contornaram o rosto de Cecil da testa até o pomo de adão. Pairaram sobre o rosto imóvel do seu pai e fecharam seus olhos pela última vez. E agora, olhe para eles, sujos, grossos, desonrados.

Nunca mais ela descreveria algo como insuportável. Quase tudo, como ela sabia agora, podia ser suportado. Pequenas larvas brancas infestavam seu cabelo, machucados persistentes surgiram de pequenos arranhões, uma tosse se mantinha em seu peito. Ela estava exausta e enjoada a maior parte do tempo, mas não estava morrendo. Naquele lugar, isso significava que ela estava indo bem.

PENITENCIÁRIA DE NEWGATE

Londres, 1840

Na eterna escuridão da cela, era difícil saber quanto tempo se passava, ou mesmo que horas do dia era. Porém, do lado de fora da pequena janela gradeada e à sombra do muro com estacas de ferro na área de exercícios, a luz do sol nascia cada dia mais quente e durava um tempo mais longo. Os enjoos matinais de Evangeline tinham diminuído, e sua barriga começara a crescer. Seus seios também aumentavam cada vez mais e ficavam mais sensíveis ao toque. Ela tentava não pensar muito na criança que carregava na barriga, prova viva da sua degradação, uma marca do pecado tão inquestionável quanto os vestígios da pata vermelha do Diabo na pele.

Pouco depois do café em uma manhã quente, o portão no fim do corredor rangeu e um guarda gritou:

— Os quakers chegaram. Fiquem apresentáveis.

Evangeline procurou por Olive e, ao avistá-la a alguns metros de distância, encontrou seus olhos. Olive apontou para a porta da cela: *Vá até lá.*

Três mulheres em capas cinza longas e chapéus brancos se materializam na frente da cela, cada uma carregando um saco grande. A do meio, que usava um vestido preto liso e um xale branco por baixo da capa, era mais alta e tinha a postura mais ereta do que as outras duas. Seus olhos eram azul-bebê, sua pele sem maquiagem, seu cabelo grisalho repartido ao meio com precisão debaixo do chapéu. Ela sorriu para as mulheres de dentro da cela com um ar de autocontrole inofensivo.

— Olá, amigas — disse ela em voz baixa.

Milagrosamente, exceto pelo bebê inquieto, a cela ficou em silêncio.

— Eu sou a sra. Fry. As mulheres que me acompanham hoje são a sra. Warren. — Ela assentiu com a cabeça para a esquerda. — E a sra. Fitzpatrick. Nós estamos aqui em nome da Sociedade pela Reforma das Prisioneiras.

Evangeline se inclinou para a frente, esforçando-se para ouvi-la.

— Cada uma de vocês é digna de redenção. Vocês não precisam ser manchadas para sempre pelos seus pecados. Devem escolher viver suas vidas daqui em diante com dignidade e honra. — A sra. Fry passou dois dedos pelo portão de ferro e encostou no braço de uma jovem que a fitava com os olhos atentos. — Do que precisas?

A menina se encolheu, desacostumada com alguém falando com ela diretamente.

— Você gostaria de um vestido novo?

A garota assentiu.

— Há alguma pobre alma aqui hoje — começou a sra. Fry, levantando o queixo na direção do grupo maior — que queira ser salva de suas sinas para que possa ser resgatada de seu desalento, de sua tristeza? Amigas, apeguem-se com afinco à esperança. Lembrem-se das palavras de Cristo: "Abra a porta do teu coração, e eu irei vencer aquilo que a ti venceu". Se acreditares no Senhor, tudo será perdoado.

Quando ela acabou de falar, um guarda destrancou a porta e as prisioneiras abriram espaço na cela. Ao entrar, a mulher distribuiu biscoitos de aveia de um saco de algodão. Evangeline pegou um e comeu um pedaço. Embora fosse duro e seco, tinha um gosto melhor do que qualquer outra coisa que comera em semanas.

Com a ajuda dos guardas, a sra. Fry identificou as novas prisioneiras e deu a cada uma um pacote amarrado com um barbante. Ao colocar o pacote nos braços de Evangeline, ela perguntou:

— Há quanto tempo você está aqui?

Evangeline fez uma reverência.

— Quase três meses, senhora.

A sra. Fry ergueu a cabeça.

— Você é… letrada. E vem do… sul?

— De Tunbridge Wells. Meu pai era vicário lá.

— Entendo. Então… você foi condenada ao exílio?

— Sim.

— Sete anos?

Evangeline se retraiu.

— Catorze.

A sra. Fry assentiu, parecendo não estar surpresa.

— Bem, você parece saudável. A viagem leva cerca de quatro meses... Não é fácil, mas a maioria sobrevive. Você vai chegar no fim do verão, que é o fim do inverno deles. Muito melhor do que o contrário. — Ela pressionou os lábios. — Com toda a sinceridade, eu não estou convencida de que o exílio seja a solução. Há muitas possibilidades de abuso... muitas maneiras, acredito, para o sistema ser corrupto. Mas é o sistema que temos, e, portanto... — Ela olhou para Evangeline no fundo dos olhos. — Deixe-me perguntar uma coisa. Seu pai aprovaria... — Ela apontou levemente na direção da barriga de Evangeline — ...isso?

Evangeline ficou com o rosto vermelho.

— Talvez isso revele certa falta de... julgamento. Você permitiu que alguém se aproveitasse de você. Eu imploro para que seja cuidadosa. E fique alerta. Os homens não têm que viver com a consequência de seus atos. Você tem.

— Sim, senhora.

Quando a sra. Fry e suas ajudantes viraram as costas para distribuir mais pacotes, Evangeline abriu o dela, puxando e inspecionando os itens: um chapéu branco, um vestido verde de algodão, um avental de linho grosso para usar por cima do vestido. Depois que os pacotes foram distribuídos, as quakers foram ajudar as prisioneiras a vestirem suas roupas novas.

A sra. Warren desabotoou as costas do vestido sujo de Evangeline e a ajudou a tirar as mangas dos braços. Evangeline estava totalmente ciente do odor em suas axilas, do cheiro azedo em sua boca, da sua bainha molhada. A sra. Warren tinha cheiro de... nada; apenas de pele. Mas se sentiu alguma repulsa, não deu nenhum sinal.

Quando as prisioneiras estavam vestidas, a sra. Fry perguntou quem estava interessada em aprender a costurar, cerzir ou tricotar meias. Evangeline levantou a mão. Apesar de ter pouco interesse em bordar, sair da cela seria bom, e ela sentia falta de ser produtiva. Três dúzias de prisioneiras foram divididas em grupos e conduzidas por um pátio aberto até uma sala grande e arejada cheia de mesas e bancos compridos, com pequenas janelas abertas na parte de cima da parede alta que dava para o pátio. O grupo de Evangeline foi designado para tricotar, o que ela jamais aprendera a fazer. A sra. Warren se sentou no banco ao lado dela, delicadamente guiando as agulhas longas de madeira em suas mãos pela lã grossa. Ao sentir as mãos macias e quentes dessa mulher nas suas, o toque de uma pessoa que não era nem arrogante nem desdenhosa... Evangeline piscou para esconder as lágrimas.

— Ah, minha querida. Deixe-me pegar um lenço — disse a sra. Warren, levantando-se do banco.

Enquanto Evangeline a via atravessar a sala, passou os dedos pela pequena saliência da sua barriga e por cima do seu quadril, traçando a linha do brasão do lenço de Cecil debaixo do seu novo vestido verde. Depois de um instante, ela sentiu uma vibração, como um peixinho nadando no fundo da sua barriga.

Deve ser o bebê. De repente, ela se sentiu protetora e, sem pensar, acariciou sua barriga, como se estivesse segurando-o.

Essa criança nasceria em cativeiro, em desonra e incerteza; ela enfrentava um futuro de luta e trabalho árduo. Mas o que, a princípio, pareceu uma piada cruel agora se tornava uma razão para viver. Ela era responsável não só por si mesma, mas por outro ser humano. Desejava com toda força que seu filho tivesse uma chance de superar sua chegada infeliz ao mundo.

O guizo e os cliques dos cadeados no fim do corredor longo e escuro. O brilho das lanternas batendo nas paredes de pedra. O carrinho repleto de correntes e ferros. As vozes brutas dos carcereiros gritando:

— Vamos agora! Andem logo!

— É a hora — avisou Olive, cutucando o ombro de Evangeline. — Eles vieram nos buscar.

Na frente da cela havia três guardas. Um segurava um pedaço de pergaminho; outro erguia a lanterna sobre o papel. O terceiro corria com seu cassetete para um lado e para o outro da grade de ferro.

— Ei, vocês, escutem — disse ele. — Se eu chamar seu nome, dê um passo à frente. — Ele franziu as sobrancelhas olhando para o papel. — Ann Darter!

Um ruído, um sussurro, e então a menina cujo bebê havia morrido se postou à frente. Era a primeira vez que Evangeline ouvia o nome dela.

— Vai ser um milagre se essa daí resistir — murmurou Olive.

— Maura Frindle!

Uma mulher que Evangeline não conhecia surgiu no meio das sombras.

— Olive Rivers.

— Estou aqui, fiquem calmos — disse ela, com as mãos na grade.

O guarda com o cassetete passou-o na grade de novo, *rá, tá, tá, tá,* forçando Olive a tirar a mão.

— E a última: Evangeline Stokes.

Evangeline colocou um fio de cabelo caído para trás da orelha. Ela passou a mão na barriga e deu um passo para a frente.

O guarda com a lanterna a segurou no alto para ver melhor.

— Essa aqui é uma delicinha.

— Ela não gosta de homens — falou Olive. — Que pena para vocês.

— Ela gostou de algum — retrucou o que segurava a lanterna, e despertou uma risada generalizada.

— E veja só no que deu — afirmou Olive.

Com um guarda na frente e dois atrás, as prisioneiras marcharam pelo pátio, subiram a escada e desceram pelo corredor estreito com os lampiões a óleo que chiavam, na direção dos cômodos da carcereira. Ela, sentada atrás da mesa de carvalho, parecia estar com o mesmo mau humor da noite em que Evangeline chegara. Quando viu Evangeline, franziu as sobrancelhas.

— Você está magra demais — afirmou ela, como se Evangeline tivesse decidido, por capricho, perder peso. — Seria uma pena perder essa criança.

— Provavelmente é o melhor — falou um guarda.

— É provável que fosse melhor pra ela, de fato.

A carcereira respirou fundo. Ao olhar para o livro-registro, ela riscou uma linha sobre o nome de Evangeline.

Quando as prisioneiras foram liberadas, os guardas conduziram a procissão barulhenta escada abaixo, movendo-se devagar para que não rolassem feito peças de dominó. Ao chegar do lado de fora dos portões pretos altos, Evangeline se sentiu como um urso saindo de uma caverna, piscando à luz da manhã que nascia.

O céu acima estava branco e delicado como musselina limpa, as folhas de olmos alinhadas na rua, verdes como vitórias-régias. Uma revoada emergiu como confete de uma árvore. Era um dia comum na cidade: um vendedor de flores ajeitando sua vendinha, cavalos e carroças descendo a rua Bailey, homens em sobretudos e chapéus pretos caminhando rápido pelas calçadas, um garoto gritando em uma voz fina e alta:

— Torta de porco! Pão quentinho!

Duas mulheres caminhavam de braços dados, uma de cetim brocado cor de nozes, a outra de seda azul-água, ambas com corpetes apertados, mangas bufantes que afunilavam até os pulsos de um jeito bastante moderno. Seus guarda-sóis eram floridos, os chapéus amarrados com laços de veludo. A que vestia azul avistou as prisioneiras algemadas e parou no meio do caminho. Levando a mão enluvada à boca, ela sussurrou no ouvido da outra mulher. As duas se viraram bruscamente na direção oposta.

Evangeline olhou para baixo, para as suas correntes pesadas e seu avental sujo. Ela devia parecer um fantasma para elas, imaginou — quase não humana.

Enquanto esperava com os guardas e as outras prisioneiras perto da rua, uma carruagem com janelas tapadas com placas de madeira, conduzida por dois cavalos pretos, diminuiu a velocidade até parar na frente delas. Erguendo e empurrando cada mulher, um dos guardas as colocou para dentro, onde se sentaram umas de frente para as outras, de duas em duas, em bancos de madeira compridos. Quando o guarda fechou a porta e a trancou, o interior ficou totalmente escuro. Molas rangeram quando ele se sentou ao lado do cocheiro. Evangeline se esforçou para ouvir suas vozes, mas não conseguiu entender o que diziam.

Um som de chicote, o relinchar de um cavalo. A carruagem seguiu adiante.

Era abafado ali dentro. Conforme as rodas rangiam pelos paralelepípedos, Olive esbarrando nela a cada curva, Evangeline sentiu um fio de suor descer da sua testa até a ponta do nariz. Em um gesto inconsciente que havia se tornado hábito, ela encontrou a ponta do lenço de Cecil debaixo do vestido com a ponta dos dedos. Sentada no banco duro na escuridão, ela tentava ouvir algo. Por fim, o som de gaivotas, homens berrando ao longe, o ar salgado de maresia: eles deviam estar perto da água. O navio negreiro. Seu coração começou a retumbar no peito.

MATHINNA

Nós não fazemos uma propaganda pomposa de filantropia. O Governo tem que remover os nativos — caso contrário, eles serão caçados como bestas selvagens e destruídos!

— *The Colonial Times* (Tasmânia), 1º de dezembro de 1826

ILHA DE FLINDERS

Austrália, 1840

O ar do início da manhã estava gelado, com uma chuva constante. Debaixo de um pinheiro, Mathinna jogou a capa de pele de marsupial sobre os ombros e olhou para as samambaias marrons cheias e os aglomerados de musgo pendurados acima dela, enquanto ouvia a chuva chiando e os grilos cantando. Ao passar os dedos pelas conchas delicadas do colar que dava duas voltas em seu pescoço, ela pensou sobre sua questão. Não estava assustada por se ver sozinha na floresta, apesar das cobras que se escondiam debaixo dos troncos de madeira e das aranhas pretas venenosas em suas teias invisíveis. Ela temia mais o que a aguardava de volta no assentamento.

Antes de Mathinna nascer, Wanganip disse a ela que sua irmã, Teanic, havia sido arrancada dos braços de seu pai por colonizadores britânicos que queriam capturá-lo. Teanic foi mandada para o orfanato Queens, perto de Hobart Town, e eles nunca mais a viram. Diziam que ela tinha morrido de *influenza* aos oito anos de idade, mas os palawa nunca receberam essa notícia diretamente.

Mathinna não queria ser sequestrada como sua irmã.

Depois que Wanganip morreu, o padrasto de Mathinna, Palle, tinha feito o melhor que podia para confortá-la. Com o braço ao seu redor, sentados perto da fogueira que soltava estalos, ele contava a ela histórias sobre os deuses palawa, tão diferentes do Deus que agora eram obrigados a venerar. As duas divindades principais eram irmãos descendentes do Sol e da Lua. Moinee criou a Terra e os rios. Droemerdene vivia no céu e tinha se transformado em uma estrela. Ele criou o primeiro humano a partir de um canguru, colocando juntas nos joelhos para que o humano pudesse descansar e retirando o rabo incômodo.

Desde que o primeiro palawa fora criado, contou Palle a ela, eles tinham caminhado milhares de quilômetros por dia. Esguios, saudáveis e de estatura baixa, andavam das florestas para os mares e para os topos das montanhas, carregando comida, ferramentas e utensílios para comer em bolsas tecidas com folhas. Com uma camada de gordura de foca espalhada pelo corpo para protegê-los do vento e do frio, eles caçavam cangurus e marsupiais e outros bichos com lanças talhadas com facas de pedra e clavas de madeira chamadas *waddies*. De acampamento em acampamento, eles carregavam água em recipientes de algas e brasas de carvão em cestas feitas de casca de árvore. Comiam moluscos e ostras e usavam as pontas afiadas dos restos de conchas para cortar carne.

Muito tempo atrás, o país se estendia pelo que agora eram as águas do Estreito de Bass, mas um dia a maré cheia dividiu a ilha do continente. Desde então, os palawa passaram a viver em Lutruwita em isolamento esplêndido. Normalmente, havia bastante comida; a água era fresca e repleta de vida selvagem. Eles construíam cabanas de cascas de árvore e torciam fios compridos da casca para fazer canoas. Faziam colares, como os que a mãe de Mathinna fazia, de conchas marinhas verdes do tamanho de dentes de leite e usavam coroas vermelhas no cabelo. Muitos homens da aldeia tinham cicatrizes no formato de sol e lua nos ombros e braços e torsos, talhados na pele e preenchidos com carvão. As histórias do povo, faladas e cantadas, eram passadas de geração em geração.

Diferente dos britânicos, disse Palle, cuspindo no chão com repulsa, os palawa não precisavam de estruturas de tijolos nem de roupas apertadas nem de mosquetes para se sentirem felizes. Eles não cobiçavam nada e nada roubavam. Eram doze nações, cada uma contendo meia dúzia de clãs, cada uma com uma língua diferente, e não havia uma palavra sequer para *propriedade* em nenhuma delas. A terra era simplesmente parte de quem eram.

Ou talvez, mais precisamente, disse ele, eles eram parte da terra.

Havia duzentos anos desde que os primeiros homens brancos chegaram à costa deles — criaturas esquisitas de pele ridiculamente pálida, como vermes brancos ou fantasmas saídos de lendas. Eles pareciam delicados como ostras, mas as lanças que carregavam tinham fogo. Durante muitos anos, os únicos brancos fortes o suficiente para sobreviver ao inverno eram os baleeiros e os pescadores de focas, muitos dos quais eram tão cruéis e brutos que, para os palawa, pareciam metade homens, metade bestas. Mesmo assim, ao longo do tempo, um sistema de escambo se desenvolveu. Os palawa trocavam peixes e pássaros e pele de canguru por açúcar branco, chá, tabaco e rum — substâncias vis que prejudicavam suas mentes e estômagos, contou Palle a Mathinna, desencadeando vícios e dependência.

Desde o dia em que os invasores chegaram — e nomearam — a Terra de Van Diemen, eles se tornaram tão incansáveis quanto uma maré enchendo. Tomaram a terra e empurraram os palawa cada vez mais para dentro das montanhas. Os prados e florestas, os campos de caça a cangurus e marsupiais tornaram-se pastos para ovelhas, delimitados por cercas. Os palawa abominavam aqueles animais estúpidos e histéricos que obstruíam seus caminhos e suas passagens. Eles se recusavam a comer a carne fétida daqueles bichos e queimavam as cercas que impediam sua movimentação. Com medo dos pastores que não tinham escrúpulo algum para matá-los quando se aproximavam, eles lutavam da maneira que conseguiam, com emboscadas e subterfúgios.

Uma década antes de Mathinna nascer, a chamada Guerra Negra dizimou as aldeias. Os palawa perceberam tarde demais que os homens brancos eram desprovidos de moral. Eles mentiam sorrindo e não achavam nada de mais em atrair os aborígenes para armadilhas. Os palawa lutavam em vão com pedras e lanças e *waddies* contra condenados e colonizadores que haviam sido autorizados pelo governo britânico a capturar e matar qualquer nativo que encontrassem. Esses homens vasculhavam a ilha com cães de caça, caçando o povo palawa por esporte. Conforme os aborígenes continuavam fugindo deles, as táticas dos brancos foram se tornando mais sagazes. Eles camuflavam armadilhas de ferro com folhas de eucalipto. Prendiam os homens às árvores e os usavam como prática de tiro. Estupravam e escravizavam as mulheres palawa, infectando-as com doenças que as deixavam estéreis. Queimavam-nas com brasões e batiam a cabeça de seus filhos nas pedras.

Quando a maioria dos palawa havia sido exterminada, os remanescentes do povo foram reunidos e trazidos para a ilha de Flinders. Ali, foram forçados a usar roupas britânicas apertadas com botões desnecessários e sapatos que apertavam seus pés. O ocre vermelho foi arrancado de seus cabelos cortados curtos, no estilo britânico. Foram obrigados a sentar na capela escura e ouvir sermões sobre um inferno que nunca haviam imaginado e instruções de moral que não precisavam, cantando hinos que prometiam a salvação em troca de sofrimento.

Disseram aos palawa que a estada na ilha de Flinders seria temporária, que logo receberiam terras próprias — ou melhor, receberiam parte da sua terra de volta.

Passaram-se dez anos. Eles ainda estavam esperando.

A chuva caía como uma cortina. Pingava no pescoço de Mathinna, encontrando buracos em sua capa, ensopando sua pele através do vestido de algodão. No fundo do peito ela podia sentir algo pesado, o início de um resfriado. Seus olhos coçavam de exaustão e seu estômago estava vazio. Ela podia caçar ovos de cisne, mas isso significaria sair pelos campos abertos. Se fosse para a praia em busca de moluscos, seria facilmente vista do cume. Embora nunca tivesse caçado uma gaivota, já tinha visto Palle fazendo: ele enfiava a mão dentro de um buraco no chão do tamanho de uma concha de ostra grande, e, se o ar estivesse frio, ele puxava a mão rápido; podia ser um buraco de cobra. Mas, se estivesse quente, provavelmente era um ninho de gaivotas. Ele colocava a mão, pegava o pássaro e o puxava, torcendo seu pescoço para matá-lo.

O problema era que Mathinna não tinha fogo. Mesmo os idosos mais fortes, os que dilaceravam as gaivotas assim que a maior parte de suas penas estivessem queimadas, não os comiam crus.

Ela olhou para as árvores ao longe, com as cascas macias e cinza como barrigas de marsupiais, e seus olhos se encheram de lágrimas. Ela sentia falta do seu bichinho de estimação, um gambá albino com orelhas rosadas que ela tinha encontrado abandonado e criado desde pequeno. Sentia saudade do calor dos braços de Palle.

Sua boca se enchia de água ao pensar em ostras quentes na brasa.

Quando ela conseguiu voltar para o assentamento, a chuva tinha parado. Alguns palawa e uns missionários estavam conversando, mas não havia nem sinal dos Franklin. O coração de Mathinna se encheu de esperança. Ela entrou discretamente na sala de aula, onde algumas crianças estavam estudando. O professor olhou de sua cartilha para ela. Ele parecia não ter reparado no seu vestido molhado, na capa de pele de marsupial encharcada, no olhar assustado em seus olhos. Parecia não estar nada surpreso por ela ter voltado.

— Mary — disse ele, levantando-se. — Venha comigo. Estão procurando você.

MAR DA TASMÂNIA

1840

Quando o capitão a levantou para dentro do saveiro, Mathinna olhou para trás e viu seu padrasto de pé no cume da montanha, sua silhueta contra o céu, protegendo os olhos do sol com as mãos.

— Palle! — gritou ela, acenando.

Ele levantou o braço, os dedos esticados.

— Palle...

A imagem dele turvou em meio às lágrimas.

— Agora chega — disse o capitão.

Ela soluçou em silêncio enquanto ele puxava a âncora e preparava a vela. No fundo do seu coração, ela tinha certeza de que nunca mais veria seu padrasto. Ela viu a imagem dele desaparecer à distância conforme o barco saía do ancoradouro e seguia para o mar aberto.

Ao cuspir no convés, o capitão falou:

— Me disseram pra te tratar como uma senhorita. Vou fazer o que mandaram, mas você não parece com nenhuma senhorita que eu já tenha visto.

Mathinna não respondeu. Enxugou os olhos com as mãos.

Ela nunca tinha ido para o alto-mar antes. Só os marinheiros dos palawa saíam em canoas. Ela não sabia que deveria esperar as ondas enormes e batidas repentinas, a coceira de sal no nariz, a luminosidade implacável do sol, o cheiro nojento de tripas de peixe apodrecendo em um balde.

Sua boca se encheu de saliva. Seus olhos lacrimejaram. Antes mesmo de eles perderem a ilha de Flinders de vista, ela estava vomitando.

— Está dentro da sua cabeça. — O capitão deu um tapinha na têmpora. — Acalme-se.

Quando Mathinna voltara para o assentamento, três dias antes, disseram a ela que os Franklin estavam a caminho de volta à Terra de Van Diemen. Tinham deixado para trás o *Corvo-marinho* e o capitão do pequeno saveiro com a ordem expressa de levar a menina até Hobart Town. A mulher de George Robinson, Maria, tinha ajudado Mathinna a arrumar seus parcos pertences em um pequeno baú velho: dois vestidos de algodão lisos no estilo inglês, duas pantalonas, um chapéu, um par de sapatos de couro. Mathinna montou um ninho com sua capa de pele de marsupial para Waluka em uma cesta de folha feita por Palle, e incluiu três colares de conchas que sua mãe havia feito.

"Levar um roedor para a residência do governador não parece muito recomendável", falara Robinson ao ver Waluka.

"É um marsupial, George." A mulher imitara as patas de um canguru. "Tem uma bolsa. Ela criou o bichinho desde que nasceu; é bem manso."

"Parece um rato."

Maria colocara a mão nos braços dele.

"A criança está deixando para trás tudo o que conhece. Que mal há em deixá-la ficar com o bicho?"

Agachando-se, Mathinna abriu a cesta. Ela puxou um dos colares de concha e o colocou ao redor do pescoço, depois segurou Waluka no colo. *Com sua pele macia, nariz rosado e rabo comprido, ele até que parecia um pouco com um rato*, pensou ela. Em seu colo, ele estava quietinho, imóvel, mas ela podia sentir seu coraçãozinho disparado enquanto acariciava seu peito com o dorso do dedo.

— Estou surpreso por eles deixarem que você trouxesse essa coisa sarnenta — falou o capitão.

Ela passou a mão de forma protetora nas costas de Waluka.

— O sr. Robinson disse que eu podia.

— Já comeu gambá?

Ela sacudiu a cabeça.

— Nada mal — respondeu o capitão. — Tem gosto de eucalipto.

Ela não sabia dizer se ele estava brincando.

O céu estava cinza, como as pedras lisas de uma gruta. As ondas brilhavam como xisto. Ao abrir seu mapa amassado, o capitão chamou Mathinna para perto. Ele traçou o litoral de uma grande massa de terra com o dedo indicador até chegar a uma passagem estreita na parte de baixo. Batendo com o dedo, ele disse:

— É para cá que estamos indo. Dez dias de viagem.

Não parecia nada para ela: um monte de linhas em um pedaço de papel. Mas quando examinou o mapa, lendo em voz alta os nomes de cidades e regiões, ela passou seu próprio dedo pelo litoral para cima, o inverso da viagem que faziam. Passou por Port Arthur, ao redor da pequena ilha Maria, por Four Mile Creek e ao redor da ilha Cape Barren, finalmente de volta à ilha de Flinders, uma mancha no mar acima da Terra de Van Diemen.

Ao correr o dedo pelas conchas do colar, Mathinna se lembrou da mãe colocando-o em suas mãos.

— Cada pessoa que você gosta, cada lugar que você ama, é uma dessas conchas. Você é o fio que os mantêm juntos — disse ela, encostando no rosto de Mathinna. — Você carrega as pessoas e lugares que aprecia junto com você. Lembre-se disso e você nunca estará sozinha, filha.

Mathinna queria acreditar nisso. Mas não tinha certeza se era verdade.

O capitão dormia tirando cochilos; na mais leve onda ou chacoalho da vela, ele acordava atento. Ela fingia não perceber quando ele ia atrás de um barril para usar o penico ou lavar debaixo dos braços. Devia ter, provavelmente, uns trinta e poucos anos, mas, para Mathinna, ele parecia um idoso. Ele era bruto, mas não maldoso. Sua única função, disse a ela, era levá-la em segurança para o governador, e, custasse o que custasse, ele faria isso. Na maior parte do tempo, ele a deixava sozinha. Quando não estava levantando a vela principal ou traçando o caminho que fariam, sentava-se de um dos lados do barco e talhava mulheres nuas em madeira com uma pequena faca curvada, e ela se sentava do outro lado, passando os dedos pelas conchinhas verdes ao redor do pescoço e brincando com Waluka.

Todas as manhãs, o capitão fazia uma lista de checagem das tarefas: anotar as leituras do barômetro em um caderno, conferir se a vela não tem rasgos nem buracos, prender tábuas soltas com pregos, juntar as cordas. Ele deixava uma isca atrás do barco e pescava pargos-vermelhos, carapaus e, eventualmente, salmão. Ele imobilizava o peixe inquieto antes de tirar suas tripas rapidamente com uma faca para trinchar, depois fazia uma fogueira em uma espécie de churrasqueira, uma caixa de metal de três lados sobre quatro pés grossos, com uma bandeja embaixo para o fogo e uma grade por cima.

Mathinna nunca tinha comido peixe com escamas; os palawa só comiam mariscos. Eles riam dos missionários quando os viam tirando espinhas dos dentes. Mas nesse momento, a boca dela aguava com o cheiro da pele crocante e com a visão da carne branca do peixe derretendo da espinha.

— Experimenta — disse o capitão uma tarde, vendo o olhar dela. Ele partiu alguns pedaços, colocou-os em um prato de estanho e deu a ela.

Quando ela tentou pegar com os dedos, o peixe se partiu em pedaços fresquíssimos. Mathinna os levou à boca, um por um, maravilhada com o sabor amanteigado. Ele sorriu.

— Melhor que biscoito, não é?

O capitão contou a ela histórias de sua vida — como ele tinha roubado moedas raras para custear remédios para sua mãe doente (ou assim ele disse), terminando em um navio de prisioneiros a caminho da Terra de Van Diemen, onde trabalhou durante seis anos em Port Arthur. Quando ele mencionou que tinha sido pescador de focas, o coração de Mathinna disparou. Mas ela não via sinal algum de selvageria nele.

— Você gosta de... matar focas? — perguntou ela.

Ele deu de ombros.

— É um trabalho árduo. Sujo e gelado. Mas eu não tinha opção, tinha? Pelo menos eu sabia que receberia pelo meu trabalho. De qualquer forma, já vi coisa pior na prisão. O que as pessoas fazem umas com as outras, você não iria acreditar.

Por que ela não iria acreditar? Ali estava ela, arrancada de sua família e de todo mundo que conhecia por causa do capricho de uma mulher de sapato de cetim, que fervia os crânios de seus parentes e os exibia como curiosidades. (O que as pessoas fazem com as outras, de fato.)

— Isso tudo é passado — continuou o capitão. — Agora estou em um bom caminho. Quando o governador paga o seu salário, você faz o que ele manda. Do jeito que ele manda.

Em mar aberto, a água tinha partes brancas e era agitada. Ela espirrava no rosto deles e espumava pelas laterais, conforme o pequeno saveiro subia e descia. O capitão começou a colocá-la para trabalhar, para desamarrar o cordame, segurar a barra do leme enquanto ele ajeitava as velas. Ele mostrava a ela como limpar a grelha de metal e cuidar do carvão para manter o fogo aceso dentro do fogareiro. Ele avisou que estava nomeando-a para o trabalho de vigia das águas — quando ele precisasse tirar um cochilo, ou de um intervalo, era para ela ficar de olhos atentos. Ela começou a gostar do trabalho, um antídoto contra o tédio. Seus momentos favoritos eram quando o capitão estava dormindo. Com os sentidos aguçados, ela escaneava o horizonte e mantinha o fogo aceso.

Mathinna começou a fazer essas tarefas sem que ele pedisse e ele começou a supor que assim ela faria.

— Dizem que o seu povo não aprende nada, mas olha para você — disse ele.

Quando o céu escurecia, ela colocava sua capa de pele nos ombros e olhava para cima, em busca de Droemerdene, a estrela brilhante do Sul, permitindo-se fechar os olhos somente depois de encontrá-la.

Era fim de tarde quando o *Corvo-marinho* entrou na Storm Bay e seguiu pelo rio Derwent a caminho de Hobart Town. Ao chegarem ao porto, rodeado de gaivotas barulhentas, Mathinna amarrou a corda do convés e da lateral do barco. O capitão desligou o motor principal, desacelerando o saveiro, e o conduziu delicadamente a caminho do ancoradouro. Enquanto ele fazia isso, ela juntou suas coisas, escondeu Waluka dentro da cesta e o cobriu com a capa de pele de marsupial. Pôs um vestido branco liso com pequenas pregas ao redor da cintura, o que mandaram que guardasse para usar quando chegasse. Ficara descalça durante a viagem inteira e a pele da sola dos seus pés estava dura como um casco de cavalo. Ela, então, calçou o sapato de couro macio. Pareceram estranhos, como usar chapéu nos pés.

Parada nas pedras do cais, segurando sua cesta, ela deu alguns passos, tentando recuperar seu equilíbrio depois de tantos dias no mar. Ela nunca tinha visto tanta atividade. Homens gritando uns com os outros, mulheres vendendo mercadorias, cachorros latindo, gaivotas pipilando, cavalos relinchando e balançando a crina. Cabras balindo e porcos grunhindo. O cheiro salgado de algas, o odor de esterco, o adocicado terroso de castanhas torradas. Encostados na lateral de uma casa, um grupo de homens de roupas amarelas e pretas limpavam o chão. Ao se aproximar, ela viu que eles estavam acorrentados uns aos outros.

Quando ouviu a risada peculiar do capitão, Mathinna se virou. Ele estava a muitos metros de distância, conversando com dois homens de uniforme vermelho, mosquetes atravessados em seus ombros. Ele ergueu o queixo na direção dela.

— É aquela ali.

— Você não precisa nem apontar.

— Onde estão os pais dela?

— Não tem pais — respondeu o capitão.

O primeiro soldado assentiu.

— Muito bem.

O capitão se agachou na frente dela.

— É hora de te entregar. Esses dois vão te levar aonde você tem que ir. — Ele prolongou o instante um pouco, como se quisesse dizer mais alguma coisa. E então assentiu para a cesta dela. — Que bom que não tivemos que comer o seu gambá.

Os bancos da carruagem aberta — de tecido azul-celeste — eram escorregadios. Mathinna teve que se segurar no apoio de braço para não cair no chão. Os cascos dos cavalos faziam um barulho oco enquanto trotavam pelas ruas de pedras grudentas de lama. Olhando para trás, para o cais desaparecendo à distância, Mathinna se sentiu mais sozinha do que jamais tinha sentido em sua vida. Ninguém nesse lugar estranho se parecia com ela. Ninguém.

HOBART TOWN, TERRA DE VAN DIEMEN

Austrália, 1840

Os cavalos viraram em um largo e pararam em frente a uma casa bege comprida de dois andares com os batentes azuis e uma varanda larga. Um dos soldados saltou no chão e pegou Mathinna no colo para tirá-la da carruagem. Em vez de colocá-la na entrada de pedras, ele a carregou até os degraus da frente.

— Você é uma senhorita, me disseram — disse ele fazendo uma reverência exagerada. — Não posso deixar sujar sua bainha de lama.

Mathinna girou a cabeça para olhar ao redor. Embora nunca tivesse visto uma casa tão grande e imponente, ela se sentiu estranhamente à vontade, como se estivesse adentrando a gravura de um livro que havia lido com o professor.

Uma mulher robusta de meia idade com um vestido cinza, avental branco e chapéu apareceu na porta.

— Olá, Mathinna — disse ela, inclinando a cabeça. — Nós estávamos esperando você. Eu sou a sra. Crain, camareira da casa. Essa é a residência oficial do governo. Sua nova... casa.

O professor na ilha de Flinders tinha uma camareira, uma senhora missionária que arrumava a cama dele e preparava o café da manhã. Mathinna sempre a ignorara. Mas ela não conhecia os costumes desse lugar. Esperava-se que ela fizesse uma reverência? Ela fez.

— Não desperdice suas boas maneiras comigo — brincou a sra. Crain.
— Sou eu que deveria fazer reverência para você, acho. Uma princesa, ouvi dizer! — Ela levantou a sobrancelha para os soldados. — Lady Franklin e seus caprichos!

Carregando o baú velho no ombro, um deles disse:

— Onde você quer que coloque os pertences da senhorita?

— Deixe na entrada de serviço. Duvido que tenha muito para recuperar. — Virando-se de volta para Mathinna, a sra. Crain franziu as sobrancelhas ao examiná-la. — Venha comigo. Vou achar uma empregada para lhe dar um banho. Nós precisamos deixá-la apresentável antes que lady Franklin veja você e mude de ideia.

A antiga banheira de madeira havia sido um cocho de cavalo, a empregada da casa, Sarah, contou a Mathinna. Esfregando as costas e os braços da menina com um pedaço de sabonete de lixívia, ela falou:

— Fui instruída a lavar você dos pés à cabeça. A sra. Crain disse para sermos rápidas, então não houve tempo para aquecermos a água.

Agachada na banheira, batendo os dentes, Mathinna assentiu.

— Depois do jantar, você vai ver lady Franklin — disse Sarah, passando o sabonete embaixo dos braços de Mathinna. — A sra. Wilson é a cozinheira. Ela é do bem. A maioria de nós, empregados da casa, estamos aqui por causa dela. Ela ficou na Cascades por mais de uma década.

Mathinna recuou enquanto Sarah espremia uma toalha gelada sobre seus ombros.

— O que é Cascades?

— Fique parada, preciso enxaguar o sabão. É uma prisão. Chamam de fábrica feminina. Um lugar terrível. Mas não tão ruim quanto a ilha de Flinders, pelo que ouvi dizer. Agora, levanta o queixo.

Mathinna olhou para cima enquanto Sarah esfregava seu pescoço. Ela lembrou do que o capitão dissera sobre os prisioneiros em Port Arthur, que eles eram sem escrúpulos; que cortavam sua garganta assim que lhe viam. Ela pensou nos homens que tinha visto no cais, andando acorrentados.

— Eu não sabia que havia mulheres prisioneiras.

Sarah fez uma cara feia.

— Nós mal somos consideradas mulheres.

Mathinna olhou para Sarah, com seu cabelo castanho cacheado e olhos azuis, seu vestido cinza impecável. Ela parecia inofensiva, mas vai saber.

— Você assassinou alguém?

Sarah riu.

— Só no meu coração. — Estendendo a toalha, ela continuou: — Assassinos não podem sair durante o dia. Eles passam o dia em suas celas tirando alcatrão do centro de cordas. Acaba com os dedos. É o melhor motivo que consigo imaginar para não matar alguém.

Depois do banho, Sarah vestiu Mathinna com uma anágua branca, um vestido rosa de gabardina e meias brancas, e amaciou seu cabelo com óleo. Quando entregou a ela um par de sapatos pretos, Mathinna reclamou.

— Você precisa calçá-los. Eu vou me meter em confusão se você não os usar — avisou Sarah.

Apesar de se vestir em estilo britânico na ilha de Flinders, Mathinna nunca tinha usado sapatos com cadarço. Ela os calçou, mas Sarah teve que amarrá-los.

Antes de saírem do quarto, Sarah a inspecionou, puxando as meias para cima e ajeitando a anágua.

— A srta. Eleanor usou muito esse vestido — murmurou ela, mexendo na bainha desgastada.

— Srta. Eleanor?

— A filha do sir John. Esse vestido era dela. Ela tem dezessete anos. Você vai conhecê-la em breve. É uma menina modesta, Deus a abençoe, mas pelo menos agora seus vestidos vêm de Londres.

Na cozinha externa, Mathinna olhou para um fogão enorme de pedra, as ervas penduradas do teto preto de fuligem, potes, panelas e cumbucas empilhados nas prateleiras.

A sra. Wilson, com as mãos na cintura larga, lançou um olhar firme para Sarah.

— Você encontrou piolho? Algum sinal de escorbuto?

Sarah sacudiu a cabeça.

— Está novinha em folha.

A sra. Wilson fez um gesto para Mathinna sentar-se à mesa e então colocou um prato de comida na sua frente. Mathinna olhou para ele. Um peixe meio roxo, coberto em sua gelatina, e batata gelada.

— Coma — mandou a sra. Wilson, passando um guardanapo ao redor do pescoço de Mathinna. — Eu não suporto frescuras na minha cozinha.

Sarah apertou o ombro de Mathinna.

— Faça o que ela manda, e seja rápida. Eu mal tenho tempo para levá-la de volta ao quarto antes de lady Franklin vê-la.

Mathinna mastigou algumas garfadas da comida insossa e escorregadia e engoliu depressa, para evitar sentir o sabor e a textura. E então seguiu Sarah por um corredor comprido na casa principal, passando por meia dúzia de quartos que pareciam ao mesmo tempo lotados de coisas e estranhamente vazios. Candelabros altos de prata emergiam de pedestais como cobras se contorcendo, vasos de cerâmica azul e branca estavam cheios de flores, cortinas brocadas caíam sobre os tapetes. Rostos brancos espiavam de cima em molduras douradas. As gavinhas verdes e douradas do papel de parede do corredor lembravam Mathinna as nuvens de fumaça que os idosos palawa soltavam de suas bocas quando se sentavam ao redor da fogueira.

No fim do corredor, Sarah abriu uma porta que dava em uma escada dos fundos, e elas subiram. As paredes eram vazias e brancas.

— A sala de aula — disse ela ao passarem por um cômodo com um quadro-negro em um cavalete, uma mesa e cadeiras, e uma pequena maleta. As duas portas seguintes estavam fechadas. Na segunda, Sarah parou e girou a maçaneta branca de porcelana.

Pela luz do corredor, Mathinna podia ver uma cama estreita coberta com um cobertor vermelho desbotado, um armário alto e uma pequena mesa com um banco de madeira. O quarto era escuro. Seguindo Sarah para dentro dele, ela foi até a janela, esperando encontrar uma persiana ou uma cortina fechada. Quando uma luz se acendeu atrás dela, ela viu que quatro placas largas estavam pregadas na janela.

Ela se virou para Sarah, surpresa.

Sarah assoprou o fósforo que usara para acender um lampião a óleo na parede.

— São ordens de lady Franklin blindar você da vista. Ela leu em algum lugar que os nativos sentem uma falta dolorosa da natureza selvagem de onde vieram. Que sem essa vista, você ficará com menos... saudade de casa.

Mathinna fixou seu olhar nela.

— Eu vou viver na escuridão?

— Parece estranho, eu sei. Mas talvez você acabe achando esse quarto bastante... sossegado.

Mathinna não aguentou; seus olhos se encheram de lágrimas.

Sarah mordeu os lábios.

— Olha… eu vou deixar algumas velas, mas você precisa ter cuidado. O último não teve e quase incendiou a casa inteira.

— Você quer dizer Timeo?

Ela assentiu.

— Ele partiu há apenas alguns meses.

— Por que ele foi embora?

— Por quê? — Sarah deu de ombros. — Lady Franklin se cansou dele, foi por isso.

Mathinna pensou.

— Onde ele está agora?

— Ai, meu Deus, você faz perguntas demais. Eu não sei. Agora venha, nós temos que descer. Lady Franklin está esperando.

— Antes de entrar com você, devo dizer que os Franklin gostam de colecionar coisas — disse Sarah para Mathinna ao bater na porta.

A sra. Crain abriu a porta de cara feia.

— Você deixou a senhora esperando.

Ao entrar no cômodo segurando sua cesta, Mathinna olhou ao redor. Era quase demais para aguentar. Em um baú de vidro entre duas janelas enormes, crânios humanos estavam alinhados lado a lado. Em cima da lareira enorme, sob redomas de vidro, uma cobra parecia enroscada e pronta para atacar, aranhas se penduravam em galhos, um pássaro colorido congelado no meio de um voo. Um vombate, um *wallaby*, um canguru cinza e um *pademelon* espiavam de uma caixa de vidro, tão reais que pareciam vivos.

Uma coleção de *waddies* e lanças estavam alinhadas na parede. Mathinna se aproximou para ver melhor. Uma das lanças, decorada com um padrão peculiar de ocre e vermelho, era familiar.

— Ouvi dizer que pertenceu a Towterer.

Mathinna se virou. Lady Franklin estava sentada em uma cadeira de veludo marrom, as costas eretas e as mãos no colo. O cabelo grisalho estava repartido ao meio e puxado em um coque, e usava um xale bordô nos ombros.

— Seu pai, não é?

Mathinna assentiu.

— Em algum momento eu doarei para um museu, junto com a maior parte desses artefatos. Não tenho dúvida de que ajudarão a aprofundar nossos estudos sobre a vida dos nativos. — Lady Franklin acenou para ela com um dedo. — Estou feliz em lhe ver, Mathinna. O que você trouxe na sua cesta?

Obediente, Mathinna deu um passo à frente e colocou a cesta na frente de lady Franklin. Ela olhou lá dentro.

— Minha nossa! — exclamou ela. — Que criatura estranha! Que negócio é esse?

— Um gambá, senhora.

— Será que ele não ficaria melhor solto na natureza?

— Ele nunca viveu na natureza. É meu desde que nasceu.

— Entendo. Bem... acho que ele pode ficar, contanto que seja saudável. É melhor mantê-lo longe do cachorro. O que mais tem aí dentro?

Mathinna colocou a mão dentro da cesta, embaixo do ninho de Waluka, e puxou o monte, agora todo enroscado, de conchinhas verdes, separando-os em três fios. Ela entregou um para lady Franklin.

— Ah — murmurou lady Franklin, segurando o colar no alto e virando-o para a luz. — Já tinha visto de longe. Um trabalho manual impecável.

— É, sim, senhora.

— Você sabia, srta. Crain, que os nativos passam semanas, meses até, procurando e costurando essas conchas minúsculas? Esses colares serão uma adição valiosa à minha coleção.

Mathinna ficou sem ar. Ela queria puxar o colar das mãos da lady Franklin.

— Eles são meus — disse ela. — Foi minha mãe que fez.

A srta. Crain sacudiu a cabeça e estalou a língua.

Lady Franklin se inclinou para a frente, perto o suficiente para que Mathinna visse alguns pelos pretos brotando do seu queixo.

— Tenho certeza de que a sua mãe ficaria honrada em saber que a mulher do governador aprecia os badulaques dela.

E estendeu a palma da mão aberta.

Com relutância, Mathinna entregou os outros dois colares.

Lady Franklin se virou para a srta. Crain.

— Estou ansiosa para observar a influência da civilização nessa criança. Timeo não conseguiu superar os traços infelizes de sua raça: a falta de autocontrole, claro, e a teimosia inata de desejos e temperamento que estamos testemunhando aqui. — Ela olhou de volta para Mathinna, analisando-a. — A garota é mais branquinha de pele e seus traços são mais agradáveis aos olhos. É mais… europeia. Isso é uma esperança de que talvez ela seja mais submissa. Que consiga deixar o passado para trás e abarcar em um novo modo de viver. É possível, acredito. Ela é mais jovem do que Timeo. Talvez seja mais maleável. Você concorda, srta. Crain?

— Se a senhora está dizendo.

Lady Franklin suspirou.

— O tempo dirá. Leve-a para o quarto dela. Imagino que será a primeira noite em que ela irá dormir em uma cama de verdade.

Mathinna dormia em uma cama de verdade desde os três anos de idade — embora preferisse a pele macia de canguru em que os palawa dormiam em suas cabanas. Ela sabia que não havia muito sentido em dizer isso para lady Franklin.

Quando Sarah abriu o armário do quarto de Mathinna, a menina ficou surpresa em descobrir um guarda-roupa inteiro do seu tamanho: seis vestidos em tecidos que iam de algodão a linho; seis pares de meia-calça, chapéus de tecido para cobrir seu cabelo; três pares de sapato. A maioria dos vestidos era simples, para o dia a dia: quadriculado de azul e branco, florezinhas delicadas, listras modestas. Mas um era digno de uma princesa: um vestido de cetim vermelho de cintura alta, com um corpete pregueado e saia comprida, duas camadas de anágua, botões de pérola branca nas mangas curtas e uma faixa preta de veludo na barriga.

— Para ocasiões especiais — disse Sarah para ela. — Não é para o dia a dia.

Mathinna afagou o tecido. O cetim escorregava entre os seus dedos.

— Não há mal algum em experimentar, imagino.

Sarah vestiu por cima da cabeça dela. Enquanto ela fechava os botões nas costas, Mathinna levantou a saia e a viu cascatear, aumentado embaixo da cintura e fazendo barulho ao encostar em suas pernas. Sarah abriu toda a porta do armário e o ar ficou preso na garganta de Mathinna. Olhando de volta para ela estava uma garota magra de grandes olhos castanhos e cabelo preto curto, em um vestido vermelho brilhante. Ela tocou no vidro e depois tocou em seu rosto. A garota dentro do vidro era ela.

Deitada no colchão duro após apagar a vela, Mathinna olhou para cima, em meio à escuridão, e pensou no colar de conchinhas verdes no pescoço da lady Franklin. Ela lembrou de ver sua mãe fazer buracos em pequeninas conchas iridescentes, centenas delas, milhares, para montar os colares. Wanganip gostava de se sentar debaixo da sombra das árvores e cantar enquanto trabalhava: *Niggur luggarato pawé, punna munnakanna, luggarato pawé tutta watta, warrena pallunubranah, punna munnakanna, rialangana, luggarato pawé, rialanganna, luggarato...*

Conforme a música voltava em sua mente, Mathinna cantarolava: *É tempo de flor de acácia, é primavera, os pássaros estão assobiando, a primavera chegou. As nuvens estão todas ensolaradas, as fúcsias estão lá em cima, os pássaros estão assobiando. Tudo está dançando porque é primavera...* Ela colocou a mão dentro da cesta no chão e puxou Waluka para a cama. Acariciou o topo das costas dele, descansou a palma da mão entre suas patinhas finas, envolveu sua barriguinha redonda. Ele fuçou o pescoço dela com seu focinho molhado e ela sentiu lágrimas escorrerem de seus olhos, encharcando seu pescoço e o travesseiro.

Ela sentia saudade da mãe. Sentia saudade de Palle. Sentia saudade do cheiro de fumaça que saía dos cachimbos dos mais velhos sentados ao redor da fogueira. Ela tinha passado sua vida inteira em um lugar onde era livre para andar descalça o quanto quisesse, onde podia se sentar durante horas em uma pedra na montanha e assistir às focas nadando nas ondas, pássaros mergulharem e emergirem em um movimento coreografado, o sol escorregar em um mar reluzente. Onde todo mundo a conhecia. E agora ela estava sozinha nessa terra estranha, longe de tudo o que lhe era familiar.

Ao fechar os olhos, ela estava de volta à ilha de Flinders, caminhando pela grama em um dia de vento, enquanto ele se agitava e se acalmava ao seu redor, como ondas no mar, afundando os pés na areia branca, correndo para o cume da montanha. Vendo brasas acenderem e apagarem na fogueira em uma noite fria, ouvindo a voz lânguida de Palle, quando ele cantava para ela dormir.

EVANGELINE

"Dentre as muitas sugestões relativas à classificação de prisioneiros, nós encontramos uma que recomenda o uso de uma placa por cada mulher. Cada placa terá um número inscrito, e cada número deverá ser correspondente ao número da lista de mulheres. No caso de prisioneiras a bordo de navios de deportados que estejam a caminho de instalações penais, a sra. Fry recomendou que as mulheres não só deveriam usar essas placas, mas que cada artigo de roupa, cada livro e cada pertence deveria ser também numerado... Ela considera a inspeção minuciosa, vigilante e constante essencial à disciplina de um sistema prisional correto; dessa forma, ela prevê que uma mudança de hábitos efetiva, ainda que vagarosa, possa ser produzida."

— Sra. E. R. Pitman, *Elizabeth Fry*, 1884

PORTO DE LONDRES

1840

Enquanto a carruagem diminuía a velocidade para parar, Evangeline ouviu o ranger das molas embaixo do assento do cocheiro e sentiu a carroça se inclinar. Quando a porta se abriu, ela estremeceu. A escuridão lá de dentro enquadrava um mundo claro demais: uma estrada de terra com um pequeno aglomerado de pessoas do outro lado, e, logo adiante, ancorado no porto entre a água e o céu, um navio preto de madeira com três velas.

— Para fora! — gritou o guarda. — Andem rápido.

Andar rápido era impossível, mas, uma de cada vez, as mulheres passaram mancando pela porta, onde ele as segurava pela parte de cima dos braços e as puxava para o chão de terra.

A pequena multidão avançava na direção delas: alguns garotos não muito bonitos, um idoso frágil com uma bengala, uma menina cheia de cachinhos pendurada na saia da mãe. Uma mulher com um bebê gritou:

— Vagabundas!

À frente, amarrado a uma doca, havia um barco a remos com dois marinheiros. Um deles assobiou:

— Ei! Por aqui.

Enquanto o guarda empurrava as prisioneiras adiante, a multidão tentava bloquear o caminho, jogando nelas um repolho podre e punhados de cascalho. Um ovo bateu na saia de Evangeline e estourou no seu pé.

— Suas imundas, deviam se envergonhar — disse o homem velho.

— Deus ajude a alma de vocês — falou uma mulher, as mãos entrelaçadas em sinal de reza.

Evangeline sentiu uma dor aguda em seu braço e olhou para baixo. Uma pedra caiu na terra. Sangue escorria do seu cotovelo.

— Nojentos! — Olive virou o rosto para a multidão, chacoalhando suas algemas nos punhos. — Eu acabo com essa cambada toda.

— Calminha, ou eu mesmo farei isso com você — avisou o guarda, cutucando o quadril dela com seu cassetete.

Evangeline podia sentir o chão debaixo das solas finas do sapato. Ela teve o ímpeto de se agachar e passar os dedos pela terra, pegar um punhado. Era quase certo que seria a última vez que seus pés tocariam o solo inglês.

Lá na frente do porto, no navio de três mastros, uma fila de homens se debruçava sobre o corrimão, gritando e batendo palma. A essa distância, as vaias deles soavam como inocentes cantos de pássaros.

Os dois marinheiros no barco a remos vestiam calças largas e túnicas amarradas com uma corda. Seus antebraços estavam cobertos de tatuagens. Um tinha pele escurecida de sol e o outro era pálido, com um chumaço de cabelo loiro. O marinheiro loiro saltou e ficou parado na doca, sorrindo conforme as mulheres se aproximavam.

— Olá, garotas!

— Nós estamos aliviados em nos livrar delas — disse o guarda para ele.

— Elas serão muito bem recebidas aqui.

Ele riu.

— Sem dúvida.

— Aquela ali deve ficar bonitinha com um banho.

O marinheiro apontou o queixo na direção de Evangeline.

O guarda fez uma careta.

— Ela está prenha. Olha só pra ela. — Ele fez um movimento em direção à barriga dela. — Aquela ali também — completou, franzindo as sobrancelhas para Olive —, e é brigona. É capaz de arrancar seus olhos fora.

— Não ficará tão brava quando acabarmos com ela.

— Tudo conversinha — falou Olive. — Conheço o seu tipo.

— Chega — disse o marinheiro.

No barco, as mulheres foram sentadas lado a lado, de frente e de costas, enquanto os marinheiros remavam no meio. Evangeline se sentou completamente estática, ouvindo o mergulho dos remos entrando e saindo da água, um sino tocando à distância. A bainha de seu vestido estava encharcada de água do mar. Conforme se aproximavam, ela viu o nome pintado no casco: *Medeia*.

Deste ângulo, o navio as encobria, assustadoramente imenso.

O marinheiro loiro analisava Evangeline da cabeça aos pés enquanto remava. Seus olhos pequenos eram cinza-chumbo e ele tinha no bíceps uma tatuagem vermelha e preta de uma sereia com seios de fora, que se mexia quando ele empurrava o remo para a frente. Ele lhe soprou um beijo quando seus olhos se encontraram.

Ao chegarem no navio, batendo levemente na lateral, a algazarra dos homens na proa acima delas ficou mais alta. O marinheiro loiro saltou em uma pequena plataforma presa a uma rampa e começou a puxar as prisioneiras para fora do barco.

As mulheres tinham dificuldade para se movimentar quando algemadas.

— Droga de corrente — resmungou Olive enquanto escalava para a plataforma. — Para que diabo de lugar vocês acham que a gente vai escapar?

— Olha a boca, ou nós não iremos soltá-las — avisou o marinheiro.

Ela respondeu, irritada:

— Não dê uma de superior. Você também é ex-prisioneiro, com certeza.

— Cuida da sua…

— Não falei?

Ele deu um puxão na corrente entre as mãos dela e ela tropeçou para a frente. Quando ela conseguiu se equilibrar de volta, ele a puxou para mais perto, como um cachorro na coleira.

— Presta atenção, docinho. Você vai se esforçar para lembrar quem está no comando. — Com um movimento rápido, ele puxou a corrente para baixo e ela caiu de joelhos. Ele torceu a corrente para que a parte superior do corpo dela pairasse sobre a água na plataforma. — Esses ferros são pesados. Tudo o que eu preciso fazer é soltá-los. Você vai afundar como uma pedra.

Olive emitiu um som baixo. Uma lamúria.

— Por favor.

— Por favor, *senhor*.

Ela abriu as mãos, desamparada.

— Por favor, senhor.

— *Gentil* senhor.

Ela ficou em silêncio.

Evangeline, atrás dela no barco, inclinou-se na sua direção.

— Olive. Diga o que ele está mandando.

O marinheiro loiro olhou para o outro marinheiro e piscou. Depois, apertou as pernas de Olive com o seu joelho, deixando-a mais perto da água.

Os homens na proa em cima silenciaram. O único som que se ouvia era o grasnar das gaivotas.

— *Gentil* senhor — sussurrou Olive.

O marinheiro puxou a corrente para cima e, com ela, o corpo de Olive, e ela ficou suspensa sobre a água. Ele parecia ávido por soltá-la. Sem pensar, Evangeline gritou e se levantou. O barco balançou com força de um lado para o outro.

— Pelo amor de Deus, moça, quer cair também? — disse o marinheiro atrás dela, empurrando-a bruscamente pelo ombro, e ela caiu no banco de madeira.

O marinheiro loiro puxou a corrente de volta na direção dele, e Olive caiu na plataforma como um saco. Por alguns instantes, ela ficou deitada na base da rampa. Seus punhos estavam manchados de sangue. Seu corpo se curvava estranhamente para cima e para baixo, e no início Evangeline achou que ela estivesse rindo. Depois viu que os olhos de Olive estavam fechados com força. Seu corpo estava sacudindo, mas ela não emitia nenhum som.

Depois que as quatro prisioneiras foram transferidas para o navio, elas ficaram de pé no convés principal, aguardando para que suas algemas fossem retiradas. Um marinheiro sem camisa, com um dragão escamoso verde e preto tatuado no torso segurava um molho de chaves. Com exceção de Cecil na luz escura de um quarto com as cortinas fechadas, Evangeline nunca tinha visto um homem sem camisa, nem mesmo seu pai em seus últimos dias de vida.

— Você.

O marinheiro gesticulou para Evangeline, indicando para que ela se sentasse em um balde virado ao contrário.

Um pequeno grupo de marinheiros se formou. Ela nunca tinha visto homens como aqueles, com os traços brutos e enrugados como cascas de nozes, olhos de falcão, braços musculosos cobertos de tatuagens elaboradas. Os guardas de Newgate eram desdenhosos, mas não lambiam os lábios de um jeito lascivo, fazendo sons obscenos com a língua.

O homem das chaves instruiu outro marinheiro a segurar a corrente entre as algemas de Evangeline, e depois ele se ajoelhou e abriu os ferros entre seus tornozelos antes de abrir a algema dos punhos. Quando as algemas dela caíram no chão, os homens ao redor gritaram e bateram palmas. Evangeline sacudiu as mãos doloridas.

O dono das chaves virou a cabeça na direção dos outros.

— Eles vão se acalmar. É sempre assim com um grupo novo.

Evangeline olhou ao redor.

— Onde estão os outros prisioneiros?

— A maioria está aqui embaixo. — Ele indicou com o queixo uma abertura escura e quadrada de onde saía um corrimão. — Nas entranhas. O porão do navio.

As entranhas. Evangeline se arrepiou.

— Eles estão... enjaulados?

— Nada de algemas a bordo. A não ser que você faça algo para merecer.

Ela ficou surpresa que os prisioneiros pudessem se movimentar livremente, mas então percebeu. A não ser que escolhessem pular na água, não havia lugar algum aonde ir.

Ela não sabia nadar. Mas por um momento breve e insano, considerou pular.

— Meu nome é Mickey — disse um marinheiro de patente mais baixa às mulheres depois de a última delas ser libertada das correntes. — Eu não vou lembrar dos nomes de vocês, portanto, não percam tempo me dizendo. O navio ficará ancorado no porto por mais uma ou duas semanas, até completar toda a carga. Os alojamentos são apertados, e vão ficar mais ainda. Vocês tomarão banho de esponja, vestidas, por favor, no convés principal, para que fique suportável no porão.

Ele distribuiu esponjas duras amarelas, pedaços de sabão de lixívia, colheres de pau e cumbucas, xícaras de latão e esteiras de juta cinza, e mostrou às mulheres como enrolar tudo em cobertores de pelo de cavalo.

Ele apontou para uma pilha de colchonetes e disse:

— Cada uma de vocês, pegue um desses.

Os colchonetes eram pesados. Evangeline cheirou o dela: estava mofado, e tinha palha molhada por dentro. Mas pelo menos seria melhor do que o chão duro de pedra de Newgate.

Ao gesticular na direção dos pés das mulheres, Mickey falou:

— Quando não estiver congelando, vocês devem andar descalças no convés. Pode ficar difícil a situação no mar. Vocês não querem escorregar.

— Isso acontece? — perguntou uma das mulheres.

Ele deu de ombros.

— Acontece.

Fazendo um gesto para que elas o seguissem, ele desapareceu pela escada de corrimão de corda.

— Vocês vão se acostumar — disse ele lá de baixo, enquanto elas desciam a escada com suas trouxas bagunçadas e seus colchonetes.

Ele apontou para os alojamentos dos oficiais e as conduziu por um corredor estreito até a beirada de outra abertura. Ele tirou uma vela de dentro do bolso e a acendeu.

— Hades, por aqui.

Esforçando-se para equilibrar suas trouxas volumosas, as mulheres o seguiram por uma escada ainda mais precária até um local baixo, como uma caverna, mal iluminado por alguns lampiões de vela que balançavam. Assim que Evangeline chegou ao último andar, ela largou seu colchonete no chão e cobriu o nariz com a mão. Excrementos humanos e… o que poderia ser aquilo? Um animal apodrecendo? Rapidamente ela havia se recuperado do fedor de Newgate e se aclimatado ao ar fresco.

Mickey deu um sorriso maldoso.

— O porão do navio fica em cima do esgoto. Um ensopado de água suja. Cheiroso, não? Acrescente a isso as privadas dos alojamentos e as velas fedidas e sabe Deus mais o quê. — Ele apontou para o colchão dela e disse: — Eu não colocaria isso no chão, se fosse você.

Ela o pegou de volta.

Ele fez um gesto na direção de beliches estreitos e falou:

— Haverá cerca de duzentas mulheres e crianças aqui à noite. Alojamentos confortáveis. Eu as aconselho a manterem seus sabonetes e cumbucas debaixo do colchão. E escondam qualquer coisa que tenha valor para vocês.

Olive reivindicou uma cama vazia de cima de um beliche.

— Preciso da minha privacidade.

Ela subiu na cama, resmungando.

Evangeline jogou seu colchonete na cama debaixo de Olive e desenrolou seu cobertor. O espaço tinha um metro de altura por um metro de largura. Não havia como se sentar e nem mesmo como se esticar. Mas era dela. Após desarrumar suas coisas, ela pegou o lenço de Cecil, esticou-o em cima do cobertor, redobrou-o com o brasão e as iniciais escondidas e o colocou debaixo do seu colchão, atrás da caneca de latão e da colher de pau.

— O capitão lidera o navio, mas o médico-cirurgião é quem o conduz. — Mickey apontou na direção das vigas. — Ele é a próxima parada de vocês. Alguém aqui sabe ler?

— Eu sei — respondeu Evangeline.

— Você primeiro, então. Dr. Dunne. No convés. Nome na porta.

Ela se encaminhou para a escada e se agarrou a ela o mais forte que conseguiu, enquanto oscilava de um lado para o outro. No corredor estreito, ela bateu na porta com uma placa de bronze. De trás da porta, ouviu:

— Sim?

— Me mandaram… Sou uma prisioneira.

Ela congelou. Era a primeira vez que se identificava desse jeito.

— Entre.

Com cuidado, ela girou a maçaneta e entrou em uma sala pequena revestida de carvalho. Um homem de cabelo escuro e curto estava sentado em uma mesa de mogno de frente para a porta, rodeado de estantes, com outra porta atrás. Ele olhou para cima, com um ar distraído. Era mais jovem do que ela esperava — talvez com quase trinta anos — e estava vestido formalmente em um uniforme trespassado da marinha trançado de dourado e com botões de bronze.

Ele acenou com a mão e disse:

— Feche a porta atrás de você. Nome?

— Evangeline Stokes.

Ele correu o dedo pela página do caderno na sua frente e parou.

— Catorze anos.

Ela assentiu.

— Tentativa de homicídio, furto... São condenações sérias, srta. Stokes.

— Eu sei.

Ela olhou para o colarinho branco e limpíssimo e para os olhos cinza-esverdeados do médico. O copo de prata com monograma e o peso de papel redondo de vidro na sua mesa. Os volumes de Shakespeare organizados na prateleira da estante atrás dele. Esse era um homem que ela poderia ter conhecido em sua vida anterior.

Ele pressionou os lábios. Fechou o livro de registros e disse:

— Vamos começar, que tal?

Ao abrir a porta atrás da sua mesa, ele a conduziu para uma sala menor com uma cama alta no meio. Ela ficou encostada na parede enquanto ele mediu sua altura e sua cintura com uma fita métrica, checou seus olhos e pediu que ela colocasse a língua para fora enquanto ele olhava dentro da sua boca.

— Levante os braços em direção ao teto. Agora braços para a frente. Ótimo. Tente encostar nos dedos dos pés.

Ao medir sua cintura por cima do avental, ele passou a mão na sua barriga, como se estivesse segurando uma laranja.

— Seis meses, eu diria. É muito provável que essa criança nasça sob os meus cuidados.

— Ela parece saudável?

— Se a mãe está saudável, a criança deverá estar também. — Ele a olhou de cima a baixo e disse: — Você está muito magra e sua pele está amarelada, mas seus olhos estão claros.

Ele colocou a ponta mais larga de um tubo de madeira estreito contra o peito dela e inclinou o ouvido em direção à outra ponta.

Quando o retirou, Evangeline perguntou:

— Para que serve isso?

— É uma maneira de diagnosticar tuberculose, ou o que chamávamos de tísica pulmonar. A maldição de qualquer navio. Você não aparenta nenhum sinal da doença.

— E se eu aparentasse?

— De volta para Newgate, para quarentena.

— Não seria enviada para o exílio?

— Certamente não.

— Talvez fosse melhor assim.

Ele colocou o tubo em uma prateleira.

— A viagem é longa. E a vida de um condenado é, sem dúvida, uma... provação. Mas o exílio pode ser, para alguns, uma oportunidade.

— Levará bastante tempo até que eu seja libertada.

— Levará. Mas você é jovem. E com bom comportamento, você pode ganhar sua passagem de volta mais cedo. O mais importante é não sucumbir ao desânimo. "Embora muito se perca, muito permanece."

— "Enfraquecido pelo tempo e destino, mas forte por desejo." — completou ela, quase sem pensar.

Ele ergueu a sobrancelha.

— Você já leu Tennyson?

Ela ruborizou.

— Eu era governanta.

— Que... inesperado. — Ele deu um sorriso desajeitado para ela, como se não conseguisse absorver essa informação. E então deu um passo para trás. — Bem, acho que preciso inspecionar suas colegas de viagem.

— Claro.

Ela alisou o avental. Sentiu uma pequena tontura, como se estivesse voltando de um transe.

Ao subir a escada de corda que dava no convés principal, ela pensou naquelas fábulas infantis nas quais humanos são transformados em sapos e raposas e cisnes, e, só quando alguém os reconhece pelo que são de verdade, o feitiço é finalmente quebrado.

Foi como isso pareceu: um breve lampejo de reconhecimento.

MEDEIA, PORTO DE LONDRES
1840

Em poucos dias, a rotina das prisioneiras estava estabelecida. Eram acordadas às seis da manhã por uma série de sinos e pela abertura da escotilha, um feixe de luz perfurando a escuridão. Evangeline ficava deitada no seu leito durante alguns minutos, ouvindo a água bater contra o casco do navio, sentindo o puxão do navio contra a âncora atracada, as vigas rangendo com o balançar. Mulheres acordando, conversando, reclamando. Bebês chorando. Olive dormia profundamente, roncando acima dela, quase nunca acordava com os sinos, então Evangeline se acostumou a bater embaixo de sua cama até Olive resmungar:

— Está bem, está bem, já ouvi.

Elas se vestiam depressa e guardavam as xícaras, as cumbucas e as colheres dentro do bolso do avental. A não ser que estivesse chovendo, esperava-se que as prisioneiras levassem seus cobertores para o convés principal, onde eram pendurados em varais para arejar.

Depois do café da manhã, elas se organizavam em fila para o médico inspecionar os olhos, analisar dentro das bocas, despejar uma mistura de suco de limão, um pouco de açúcar e vinho nas xícaras, e assisti-las beber.

— É para escorbuto — dizia ele. — É amargo, mas é melhor do que perder os dentes.

Embora fosse uma experiência nova para ela, Evangeline tinha se adaptado bem facilmente para trabalhar com os Whitstone em St. John's Wood, tratando-os com deferência e se sujeitando aos caprichos deles. Eles conviviam dentro de uma ordem social claramente definida. Mas ela tinha pouca familiaridade com pessoas que eram gratuitamente cruéis, movidas por raiva ou tédio ou vingança. Pessoas que se safavam das situações com mau comportamento apenas porque podiam.

O marinheiro loiro, ela ficou sabendo, chamava-se Danny Buck. Os marinheiros o chamavam de Buck. Havia rumores de que ele havia degolado uma mulher. Tinha sido condenado ao exílio, como Olive tinha adivinhado, e se apaixonou pelo mar em sua própria travessia. Assim que cumpriu seu tempo na prisão, ele se alistou para uma tripulação que viajava ida e volta entre Londres e Hobart Town, a cidade portuária da Terra de Van Diemen, na Austrália, transportando mulheres condenadas.

Em uma manhã nebulosa, esfregando o convés de quatro no chão, Evangeline ouviu vozes pela água. Ela se levantou e foi até o corrimão. Tinha chovido durante a noite; a água estava do mesmo tom opaco do céu e o ar tinha cheiro de peixe podre. Esfregando os olhos com as mãos, ela mal podia enxergar o barco a remos deixando a doca. Conforme se aproximava, ela viu Buck e outro marinheiro nos bancos do meio, cercados por quatro mulheres amontoadas feito pombos em meio à umidade.

O barco bateu contra o navio e as mulheres foram descarregadas. Uma por uma, elas subiram a rampa, suas correntes batendo. A primeira, roliça e descabelada, parecia ter uns trinta anos. As duas seguintes tinham a idade próxima de Evangeline. A última menina era muito mais nova. Era pálida como um fantasma, com um cabelo bagunçado cor de cobre preso em um coque frouxo em seu pescoço — a única parte colorida na cena cinzenta. Ela não olhava nem para Buck nem para a pequena multidão debruçada no corrimão acima, mas para a frente, resoluta, pisando cuidadosamente em torno de suas correntes, como uma dançarina que evitava passos grosseiros. Ela vestia calça de menino, amarrada com um cinto de pano, e era magra e delicada como um pardal.

Buck, andando bem atrás dela, deu um tapa na bunda da menina. Ela tropeçou para a frente, mal conseguindo se equilibrar.

— Sem embromação — disse ele, beijando os dedos e piscando para os homens em cima, que assobiaram e bateram palmas.

A garota parou. Ele continuou andando e esbarrou nela.

Ela se virou devagar para encará-lo, seu queixo em riste. Evangeline não conseguia ver seu rosto nem ouvir suas palavras, mas viu o olhar lascivo e presunçoso de Buck se esvair.

Enquanto a menina se virava de volta e continuava a subir a rampa, a expressão de Buck mudou novamente, de consternação pálida para raiva. Evangeline segurou no corrimão e gritou:

— Cuidado! — Mas sua voz foi engolida pelo tumulto.

Quando a menina chegou ao convés, Buck a empurrou com força e ela tropeçou nas correntes e caiu para a frente. Ela não conseguiu levantar os braços para proteger o rosto, mas, no último segundo, girou o corpo e fechou os olhos enquanto caía fazendo um estrondo ensurdecedor.

Alguém arquejou. As vaias cessaram. A garota estava no chão, imóvel. Evangeline viu Olive empurrar os marinheiros e prisioneiras reunidos ao redor do corpo caído e, ajoelhando-se, levantou a menina e a sentou no chão, passando um braço ao redor dos ombros dela. Um lado da cabeça estava cheio de sangue vermelho vivo, manchando seus cachos e escorrendo pelo seu pescoço.

Buck saltou no convés.

— Que desastrada — disse ele, chutando as correntes da perna da menina.

Alguns marinheiros riram.

As pálpebras da menina tremeram. Com um braço ao redor das costas dela, Olive a ajudou a se levantar. Evangeline podia ver os ossos da sua coluna por baixo da blusa fina e a tatuagem de uma pequena lua crescente azul e preta na sua nuca. Ela tremia feito uma vara. O vestido de Olive estava manchado de sangue.

— O que aconteceu aqui? — perguntou o médico, aproximando-se. Mudos, os marinheiros dispersaram, evitando contato visual.

— Sr. Buck?

— Parece que a prisioneira perdeu o equilíbrio, oficial.

O dr. Dunne olhou para Buck, como se quisesse reprimi-lo, mas não tivesse provas suficientes. Ele suspirou.

— Chame o rapaz das chaves.

— Pode deixar, oficial.

— Faça isso agora, marinheiro. — O dr. Dunne gesticulou para Olive se afastar um pouco. Agachando-se na frente da garota, ele disse: — Qual é o seu nome?

— Não importa.

— Sou o médico-cirurgião do navio. Dr. Dunne. Eu preciso saber.

Ela olhou para ele durante um bom tempo.

— Hazel.

— Hazel de quê?

— Ferguson.

— De onde você é?

Ela fez outra pausa.

— Glasgow.

— Posso? — Ele ergueu as mãos, como se estivesse se rendendo, e então as levou na direção dela, com os dedos abertos. Ela o deixou segurar seu rosto. Ele virou a cabeça dela para um lado e para o outro, examinando-a. — Isso dói?

— Não.

— A ferida precisa ser esterilizada. Assim que você retirar essas correntes, vou examiná-la melhor.

— Posso cuidar de mim mesma.

Olive deu um passo adiante e falou:

— Aquele marinheiro a empurrou. Buck. Nós todos vimos.

— Foi isso o que aconteceu? — perguntou o médico à menina.

— Não sei.

— Você não sabe ou não quer dizer?

Ela deu de ombros com sua silhueta esquelética.

— Fez o mesmo comigo — admitiu Olive. — É selvagem como um cutelo, aquele ali. Você devia enxotá-lo do navio.

O dr. Dunne lançou um olhar ríspido para ela.

— Já chega, srta. Rivers.

— Vejam só. — Olive riu e assentiu para a multidão. — Ele sabe quem eu sou.

O médico se postou na frente dela e a encarou, com as mãos na cintura.

— Não confunda minha boa vontade com afinidade, prisioneira — disse ele. — Sou pago para saber quem vocês são. E para mantê-las vivas. Talvez não o suficiente para realizar essa façanha.

Evangeline não viu a menina de novo até terminar as tarefas do dia e as condenadas serem enviadas para o porão, onde eram trancadas durante a noite. Ao se encaminhar para o seu leito com um pedaço de vela, ela viu que a cama de baixo do beliche do lado oposto do corredor estava ocupado. As costas estreitas da menina eram visíveis debaixo do lençol, seus cachos derramados por cima.

Evangeline fez um gesto para Olive, bem atrás dela: *Olhe ali*.

Olive subiu em sua cama e se debruçou no corredor.

— Ei, Hazel.

Silêncio.

— Eu estive em Glasgow uma vez.

A silhueta se moveu levemente.

— Aquela catedral. Grande, né? Enorme.

Olive assobiou entre os dentes.

Hazel se virou para olhar para elas.

— Você já viu?

— Já. Você está bem longe de casa. — Quando a menina não respondeu, ela continuou: — Eu sou Olive. Essa é Evange-*liiine*. Eu a chamo de Leenie. Ela fica planando com a cabeça nas nuvens, mas é simpática.

— Olive. — Evangeline a repreendeu.

— O que foi? É verdade.

— Eu nunca fui a Glasgow, mas já li sobre a cidade — disse Evangeline para Hazel. — *Rob Roy*. Amo esse livro.

— Entendeu o que eu disse? — confirmou Olive. — Ela tenta, só Deus sabe, mas tudo o que sabe é sobre livros.

Hazel fez um grunhido. Uma risada, talvez.

— Você é jovem demais — afirmou Olive. — Deve sentir saudade da mãe.

Ela bufou.

— Nem um pouco.

— Ah, é assim, então. Quantos anos você tem?

— Vinte.

— Para. Se você tem vinte anos, eu tenho 75.

— Quietas! — gritou uma mulher. — E apague essa vela ou eu mesma vou fazer isso.

— Cuida da sua vida — gritou Olive de volta. — Você não tem mais de doze anos — continuou falando com Hazel.

À luz da vela, Evangeline podia ver Hazel olhando desconfiada para Olive.

— Tenho dezesseis anos. Agora, me deixa em paz.

Ela se esticou até o outro lado do corredor estreito, olhou para Evangeline no fundo dos olhos, e soprou a chama da vela.

* * *

O navio atingira a capacidade máxima. No dia anterior ao que deviam partir, Evangeline ouviu vozes vindas da água e viu o barco vindo na direção do navio com três mulheres, Buck e outro marinheiro no meio, como sempre, remando. Mas esse grupo era diferente. Primeiro, elas estavam sentadas com a coluna ereta, enquanto as condenadas ficavam de cabeça baixa; não era fácil ficar reta acorrentada. E suas roupas pareciam limpas. Cada uma usava uma capa escura impecável e um chapéu branco.

Conforme o barco encostava ao lado da rampa, Evangeline percebeu que eram as quakers. Ela reconheceu a mulher que vinha na frente: as mechas de cabelo grisalho, os olhos azul-claros. Sra. Fry.

Em uma demonstração atípica de gentileza, Buck saiu do barco e o firmou para que as mulheres pudessem desembarcar. Ele segurou o braço de cada uma delas enquanto as ajudava a sair: a sra. Fry, depois a sra. Warren e a sra. Fitzpatrick. O capitão, que normalmente não aparecia, materializou-se no corrimão em uniforme formal — chapéu pontudo com borda dourada, sobretudo preto com botões dourados, trança e ombreira. O médico, em uniforme azul marinho, estava ao lado dele. Enquanto as quakers subiam a rampa, os marinheiros atrás delas retiravam dois baús grandes do barco. Os marinheiros no corrimão estavam em silêncio.

Evangeline quase havia esquecido que era possível que as mulheres fossem tratadas com tamanha deferência.

No topo da rampa, a sra. Fry falou em voz baixa com o capitão e o médico antes de se virar para um pequeno grupo de prisioneiras ali perto:

— Vamos começar com as que estão presentes.

Apesar dos rangidos e ribombos e batidas da água contra o casco, sua voz era fácil de ouvir. Ao ver Evangeline, ela acenou para chamá-la adiante.

— Nós nos conhecemos previamente, certo?

— Sim, senhora.

— Em Newgate. — Quando Evangeline assentiu, ela continuou: — Ah, sim. Você é letrada. Seu pai era vicário.

— A senhora tem uma boa memória.

— Faço questão de lembrar.

A sra. Fry gesticulou para a sra. Warren, que abriu um baú e trouxe um pequeno saco de juta, um livro e uma trouxinha amarrada com um barbante. A sra. Fry pressionou o livro nas mãos de Evangeline. Uma Bíblia.

— Que isso lhe traga consolo.

Evangeline esfregou a pele de réptil da capa marrom com os polegares. A sensação a levou de volta à igreja paroquial em Tunbridge Wells, ao banco da frente, enquanto ouvia os sermões do pai. Todos os seus discursos sobre pecado e redenção que pareciam tão abstratos àquela época voltaram a ela, dolorosamente, naquele instante.

— A maioria dessas mulheres não é letrada. Tenho esperança de que você divida o dom da leitura — afirmou a sra. Fry.

— Sim, senhora.

— Tenho algumas coisas para amenizar sua viagem. — A sra. Fry pegou a trouxa. — Um gorro de lã para o frio. Você não vai precisar agora, mas ficará feliz em tê-lo mais tarde. Um avental e um xale. Feito para você pelas quakers, que acreditam na possibilidade da salvação. — Ela colocou a trouxa no chão e entregou o saco a Evangeline. — Aqui você irá encontrar tudo o que precisa para fazer um cobertor. Para o seu bebê, talvez.

Evangeline olhou dentro do saco: um dedal, carretéis de linha, uma almofadinha vermelha com algumas agulhas e alfinetes espetados, uma pilha de pedaços de pano amarrados com um barbante.

— Lembre-se, minha querida: nós não somos nada além de receptáculos — disse a sra. Fry. — Você precisa trabalhar para se manter humilde, dócil e em posição de abnegação, para que esteja pronta para seguir o Senhor Jesus, que convida tais irmãos para irem até Ele. Somente através do sofrimento nós aprendemos a apreciar a bondade.

— Sim, senhora — respondeu Evangeline, embora mal precisasse de trabalho esses dias para se manter humilde e em abnegação.

— Uma última coisa.

Ao vasculhar dentro do baú, a sra. Fry puxou uma plaquinha achatada presa a um cordão vermelho e colocou na palma da mão de Evangeline.

A placa parecia feita de latão e era da largura do seu polegar. Um número estava gravado no metal: 171.

— De agora em diante, você será conhecida por esse número — explicou a sra. Fry. — Ele será gravado, ou costurado, em todos os itens que você possui, e será mantido em um livro-registro que passará do médico do navio para o carcereiro na prisão. Você usará este cordão durante toda a duração da sua viagem. Com a graça de Deus.

Evangeline franziu as sobrancelhas, sentindo uma onda de desconfiança. Depois de tudo o que havia passado, de tudo o que tivera que aceitar.

— O que há de errado, minha querida?

— Ser conhecida por um número. Isso é… degradante.

Ao encostar na mão de Evangeline com a ponta dos dedos, a sra. Fry disse:

— É para garantir que você seja contabilizada. Para que não se perca no vento. — Ela ergueu o colar e pediu: — Abaixe o pescoço, por favor.

Evangeline se sentiu como um cavalo resistindo à rédea. A resistência, ela sabia, era inútil; o cavalo sempre termina com a rédea no pescoço. Assim como ela.

MEDEIA

1840

Na manhã do dia 16 de junho, bem cedo, o *Medeia* ergueu sua âncora e zarpou, levado pela correnteza do Tâmisa. Gaivotas circundavam acima do navio, grasnando e pipilando; a bandeira do Reino Unido tremulava na popa. Marinheiros gritavam uns para os outros sobre o rio que marulhava, o convés agitado, o tecido da vela batendo e deslizando, os mastros rangendo. Eles passavam de mão em mão as cordas até as plataformas de madeira quatro andares acima, subindo pelo ar até chegarem ao topo das lais, balançando como esquilos.

De pé no corrimão com as outras condenadas, enquanto o *Medeia* chegava à foz do Tâmisa, Evangeline esfregou a plaquinha de latão entre os dedos, correndo a mão pelo cordão e percebendo o fecho de metal atrás. Ela assistiu aos prédios de tijolos, carruagens e choupanas de teto de barro retrocederem, as pessoas em terra se transformarem em manchas. Todas elas seguindo com suas vidas diárias sem sequer olhar por um instante o navio que partia. Ela estava no navio havia quase dez dias. Em Newgate havia três meses e meio. Trabalhando para os Whitstone havia quase meio ano. Ela jamais havia se arriscado a ir além de 65 quilômetros de distância da vila onde havia nascido. Ela levantou uma mão no meio da névoa: a Inglaterra estava literalmente escorrendo pelos seus dedos. Algumas frases de Wordsworth surgiram na sua cabeça: *Seja o que for, eu, na luz ou no breu. As coisas que um dia vi hoje não mais consigo ver.* Quando jovem, ela havia ficado comovida com o lamento do poeta, ao saber que ele, ao se tornar adulto, não se sentia mais sintonizado com a beleza da natureza; ele via o mundo através de diferentes olhos. Mas agora ocorria-lhe que a melancolia metafísica não era nada comparada ao deslocamento físico. O mundo que ela conhecia e amava se perdera. Na melhor das hipóteses, ela nunca mais o veria de novo.

Evangeline encontrou Olive perto da proa, sentada em uma roda de mulheres que estavam desmantelando suas Bíblias, dobrando as páginas em retângulos para transformá-las em cartas e torcendo-as para enrolar os cabelos. Olive olhou para cima, segurando sua placa entre os dedos.

— De agora em diante, vocês podem me chamar de 127. Minha nova amiga Liza disse que é um amuleto da sorte, seja lá o que isso signifique.

Uma mulher magrela de cabelo escuro sentada ao lado dela riu.

— Número 79. Também é um amuleto da sorte.

— Liza é boa com números. Controlava o livro-caixa de uma pensão. Mas veremos se é tão boa, se foi pega alterando os livros.

As mulheres na roda riram.

Evangeline avistou Hazel sentada sozinha em uma caixa de madeira larga, folheando a Bíblia no colo, e foi até ela.

— Esse cordão ao redor do seu pescoço é esquisito, não acha?

Hazel apertou os olhos para Evangeline.

— Já me acostumei com coisa pior.

Em uma hora, a pele de Evangeline ficou pegajosa, sua boca cheia de saliva. Bile subiu pela sua garganta.

— Mantenha os olhos naquela linha.

Ela se virou.

O médico estava ao seu lado. Ele apontou na direção do horizonte.

Ela seguiu o dedo dele, mas mal conseguia focar os olhos.

— Por favor, fique longe — disse ela, antes de vomitar o conteúdo do café da manhã. Ao olhar para baixo do corrimão, ela viu outras prisioneiras debruçadas, vomitando fios de líquido pela lateral do navio e dentro das águas turbulentas.

— Enjoo de mar — disse ele. — Você vai se acostumar.

— O quê?

— Feche os olhos. Coloque os dedos nos ouvidos. E tente se mover junto com o navio. Não relute.

Ela assentiu, fechando os olhos e colocando os dedos nos ouvidos. Mas o conselho dele não ajudou muito. O resto do dia foi terrível, e a noite trouxe um pouco de alívio. Por todos os lados ao redor dela, na escuridão do porão, mulheres gemiam e vomitavam. Olive, acima dela, sussurrava xingamentos. Do outro lado do corredor, Hazel estava em silêncio, enrolada como um camarão, virada para a parede.

Evangeline tinha vomitado tantas vezes que se sentia sonolenta de exaustão, mas não conseguia dormir. Mais uma vez, ela sentiu o embrulho no estômago, sua boca enchendo de saliva, a onda espumosa subindo em sua garganta. Ela estivera mirando em sua tigela de madeira, mas agora ela estava cheia e transbordando. Ela não se importava mais. Debruçou-se para o lado da cama estreita e esvaziou o que restava no seu estômago em um jorro fino no chão.

Hazel se virou.

— Você não pode se controlar?

Evangeline ficou ali deitada, pálida, sem forças para falar.

— Ela não consegue, tá bem? — falou Olive.

Hazel se debruçou até o outro lado do corredor e, por um instante, Evangeline achou que ela iria lhe dar um tapa na cara.

— Me dê sua mão.

Quando Evangeline obedeceu, Hazel colocou um pequeno bulbo enrugado na palma.

— Gengibre. Retire a casca com os dentes e cuspa. Depois morda um pedaço.

Evangeline segurou o bulbo perto do nariz e cheirou. O cheiro a lembrava das sobremesas de Natal: bolos com coberturas e balas, biscoito de gengibre e pudins. Ela fez o que Hazel mandou, retirando a casca com os dentes e cuspindo-a no chão. O pedaço de raiz era fibroso e tinha um gosto forte e amargo. Como extrato de baunilha, ela pensou: *Seduzida pelo cheiro, traída pelo sabor.*

— Mastigue devagar, até que não sobre mais nada — recomendou Hazel. — Não conte pra ninguém. E me devolva. É tudo o que eu tenho.

Evangeline entregou a raiz de volta para ela. Fechou os olhos, colocou os dedos nos ouvidos e virou para a parede, concentrando-se somente no pedaço de gengibre em sua boca, que ficava mais macio e se dissolvia conforme ela mastigava. Dessa maneira, finalmente, dormiu.

Quando Evangeline emergiu dos porões do navio na manhã seguinte, algumas horas depois do café da manhã, o *Medeia* tinha deixado o

Tâmisa e estava entrando no mar do Norte. As águas estavam agitadas e com uma camada branca, o céu acima das velas de um branco opaco. Um pequeno pedaço de terra era visível à distância. Evangeline olhou para o oceano vasto e reluzente. E então sentou-se com cuidado em um barril e fechou os olhos, ouvindo a cacofonia dos sons: uma mulher rindo, um bebê chorando, marinheiros gritando de um mastro para o outro, o grasnar das gaivotas, um bode balindo, o ricocheteio da água batendo no casco. O ar estava gelado. Ela desejou que tivesse trazido seu cobertor lá de baixo, apesar de manchado e fedorento.

— Como foi sua noite?

Ela piscou com a claridade.

O médico estava olhando para ela com seus olhos cinza-esverdeados.

— Está se sentindo melhor?

Ela assentiu.

— Eu fiz o que você mandou. Dedo no ouvido e tal. Mas acho que foi o gengibre que fez diferença.

Ele deu um sorriso curioso.

— Gengibre?

— A raiz. Eu mastiguei.

— Onde você conseguiu?

— A menina de cabelo ruivo. Hazel. Mas ela pegou de volta. Você sabe onde posso conseguir um pouco mais?

— Não. Na cozinha, imagino. — Ele mexeu a boca. — Sempre achei que isso fosse história de avó. Mas se parece ajudar, continue. Eu tendo a ser cético com curas milagrosas.

— Bem, não sei se é uma cura milagrosa, mas eu realmente me sinto melhor — disse ela. — Talvez essas avós soubessem do que estavam falando.

Algumas vezes passando por ventanias fortes, outras navegando levemente pelas ondas, o *Medeia* seguia pelas águas turbulentas. As prisioneiras se reuniram no convés enquanto a embarcação passava pelos penhascos brancos de Dover, recortados de forma tão precisa quanto um torrone, antes de entrar nos canais mais baixos.

A cela em Newgate era tão cheia que tudo o que Evangeline queria era distância de outras pessoas. Mas agora, para sua surpresa, ela percebeu que estava se sentindo solitária. Toda manhã, acordava com os sinos tocando e se enfileirava com as outras mulheres, que brincavam e reclamavam e xingavam ao esperar com suas xícaras amassadas e colheres com nacos. Ela engolia o chá e roía os biscoitos secos, esfregava o convés com as mãos, ajoelhada. Em tardes agradáveis, depois que terminava suas tarefas e antes de as mulheres serem pastoreadas para o porão, ela costumava ficar sozinha no corrimão e assistir ao sol se pôr e as estrelas aparecerem no céu, fraquinhas a princípio, como se borbulhassem para a superfície de um lago imenso.

Uma manhã, depois das tarefas, Evangeline encontrou Hazel sentada sozinha, seu cabelo cacheado cobrindo metade do rosto, sussurrando para si mesma e batendo com o dedo em palavras da Bíblia aberta no seu colo. Quando ela olhou para cima e viu Evangeline, rapidamente fechou o livro.

— Você se importa se eu me sentar aqui?

Sem esperar uma resposta, Evangeline se sentou em um canto da caixa de madeira.

A garota olhou para ela.

— Eu tenho tarefas para fazer.

— Só um minuto. — Evangeline procurou um assunto para conversar. — Eu fico pensando sobre o salmo 104: "Há o oceano, vasto e espaçoso, repleto de infinitas criaturas, coisas vivas grandes e pequenas". Sabe esse salmo?

Hazel deu de ombros.

Evangeline percebeu as manchas de sardas espalhadas pelo nariz, seus olhos tão azul-acinzentados quanto as penas de um pombo-torcaz, as pontas avermelhadas dos seus cílios.

— Você tem um favorito?

— Não.

— Você é presbiteriana, não é? — Quando Hazel franziu a testa, Evangeline acrescentou: — Escócia. Eu supus.

— Há. Bem, nunca fui muito de ir à igreja.

— Seus pais não te levavam?

Ela quase pareceu achar graça.

— Meus pais…

As duas ficaram sentadas em um silêncio constrangedor por um tempo. Evangeline tentou uma tática diferente.

— Percebi a sua tatuagem. — Ela encostou no próprio pescoço. — Uma lua. É símbolo de fertilidade, não é?

Hazel fez uma careta.

— Um dia, eu vi uma peça. Os personagens estavam bêbados, falando coisas sem sentido. "Já houve tempo em que eu era o homem da lua." Achei engraçado.

— Ah! — Finalmente algo em comum. — *A tempestade*.

— Você já viu?

— É uma das minhas preferidas. "Admirável mundo novo, que tem tais habitantes!"

Hazel sacudiu a cabeça.

— Não me lembro muito, para ser sincera. Era confusa. Mas me fez rir.

— Sabe… o médico tem uma prateleira inteira de livros de Shakespeare na sala dele. Talvez eu pudesse pedir um emprestado.

— Hum. Ler não tem muita utilidade.

Ah, pensou Evangeline. *É claro*.

— Sabe… eu poderia ensinar você a ler, se quiser.

Hazel olhou para ela, séria.

— Não preciso de ajuda.

— Sei que não. Mas… é uma longa viagem, não é? É melhor se tivermos algo para fazer.

Hazel mordeu os lábios. Seus dedos vagavam perdidos pela capa da Bíblia. Mas ela não disse que não.

Elas começaram com o alfabeto, 26 letras em uma chapa de ardósia. Vogais e consoantes, som e sentido. Durante os dias seguintes, ao se sentarem juntas, costurando palavras, Hazel compartilhou alguns pequenos pedaços do seu passado. Sua mãe tinha construído uma carreira bem--sucedida como parteira, mas algo aconteceu — alguém tinha morrido, uma mãe ou um bebê, ou os dois. Ela manchou sua reputação, e, com isso, perdeu seus clientes pagantes. Começou a beber. Deixava Hazel sozinha à noite. Ela obrigou a filha a sair de casa para pedir esmola e bater carteiras nas ruas quando Hazel tinha oito anos. Hazel não era boa em roubos; ficava nervosa e indecisa, e toda hora era pega pela polícia. A terceira vez que foi levada à julgamento — quando tinha quinze anos, por roubar uma colher de prata —, o juiz já estava no limite. Ele a condenou ao exílio. Sete anos.

Ela não comia havia dois dias. Sua mãe sequer compareceu à audiência.

Evangeline olhou para ela por bastante tempo. Se expressasse qualquer sinal de pena, ela sabia, Hazel iria embora. C-O-M-E-R, ela escreveu na pedra. D-I-A.

Mesmo depois de ter perdido tudo, a mãe de Hazel ainda trabalhava em segredo. Havia muitas mulheres desesperadas que precisavam de ajuda. Ela tratava de feridas e infecções, tosse e febre. Se uma mulher não quisesse o bebê, ela fazia seu problema desaparecer. Se uma mulher quisesse, ela mostrava como cuidar e proteger a vida que crescia dentro dela. Ela girava bebês dentro do útero e ensinava mães de primeira viagem como amamentá-los depois que nasciam. Muitas mulheres tinham medo de parir em hospitais por causa das histórias sobre infecção pós-parto, uma doença que começava com um suadouro e tremedeiras e quase sempre terminava em morte, em uma agonia de vômito de sangue. Hazel sacudiu a cabeça com a lembrança.

— Só no hospital. Não nos cortiços com as parteiras. Dizem que é porque os pobres são durões, como animais de fazenda.

P-O-B-R-E-S.

F-A-Z-E-N-D-A.

— Mas esse não é o motivo — continuou Hazel. — Os médicos encostam nos mortos e não lavam as mãos. As parteiras sabem disso, mas ninguém dá ouvidos a elas.

Evangeline apalpou sua barriga. Instigada a sentir a protuberância debaixo da pele.

— Você aprendeu com a sua mãe?

Hazel lhe lançou um olhar avaliador.

— Você está com medo de parir.

— Claro que sim.

Os lábios de Hazel se transformaram em um sorriso. Era algo peculiar a ela, como o sorriso de uma raposa.

— Ela não era boa na tarefa de ser mãe. Mas era uma ótima parteira. Ainda é, até onde sei. — Ela inclinou a cabeça para Evangeline. — Sim, eu aprendi.

MEDEIA
1840

Após uma troca de velas, o *Medeia* saiu dos canais ingleses e entrou no mar aberto, seguindo em direção à Espanha. Nada além de água e céu visíveis por quilômetros. De pé no corrimão do convés, olhando para a imensidão, Evangeline pensou em um verso de Coleridge: *Ah, sozinho, sozinho, inteiramente só, sozinho em um vasto oceano!*

De manhã cedo, a névoa tocava a água como um cobertor de algodão. O ar estava frio e fresco depois do odor ruim do porão e tinha cheiro de seiva de pinheiro. Mulheres empurravam e disputavam lugares na fila; se você estivesse doente, fosse azarada ou preguiçosa o suficiente para chegar por último, ficava com a papa queimada e grudenta do fundo da panela. A água que bebiam, armazenada em caixas de vinho, era lamacenta e parecia ter sido retirada de um esgoto. Evangeline aprendeu a esperar alguns minutos depois de servida, para que os sedimentos afundassem na caneca.

A papa deveria alimentá-las até o meio da tarde, quando as mulheres faziam fila novamente para a última refeição do dia: um caldo aguado de repolho e nabo e, se estivessem com sorte, carne salgada ou bacalhau desidratado, com um biscoito seco, e outra caneca de água lamacenta.

Evangeline foi designada para trabalhar em uma equipe de seis mulheres. Em um esquema rotativo, elas esvaziavam as bacias dos aposentos, ferviam roupas sujas, limpavam o curral das ovelhas e bodes, catavam ovos das galinhas presas em gaiolas no convés principal. Elas enrolavam cordas encharcadas que haviam sido largadas emboladas e esfregavam o chão do porão com pedras e areia e uma escova de palha. Elas lavavam o convés principal e os banheiros com uma mistura de limão e cloreto de cálcio que fazia seus narizes queimarem e seus olhos lacrimejarem.

Conforme os dias se passavam, Evangeline se acostumava com o balanço e o chiado, o fluxo e o movimento das ondas. Imitando os marinheiros, ela começou a caminhar, movendo a cintura e dobrando os joelhos com o balanço do navio, prevendo a inclinação do convés que ia de um lado para o outro. *Um movimento de dança*, pensou ela. De cortejo. Ela descobriu apoios para as mãos em todos os cantos do navio, debaixo de corrimões e bordas e escadas, para segurar quando o mar estivesse violento. Logo, apesar do volume crescente, ela conseguia subir do porão até o convés inferior e do convés inferior até o convés principal tão rápido quanto os marinheiros. Ela aprendeu onde se sentar e onde levantar para evitar os respingos de água, como evitar poças, como passar entre barris de rum e bolos de corda sem tropeçar, onde encontrar luz do sol em diferentes horas do dia. Ela dava voltas e fugia das mãos pegajosas dos marinheiros quando passava e evitava andar perto dos aposentos deles no convés inferior. Ela se acostumou com o gosto de sal nos lábios, nos quais tinha que passar banha de porco e óleo de baleia para não racharem. Suas mãos ficaram grossas, vermelhas e fortes. Ela se acostumou ao caos: o soar do sino a cada meia hora, o constante balido dos bodes e grasnar dos gansos, o fedor dos banheiros e do esgoto.

Em tardes amenas, o capitão trazia seu canário laranja em uma gaiola enferrujada para o convés principal, onde ele piava estridente durante horas, pendurado em seu pequenino balanço.

Ela se acostumou ao pio.

Como se decorasse concordâncias de sujeito-verbo em latim, ela aprendeu a língua da navegação. Olhando para a frente do navio — a proa —, o bombordo ficava à esquerda, o estibordo à direita. A parte de trás do navio era a popa. Barlavento, significava a direção que o vento chegava; sotavento, o oposto. A verga horizontal na parte de baixo do mastro, a retranca, controlava a força do vento nas velas.

Os marinheiros trabalhavam do amanhecer ao escurecer, levantando e baixando as velas, escalando os mastros como acrobatas no Covent Garden, costurando trechos enormes de tecido das velas, lubrificando cabos, trançando cordas. Evangeline nunca tinha visto um homem com linha e agulha, e ficou surpresa quando soube que os marinheiros eram bons costureiros. Dois ou três deles se sentavam no meio do convés do navio, com as pernas esticadas, remendando uma vela com agulhas enormes e linhas grossas, dedais nos polegares presos aos punhos com alças de couro.

Eles falavam em uma língua quase incompreensível, que Evangeline só conseguia entender com contexto e gestos. Eles chamavam mingau de *burgoo*. O ensopado que comiam de *lobscouse*. Ela não sabia por quê. Simplesmente era assim. Os marinheiros recebiam muito mais comida por dia do que as prisioneiras: meio quilo de biscoito, quatro litros de rum ou vinho, uma xícara de aveia, duzentos gramas de carne, meia xícara de ervilha, um pedaço de manteiga, cinquenta gramas de queijo. Às vezes — raramente —, as mulheres recebiam um pouco das provisões deles.

Algumas mulheres aprenderam a pescar. Quando terminavam as tarefas da manhã, elas lançavam linhas na água com isca de peixe, amarrado com barbante e fio, com cadeados e parafusos no lugar de pesos e anzóis. À tarde, elas curavam no sol os carapaus e salmonetes que pescavam. Logo, um sistema de escambo foi estabelecido entre as prisioneiras e a tripulação. Peixe curado podia ser trocado por biscoitos ou botões, meias que as mulheres tricotavam à mão trocadas por uísque, um produto ainda mais desejado.

Se uma prisioneira fazia algo errado, a punição era rápida. Se entrasse em uma briga física ou fosse pega fazendo jogos de aposta, era trancada em um quartinho pequeno e escuro no porão chamado de detenção. Uma mulher, acusada de roubar o pente de casco de tartaruga de um membro da tripulação, foi obrigada a usar uma placa ao redor do pescoço que dizia LADRA durante um mês. Uma caixa estreita presa ao convés principal era usada para delitos particularmente graves, como desrespeito ao capitão ou ao médico. A prisioneira infeliz era amarrada com um colete ao redor dos membros inferiores e trancada dentro da caixa. Se ela gritasse ou chorasse, um jato de água caía na sua cabeça pelos buracos de respiração. A caixa solitária, chamavam os marinheiros. As prisioneiras chamavam de tumba.

Quando cometia delitos repetidos, a cabeça da prisioneira era raspada de qualquer jeito, como um detento em um manicômio.

Algumas prisioneiras reclamavam para qualquer um que pudesse ouvir. Outras carregavam seus fardos com um ânimo estoico. Era difícil controlar o tédio, e muitas simplesmente desistiam. Comiam com as mãos e ficavam nuas na frente das outras, sem vergonha alguma, cuspiam e arrotavam e peidavam a bel-prazer. Algumas, já completamente entediadas, começavam a se meter em encrenca. Duas entraram em uma briga e ficavam alternando na detenção, sobrevivendo de pão e água. Outra, que xingou o capitão, ficou trancada na caixa solitária durante um dia inteiro. Seus gritos e xingamentos abafados deram-lhe meio dia a mais, além de banhos desagradáveis pelos buracos de respiração.

Evangeline se agarrava à sua dignidade como uma sobrevivente. Ela mantinha a cabeça baixa, não se metia na vida dos outros, comparecia aos serviços religiosos, tricotava seu cobertor e fazia suas tarefas sem reclamar, mesmo enquanto sua barriga crescia e suas mãos e pés inchavam. Depois do café da manhã, ajoelhava-se ao lado de outras prisioneiras, mergulhava um pedaço de pano em um tubo de água do mar, puxava-o e lavava o rosto, a nuca, entre os dedos e debaixo do braço. Diariamente, ela arrumava a cama; uma vez por semana, no dia de tomar banho, ela lavava suas roupas e pendurava-as para esticar e secar na maresia. Ainda virava de costas ao trocar de roupa.

À noite, quando a porta do porão era fechada, Evangeline se sentia sepultada. Mas conseguiu passar a gostar do tempo em que passava em sua cama-caixão; era sua única privacidade. Ela encolhia os joelhos, puxava o lençol grosso por cima da orelha e fechava os olhos. Descansava a mão no estômago saliente e sentia a tremulação de um movimento por baixo de sua pele esticada.

Em tardes tranquilas em Tunbridge Wells, ela costumava pegar seu chapéu de um cabide na entrada de casa e caminhar pelas ruas esburacadas até a ponte de pedra sobre um rio, passando por urtigas entrelaçadas, borboletas sobrevoando dedaleiras, um campo repleto de papoulas laranja-avermelhadas, ouvindo os salgueiros farfalharem no vento. Ela ia até uma montanha perto de casa, uma subida fácil por uma trilha desbravada no meio dos cardos-roxos pontiagudos, com ovelhas tão ávidas por pastar nos trevos que ela tinha que empurrá-las da trilha para conseguir passar. Quando chegava ao topo, ela olhava para os telhados de terracota das casas na vila e invocava versos dos poetas que lia com seu pai — Wordsworth ou Longfellow, cujas palavras aprimoravam suas próprias observações: "Sorvido em pensamentos, eu me deitava no chão, e observava o céu de verão, por onde nuvens velejavam em vão, como navios no mar...".

Na escuridão do porão do navio, ela voltava àquela trilha da montanha. Pulando pequenas rochas e evitando poças de lama, ela inalava o cheiro de terra molhada e grama, arbustos espetando suas pernas e o sol em seu rosto enquanto se encaminhava para o cume. Ela caía no sono ouvindo o balido distante das ovelhas e o som da batida do seu próprio coração.

A maioria das mulheres no navio estava familiarizada com os percalços do desespero, os consensos e medidas para se manter viva dia após dia. Roubar, mendigar, ludibriar crianças inocentes, trocar um local para dormir ou uma garrafa de rum por favores sexuais; muitas já haviam ultrapassado qualquer escrúpulo sobre o que consideravam transações necessárias. Seus corpos eram só mais uma ferramenta disponível para elas. Algumas simplesmente queriam tirar o melhor de uma situação ruim, encontrando proteção onde quer que conseguissem. Outras estavam determinadas a extrair algo bom da viagem dura e difícil. Elas riam de um jeito estridente, bebiam com os marinheiros e faziam piadas obscenas, beirando a divisa da insubordinação.

Algumas condenadas, Evangeline percebeu, tinham desaparecido do porão.

— Os marinheiros chamam de tomar como esposa — explicou Olive.

— Tomar como... esposa?

Ela não entendeu.

— Durante a viagem.

— Isso não é imoral?

— *Imoral.* — Olive deu uma risada. — Ah, Leenie.

Embora o médico fizesse tudo o que pudesse para desencorajar esse comportamento, havia vantagens claras em ser tomada como esposa de um marinheiro, contanto que ele não fosse sádico, tampouco repulsivo. Você era poupada do inferno do porão; podia dormir em uma cama relativamente confortável, ou até, dependendo da patente, um quarto privativo. Você talvez ganhasse comida extra, lençóis, atenção especial. Sua aliança lhe protegia de outros homens brutos da tripulação, ou mesmo, em casos extremos, da ameaça de punição dos superiores. Mas era uma aposta perigosa. Raramente havia consequência para os marinheiros que eram cruéis e perversos. Mulheres apareciam no porão com roxos nas pernas, arranhões nas costas, gonorreia e sífilis e todo tipo de doença.

Apesar da barriga protuberante, Olive, depois de algumas semanas, foi tomada como esposa por um marinheiro gorducho cheio de tatuagens, com sorriso banguela e pescoço avermelhado, chamado Grunwald. Ela raramente dormia na própria cama.

— Espero que esse marinheiro seja gentil com ela — disse Evangeline para Hazel uma tarde, quando estavam sentadas na popa do navio atrás das gaiolas de galinha, um lugar isolado que elas descobriram para se encontrar depois de terminarem suas tarefas. Evangeline estava costurando seu cobertor, Hazel, copiando palavras da Bíblia na chapa de ardósia com um pedaço de giz.

AO. DIA. DEUS. SENHOR.

— Só espero que ele a deixe em paz por um tempo depois que o bebê nascer.

Evangeline montou uma seção de quadrados de tecidos e começou a prendê-los uns aos outros com alfinetes.

— Tenho certeza de que ele fará isso.

Hazel resmungou:

— Os homens fazem tudo do jeito que querem.

— Mais ou menos — retrucou Evangeline. — Nem todos os homens.

— O seu fez, não foi?

A observação a machucou. Evangeline se concentrou na costura, inserindo a agulha na parte da frente do tecido, pegando um pedacinho atrás, passando a linha entre as camadas.

— Tem alguém incomodando você?

— Não exatamente.

— E Buck?

Hazel deu de ombros.

— Nada que eu não consiga resolver.

Evangeline virou o tecido do avesso, inspecionando a linha costurada.

— Tenha cuidado.

— Cuidado — zombou Hazel. Ela colocou a mão no bolso do seu avental e puxou um canivete prateado com cabo de madrepérola, segurando-o na palma da mão.

Evangeline ficou chocada.

— Onde você conseguiu isso?

— Eu sou uma batedora de carteira, lembra?

— Uma batedora de carteira fracassada. Pelo amor de Deus, guarde isso.

Ambas sabiam que se Hazel fosse julgada culpada por roubar de um marinheiro, ela usaria uma placa e correntes na detenção até que seus pés tocassem terra firme.

— Ninguém além de você sabe disso — afirmou Hazel, guardando a faca de volta no bolso. — A não ser que eu precise usá-la.

Uma tarde, um marinheiro perdeu o equilíbrio e caiu do lais ao convés, uma altura de cerca de seis metros, perto de onde Hazel e Evangeline estavam sentadas, desatando nós na corda molhada. Elas olharam para cima. Ninguém estava vindo para ajudá-lo. Hazel largou a corda e foi para o lado dele, debruçando-se para perto e sussurrando no ouvido dele. O marinheiro uivava e gemia, agarrando a perna.

Nessa hora, o médico surgiu do convés inferior. Ao ver Hazel debruçada sobre o marinheiro, ele pediu:

— Para o lado, prisioneira.

A princípio, Hazel o ignorou, passando a mão da perna até o calcanhar do marinheiro, investigando com os dedos. Uma pequena multidão se formou. Ela olhou para cima, para o médico, e disse:

— A perna dele está quebrada e precisa ser imobilizada.

Evangeline ficou impressionada com a expressão da menina: um ar de atenção competente que dava a ela uma autoridade inesperada.

— Sou eu que vou determinar isso — retrucou o médico-cirurgião.

O marinheiro gemeu.

— Ele vai precisar de uma tala. E de um pouco de rum — disse Hazel.

— Que tipo de experiência você tem?

— Minha mãe é herborista. É parteira.

O médico acenou para ela.

— Afaste-se.

Ele se agachou sobre o marinheiro e repetiu os movimentos de Hazel: sentiu a perna do homem, apertou-a entre os dedos, colocou a mão na testa dele. Sentado para trás, em cima do calcanhar, ele concluiu:

— Alguém traga uma tábua para transportá-lo até a minha sala.

— Como eu disse — murmurou Hazel atrás dele.

Alguns dias depois, Evangeline acordou e encontrou Hazel no chão entre os beliches delas, agachada sobre ramos de ervas secas, amassando folhas com dois dedos.

— O que você está fazendo?

— Misturando ervas para um emplastro. O marinheiro pode morrer se a perna infeccionar.

Hazel estava certa: a perna dele estava muito quebrada. Uma condenada que havia levado a refeição dele à enfermaria dissera que ele estava delirando de dor, debatendo-se e xingando. Tiveram que amarrá-lo à cama.

— O médico sabe o que fazer, não sabe? — falou Evangeline.

Hazel a encarou com aqueles olhos cinza implacáveis. Depois, juntou as ervas em uma pilha em um pedaço de pano e amarrou-as em uma trouxinha.

De manhã bem cedo, Evangeline se sentou no convés principal com um pequeno grupo de condenadas, costurando uma vela. Ela assistiu ao dr. Dunne subir do convés inferior, uma expressão sombria no rosto, e desaparecer em um canto. Colocou de lado a agulha e o dedal e disse à mulher ao seu lado que iria ao banheiro. Ela o encontrou em um lugar fora da vista, atrás de uma pilha de caixas. Ele estava encostado no corrimão, com o queixo apoiado nos braços cruzados.

— Como está o marinheiro?

Ele olhou para cima.

— Nada bem.

Ela também cruzou os braços em cima do corrimão.

— Hazel, a menina...

— Sei quem ela é.

— Eu a vi amassando ervas. Para fazer um emplastro, ela disse.

— Ela não é médica.

— Claro que não. Mas se não há nada a perder...

— Só a vida de um homem — respondeu ele, com uma voz ríspida.

— Ele está muito doente, ouvi dizer. Que mal teria em tentar?

O dr. Dunne sacudiu a cabeça levemente e olhou para a linha trêmula entre o céu e o mar.

De volta à roda de costura, Evangeline viu quando ele chamou Hazel, inclinando-se na direção dela enquanto ela tirava uma pequena trouxa do bolso do avental e a abria para ele inspecionar. Ele amassou as ervas com os dedos, levou-as ao nariz, provou-as na língua. E então pegou o pacote e desapareceu pela escada.

Talvez o resultado fosse circunstancial. Talvez o marinheiro tivesse se recuperado independentemente disso. Mas, três dias depois, ele estava sentado relaxando em uma cadeira de madeira no convés principal, sua perna imobilizada apoiada em um barril, importunando uma prisioneira loira de cabelo cacheado e dando risadas sonoras à resposta dela.

MEDEIA

1840

O médico estava cheio de trabalho. Todas as camas da enfermaria estavam ocupadas. Insolação, enjoo, diarreia. Delírios, línguas com úlcera, membros deslocados. Ele travava constipação com calomel, feito com uma parte de cloreto para seis de mercúrio. Para disenteria, prescrevia mingau de farinha com algumas gotas de láudano e extrato de ópio. Para diminuir a febre, ele raspava as cabeças das mulheres, um tratamento que elas temiam mais do que o delírio. Para pneumonia e tuberculose, sangria.

A fofoca da cura milagrosa de Hazel se espalhou pelo navio. Prisioneiras que não queriam ir se consultar com o médico ou que haviam sido dispensadas sem tratamento começaram a fazer fila para falar com ela. Hazel surrupiava ervas do cozinheiro e plantava algumas sementes que tinha trazido a bordo escondido em uma caixa: arnica para dores e feridas, mandrágora para insônia, e poejo, uma espécie de flor de hortelã, para gravidez indesejada. Para disenteria, clara de ovo e leite fervido. Para desmaios, uma colher de sopa de vinagre. Ela inventou uma pasta de banha, mel, aveia e ovos para tratar mãos e pés rachados.

— Essa menina, Hazel, com seus pós e poções de bruxaria... — disse o médico irritado a Evangeline, que estava apoiada no corrimão em um fim de tarde. — Tenho medo de que ela só piore as coisas.

— Você tem coisa demais a fazer. Por que deveria se preocupar com isso?

— Isso dá falsas esperanças às mulheres.

Ela olhou para a água. Estava clara e verde, transparente como um espelho.

— Tenho certeza de que esperança não é algo ruim.

— É, sim, se elas ignorarem o tratamento médico adequado.

— O marinheiro que caiu do lais está bem melhor. Eu o vi escalando um mastro.

— Correlação, causalidade. Vai saber! — Sua boca enrijeceu. — Tem algo naquela menina. Uma insolência. Eu acho... perturbador.

— Tenha dó! — exclamou Evangeline. — Imagine só ter a idade dela, condenada a isso.

Ele olhou para ela de lado e disse:

— O mesmo poderia ser dito sobre você.

— Ela é muito mais jovem do que eu.

— Quantos anos você tem, então?

— Vinte e um. Pelo menos por mais um mês. — Ela hesitou, incerta se era apropriado perguntar. — E você?

— Vinte e seis. Não conte para ninguém.

Ele sorriu e ela sorriu de volta.

— A vida de Hazel sempre foi difícil. Ela nunca viu... — ela lutou para encontrar as palavras — o bem no mundo.

— E você viu?

— De certa maneira.

— Para mim, parece que você teve um caminho árduo.

— Bem, sim. Mas a verdade é que... — Ela respirou fundo. — A verdade é que eu fui imprudente e impulsiva. A culpa da minha desgraça é só minha.

O vento estava batendo forte. A luz do sol rebatia como pedaços de vidro pelas ondas. Por alguns instantes, eles ficaram em silêncio encostados no corrimão.

— Tenho uma pergunta — disse ela. — Por que alguém escolhe estar nessa viagem se não precisa?

— Pensei nisso durante muito tempo — respondeu ele com uma risada. — A resposta fácil, eu acho, é que eu sou inquieto por natureza. Achei que seria um desafio interessante. Mas, para ser sincero...

Ele fora um filho único tímido, contou a ela, criado em Warwick, um vilarejo em Midlands. Seu pai era médico; era esperado que seu filho se juntasse à sua clínica e a assumisse quando ele se aposentasse. Ele foi enviado para o colégio interno, que detestava, e depois para Oxford e para a Faculdade Real de Cirurgiões, em Londres, onde descobriu, para sua surpresa, que realmente gostava de medicina. Ao voltar para a vila, comprou uma casa charmosa com uma empregada e começou a expandir e atualizar a clínica. Como era solteiro e disponível, ele se tornou um convidado frequente de banquetes, bailes e caças.

E então aconteceu um desastre. Uma jovem de uma família proeminente foi levada ao consultório dele se queixando de dores estomacais, tremendo com calafrios e com febre alta. Seu pai, que nunca tinha visto um caso de apendicite, diagnosticou-a com febre tifoide e receitou morfina para a dor e jejum para a febre, e a enviou para casa. A herdeira morreu sofrendo muito, vomitando sangue no meio da noite, para o horror e descrença da família. O luto deles precisava de um vilão. O médico e seu filho e sócio foram banidos, a clínica, arruinada.

Alguns meses depois, chegou um envelope do correio do seu colega de quarto da Faculdade Real. O governo britânico estava procurando cirurgiões qualificados para os navios de transferência de exilados e pagava muito bem. Era um desafio específico encontrar cirurgiões para os navios de mulheres prisioneiras, pois "para ser sincero", seu colega escreveu, "os navios são conhecidos por serem bordéis flutuantes".

— Um exagero tremendo, como eu sei agora. — O dr. Dunne se apressou em acrescentar. — Ou pelo menos... um exagero.

— Mas você se candidatou mesmo assim.

— Não havia restado nada para mim na minha cidade. Eu teria que recomeçar em um lugar novo.

— Você se arrepende?

Os cantos da boca dele se ergueram, como em uma comédia trágica.

— Todos os dias.

Essa era sua terceira viagem, ele contou. Passava pouco tempo com os marinheiros brutos, com o capitão grosseiro ou com o imediato al-coólatra, cujos excessos ele já havia tratado inúmeras vezes. Não havia ninguém com quem conversar.

— E o que você faria se pudesse escolher? — perguntou ela.

Ele virou para encará-la, um braço apoiado no corrimão.

— O que eu faria? Eu abriria minha própria clínica. Talvez na Terra de Van Diemen. Hobart Town é um lugar pequeno. Eu poderia recomeçar.

— Recomeçar — repetiu ela com um bolo na garganta. — Parece uma boa ideia.

— Você deveria cobrar pelos seus serviços — disse Olive para Hazel em uma rara tarde longe do seu marinheiro. — As pessoas se aproveitam.

— Como elas vão pagar? — perguntou Hazel.

— Não é problema seu. Todo mundo tem algo para oferecer.

Olive estava certa. Pouco depois, Hazel estava em posse de dois cobertores, um pequeno estoque de prata roubada dos baús dos marinheiros, bacalhau seco e bolos de aveia, e até um travesseiro baixo feito por uma condenada intrépida que arrancava as penas dos gansos para fazer as refeições dos oficiais.

— Veja só tudo isso — disse Evangeline, maravilhada, quando Hazel acendeu uma vela em um pequeno candelabro de bronze com pegador, outro item de escambo, e puxou um saco que havia guardado debaixo do colchão.

— Querem alguma coisa? Sirvam-se.

Evangeline vasculhou o saco, com Olive olhando por cima do seu ombro. Dois ovos, um garfo e uma colher, um par de meias, um lenço branco... espere...

Ela puxou o lenço para fora do saco e passou o polegar pelo bordado.

— Quem deu isso para você?

Hazel deu de ombros.

— Não sei. Por quê?

— É meu.

— Tem certeza?

— Claro que tenho. Eu ganhei de presente.

— Ah, desculpe, então. Nada está seguro aqui, não é?

Evangeline passou a mão no lenço em cima da sua cama, alisando-o, e o dobrou em um quadrado pequeno.

— O que tem de tão especial nele? — Olive colocou a mão no lenço e Evangeline deixou que o pegasse. Ela o segurou em cima da vela e olhou bem de perto. — Isso é um brasão de família?

— Sim.

— Deve ser do cara que... — Olive gesticulou para a barriga de Evangeline. — C. F. W. Vou tentar adivinhar. Chester Francis Wentworth — disse ela, fazendo um sotaque pretensioso.

Evangeline riu.

— Quase isso. Cecil Frederic Whitstone.

— Cecil. Ainda melhor.

— Ele sabe que você está aqui? — perguntou Hazel.

— Não sei.

— Ele sabe que você está carregando o filho dele na barriga?

Evangeline deu de ombros. Era uma pergunta que ela tinha feito para si mesma muitas vezes.

Hazel colocou a vela na ponta da cama.

— Então, Leenie... por que você guarda isso?

Evangeline pensou no olhar no rosto de Cecil quando ele deu o anel para ela. O entusiasmo infantil dele para ver o anel no dedo dela.

— Ele me deu um anel de rubi que tinha sido da sua avó. Ele o envolveu nesse lenço. E depois viajou de férias e o rubi foi encontrado no meu quarto, e eu fui acusada de roubá-lo. Eles não notaram o lenço, então fiquei com ele.

— Ele já voltou da viagem de férias?

— Imagino que sim.

— Por que não apareceu em sua defesa, então?

— Eu não... eu não sei o que ele sabe.

Olive amassou o lenço na mão.

— Não entendo por que você quer guardar esse pedaço de pano nojento, depois de ele abandonar você.

Evangeline pegou o lenço da mão dela.

— Ele não...

Mas abandonou, não?

Ela correu o dedo pelas bordas protuberantes do lenço. Por que ela *queria* aquele pedaço de pano nojento?

— Isso é... é tudo o que sobrou.

No momento em que ela disse isso, sabia que era verdade. O lenço era o único fragmento remanescente da sua vida anterior. A única lembrança tangível de que, um dia, ela havia sido outra pessoa.

Olive assentiu lentamente com a cabeça.

— Então você deveria colocá-lo em um lugar onde ninguém vá encontrar.

— Tem uma tábua solta debaixo da minha cama, onde eu guardo uma coisa ou outra — afirmou Hazel, alisando e dobrando o lenço. — Posso escondê-lo para você, se quiser.

— Você faria isso?

— Mais tarde, quando ninguém estiver olhando. — Ela guardou lenço no bolso. — E o que aconteceu com o anel de rubi?

— Sem dúvida, deve estar no dedo de outra — respondeu Olive.

MEDEIA

1840

Durante as semanas seguintes, o *Medeia* passou pela foz do Mediterrâneo, Madeira e Cabo Verde, cruzou o Trópico de Câncer e seguiu em direção à Linha do Equador. No fim da manhã, nesses dias, o sol ficava muito quente, o ar denso e úmido. Não havia vento algum. O pequeno progresso que o *Medeia* fazia era graças à mudança de rumo, um trabalho que demandava muitos esforços dos marinheiros. A temperatura no convés inferior ficava acima dos 49 graus, a umidade tão alta que parecia que estavam vivendo dentro de uma chaleira.

— Estão nos cozinhando vivas — dizia Olive.

Uma onda de indisposição tomava o navio. Mais pessoas caíam doentes. Os pés de algumas mulheres estavam cobertos de feridas pretas purulentas e inchavam até o dobro do tamanho. As que sabiam ler carregavam suas Bíblias consigo, citando versos de Apocalipse: "E o mar entregou os mortos que jaziam nele; e a morte e o Hades entregaram os mortos que neles havia". E o Salmo 93: "Mas o Senhor nas alturas é mais poderoso do que o ruído das grandes águas e do que as grandes ondas do mar".

A opção que as condenadas tinham era ficar no convés principal e aguentar o sol impiedoso ou sofrer no porão sem ventilação. O calor deixava o cheiro ainda pior. Elas arejavam as roupas de cama, queimavam enxofre, jogavam cloro em pó nas superfícies. Os marinheiros disparavam suas pistolas nos conveses inferiores acreditando que a pólvora dissipava vapores infecciosos. Mas o melhor que as prisioneiras podiam esperar nos porões do navio era um sono misericordioso. Em sua maioria, elas se deitavam no convés principal, envoltas em suor, como se fosse uma camada da pele, os olhos parcialmente fechados diante da claridade constante. Elas faziam chapéus de juta e sacos de farinha para cobrir seus rostos. Algumas mulheres, não muito razoáveis, batiam a cabeça nas estacas de suas camas ou nos corrimões do convés superior do navio até serem ensopadas com baldes de água. Mas a maioria ficava quieta. Falar demandava energia demais. Até os animais se mantinham deitados, com a língua pendurada para o lado da boca.

Dois meses e meio após deixar Londres, o *Medeia* circundava as falésias dentadas e areias intocadas do Cabo da Boa Esperança, próximo ao extremo sul da África, e se encaminhava a leste, para o oceano Índico. Ann Darter, a menina doente cujo bebê morreu em Newgate, piorou consideravelmente. Quando ela morreu, Evangeline se sentiu compelida a comparecer ao funeral improvisado. O corpo de Ann, envolvido em um saco de juta, jazia em uma tábua forrada com a bandeira do Reino Unido. Enquanto dois marinheiros seguraram a tábua no corrimão, o médico disse algumas palavras:

— Nós entregamos essa prisioneira às profundezas, em busca da ressurreição do seu corpo quando o mar entregar seus mortos. — E acenou a cabeça para os marinheiros, que inclinaram a tábua. O corpo escorregou da bandeira e caiu no mar, boiando na superfície por um instante antes de afundar sob as ondas.

Evangeline olhou para as águas lá embaixo, de um iridescente tão escuro quanto as asas de um corvo. Uma vida extinta. Ninguém que amava essa menina, ou mesmo que a conhecia, testemunhou o acontecido. Quantas condenadas haviam morrido nesses navios, longe de casa e da família, sem ninguém para viver o luto de sua perda?

Ela viu um tubarão, sua barbatana surgindo e desaparecendo na água, seguir o rastro do navio.

— Ele sente o cheiro da morte — afirmou Olive.

Dia de lavar roupa. Evangeline ainda estava à meia-nau quando o sol se pôs no horizonte. Com toda a doença e disenteria, a tarefa de esfregar e enxaguar as roupas e lençóis estava levando mais tempo do que o normal, e ela terminou seus afazeres — torcer o lençol de algodão molhado, esticá-lo na corda e prendê-lo com pregadores de madeira — no crepúsculo acinzentado, a lua pálida pairando lá em cima. Suas costas doíam; seus pés estavam feridos. Já no terceiro trimestre agora, ela estava grande e lenta.

De repente, percebeu um barulho estranho. Um grito. Levantou-se, alerta, esforçando-se para ouvir. A vela mestra sacudia estrondosa acima de sua cabeça. Água respingava na proa.

E então a voz de uma mulher: *Para! Sai de cima de mim!*

Hazel. Ela tinha certeza.

Evangeline jogou a roupa lavada no varal, secou as mãos na saia e olhou ao redor. Não havia ninguém por perto. E novamente: outro grito. Ela se apressou o mais rápido que conseguiu na direção do estibordo, de onde o som parecia emanar, e foi bloqueada por uma pilha de caixas. Voltou, deu a volta pelo bombordo, segurando o corrimão, e viu duas silhuetas mais adiante, na escuridão granulada.

Ao se aproximar, Evangeline se deu conta, horrorizada, do que via: Hazel, curvada de um jeito esquisito por cima de um barril, seu vestido aberto até a cintura e circundando suas coxas, sua cabeça virada para o lado — e um homem atrás dela. Ela demorou um instante para perceber que a mão do homem segurava o colar vermelho ao redor do pescoço de Hazel e o puxava com força.

Evangeline olhou ao redor e viu uma estaca de madeira com um gancho de ferro na ponta, usada para prender as velas. Ela a pegou.

— Saia!

O homem se virou para ela. Era Buck.

— Não seja burra — rugiu ele. — Você não está em condições.

Ela ergueu a estaca acima da cabeça.

Buck soltou Hazel, que escorregou para o chão, engasgada. Conforme ele foi para cima de Evangeline, ela viu o reflexo da lâmina de uma faca, o cabo iridescente. A faca de Hazel. Ele deve tê-la arrancado dela.

Evangeline se moveu na direção dele, cega de raiva, balançando a estaca. Com a mão livre, Buck tentou pegá-la, fracassando várias vezes antes de conseguir segurar a ponta e puxá-la, derrubando Evangeline no chão. Enquanto ele vinha em sua direção, ela viu Hazel, atrás dele, empurrar o barril de lado e rolá-lo para a frente com as duas mãos. O barril o atingiu atrás dos joelhos. Ele perdeu o equilíbrio, a faca voou da sua mão e caiu do outro lado do convés. Sem pensar, Evangeline a alcançou, segurando firme o cabo.

Buck se apressou para se levantar.

Segurando a faca na sua frente, Evangeline se virou para encará-lo.

— Me dá isso. — Ele correu na direção dela e ela ergueu a faca na direção dele, sem olhar, rasgando o punho e o antebraço dele quando Buck tentou alcançá-la. — Puta! — xingou ele, curvado sobre o braço sangrando. Sangue jorrava do machucado. Buck cambaleou como um animal ferido, xingando e resmungando, tentando estancar o fluxo.

— Vá! — gritou Evangeline para Hazel, atrás dela. — Busque ajuda.

Hazel ajeitou e vestido e desapareceu pela proa.

Buck caiu de joelhos. Sua camisa branca estava ensopada de sangue. Quando Evangeline ficou sobre ele, segurando a faca, precisou de cada milímetro de autocontrole para se impedir de atacá-lo novamente. Ela tremia de raiva e adrenalina. Não estava só furiosa com Buck; estava exausta de todos os marinheiros e guardas que tratavam as condenadas pior do que animais. Os assobios grosseiros e a apalpação vulgar, a brutalidade casual, a suposição arrogante de privilégios — ela estava no limite. E estava também, ela percebeu, irada com Cecil. Ele tinha apenas brincado com ela, usando-a para seus fins egoístas. A satisfação dele em ver o rubi de sua avó no dedo dela não fora nada além de um prazer egoico, uma ocasião para admirar seus dois adornos brilhantes — ela e o anel.

Buck estava gemendo agora, pressionando sua mão contra o ferimento. Ela assistiu com desinteresse enquanto ele segurava o braço como um garotinho. Naquele momento, ouviu o som de passos; o médico virava a esquina, seguido por dois tripulantes com mosquetes. Eles pararam, boquiabertos, diante da visão dessa mulher no final da gravidez segurando uma faca, ao lado de um marinheiro ensopado de sangue em um convés ensanguentado.

— Vou ficar com isso, srta. Stokes — disse o dr. Dunne, estendendo a mão.

Evangeline entregou a faca e ele a passou para um dos marinheiros.

— Tire a camisa e rasgue-a em tiras — ordenou ele para o outro homem, que rapidamente obedeceu. Eles assistiram em silêncio enquanto o médico se ajoelhava na frente de Buck e fazia um torniquete para amarrar o ferimento. Quando terminou, ele se inclinou para trás, apoiado nos calcanhares, e virou para os tripulantes.

— Tem alguém na detenção?

— No momento, não.

— Algeme-o e coloque-o lá dentro.

Buck, segurando seu braço amarrado, protestou:

— Foi ela que *me* esfaqueou.

— Revidando um ataque, suponho.

Buck deu de ombros.

— Tenha dó, oficial. Só um pouco de diversão inofensiva.

— Nem um pouco inofensiva. Olhe para você — disse o dr. Dunne.

— Estou surpresa de você não estar morta — falou Olive, colocando Hazel na cama uma hora depois.

— Eu estaria, se não fosse por ela. — Hazel acenou a cabeça para Evangeline, apoiada no cotovelo em sua cama.

Olive a envolveu no lençol.

— Há pouco tempo, esse tipo de coisa era simplesmente normal, e ninguém nem dava ouvidos.

— Sim, está muito civilizado agora — retrucou Evangeline.

— Ele está na detenção agora, pelo menos — acrescentou Olive. — Não vai incomodar você por um bom tempo.

Mesmo dias depois, era difícil negar a evidência do ataque de Buck: a menina magricela mancando enquanto fazia suas tarefas, com um machucado roxo e profundo no pescoço, um olho vermelho e inchado, o lábio aberto como uma salsicha.

Um marinheiro se pronunciou para reivindicar a faca com cabo de madrepérola, que, segundo ele, tinha sumido fazia semanas. Buck a tinha ameaçado com ela, contou Hazel ao dr. Dunne. Ela simplesmente a tomara dele.

O capitão condenou Buck a vinte chibatadas e 21 dias na detenção.

Algumas das condenadas ficaram no convés com os marinheiros assistindo à punição. Quando foi trazido da detenção, Buck olhou nos olhos de Evangeline e a encarou até que ela desviasse o olhar.

Depois que ele foi amarrado ao mastro, ela saiu pelo meio da multidão e foi para o outro lado do navio, tentando ignorar o som do chicote e os gemidos angustiantes de Buck. Logo ela daria à luz esse bebê, o navio chegaria à terra, ela cumpriria seu tempo na prisão e depois talvez conseguisse deixar tudo isso para trás. Ela não estaria velha demais. Tinha algumas habilidades: sabia costurar e ler. Carregava consigo uma grande memória de poesia, um depósito dos sermões do seu pai. Sabia traduzir latim e lembrava, em um instante, os mitos gregos que havia estudado quando criança. Isso devia contar para alguma coisa.

Ela pensou naquelas duas moças elegantes que tinha visto caminhando pela rua Bailey na frente da Penitenciária de Newgate, envoltas em corpetes e seda, presas a convenções, chocadas com qualquer coisa além das amarras de suas próprias esferas estreitas. Ela conhecia mais da vida do que elas conheceriam um dia. Tinha aprendido que podia suportar desprezo e humilhação — e que conseguia encontrar momentos de graça no meio do caos. Tinha descoberto que era forte. E ali estava ela, na outra metade do mundo. A governanta abrigada e inocente que havia adentrado os portões de Newgate não existia mais, e em seu lugar havia uma pessoa nova. Ela mal se reconhecia.

Ela se sentia rígida como uma ponta de flecha. Forte como uma rocha.

MEDEIA

1840

Nas profundezas do oceano Índico, bem distante da terra firme, Evangeline viu criaturas sobre as quais havia somente lido em lendas: golfinhos e toninhas saltando ao redor da proa, baleias-bicudas mergulhando nas ondas ao longe. Uma tarde, ela reparou que a água estava ondulando com dezenas de seres estranhos e translúcidos, alguns lembravam metades de limões, outros, sombrinhas que ficavam luminosas quando a luz sumia do céu. Era como se o navio estivesse deslizando sobre fogo derretido.

— São conhecidas como águas-vivas.

Evangeline virou a cabeça. O dr. Dunne estava parado do lado dela, vestindo calça escura e camisa branca com o colarinho aberto.

— Águas-vivas? — Ela riu. — Que surpresa vê-lo sem o uniforme. Ela olhou para baixo, para a própria roupa.

— Eu estava operando. Uma perna gangrenada.

— Céus. Teve que amputar?

— Infelizmente. Ele esperou tempo demais, como esses marinheiros costumam fazer. Acham que são invencíveis.

Vendo a linha do horizonte tremer com o calor, ela perguntou:

— Como está o sr. Buck?

— Bastante… infeliz, como você pode imaginar. Foi corajoso o que você fez, srta. Stokes.

— Ou estúpido.

— Como a coragem costuma ser.

Ela olhou dentro dos olhos esverdeados dele, adornados por cílios escuros.

Uma voz de trás deles disse:

— Com licença, senhor.

O dr. Dunne se virou rapidamente.

— Sim, marinheiro.

— Uma condenada está em trabalho de parto e parece estar tendo dificuldades. O senhor poderia vir?

Era Olive. Horas mais tarde, muito depois de as prisioneiras terem sido trancadas no porão para dormir, Evangeline ouvia os gritos dela.

Na manhã seguinte, depois do café da manhã, ela e Hazel andavam pelo convés.

— Está demorando demais — falou Hazel.

— Você acha que pode ajudar?

— Não sei.

O marinheiro banguela de Olive passou por elas, bebendo de uma garrafa de rum.

Um grito atravessou o ar.

— Talvez eu possa — afirmou Hazel.

— Deixe-me perguntar.

Evangeline se apressou até a escada e desceu ao convés inferior. Um marinheiro do lado de fora da sala do médico se moveu para bloquear a porta.

— Preciso ver o dr. Dunne — disse ela.

— Você é uma prisioneira.

— Evangeline Stokes. Número 171. Pode dizer a ele que eu estou aqui?

O marinheiro balançou a cabeça.

— Nenhuma prisioneira pode entrar.

— É urgente.

O marinheiro a olhou de cima a baixo.

— Você está prestes a...

Ele gesticulou para a barriga dela.

— Não, não — respondeu ela, impaciente. — Só... por favor. Diga a ele que sou eu.

Ele sacudiu a cabeça.

— Ele está ocupado, não percebeu?

— Claro que percebi. Tenho alguém que pode ajudá-lo.

— Tenho certeza de que o doutor tem tudo sob controle.

— Mas...

— Pare de desperdiçar meu tempo. — Ele agitou os dedos, mandando-a embora. — Você vai vê-lo em breve.

O dia se tornou infinitamente quente. Vapor subia do convés recém-lavado como se fosse uma chapa incandescente. Hazel abriu a Bíblia, sussurrou algumas linhas, fechou. Evangeline ficou costurando o cobertor do seu bebê, tentando se concentrar nos pontos.

Os gritos de Olive diminuíram, e então cessaram.

Evangeline olhou para Hazel. Ela tinha uma expressão triste no rosto e estava entrelaçando os dedos.

As duas não falaram nada. Não havia nada a dizer.

O sol escorregou do céu, seu reflexo se espalhando na água antes de ser engolido, como líquido em uma superfície porosa. Quando as condenadas foram conduzidas ao convés inferior, Hazel e Evangeline se esconderam na popa, atrás das gaiolas das galinhas.

Um marinheiro passou e, ao vê-las na sombra, voltou para olhar de novo.

— Ei, vocês duas. As portas estão sendo trancadas.

— Nós estamos esperando o médico. — Evangeline segurou a barriga. — Eu... eu estou parindo.

— Ele sabe que vocês estão aqui?

— Você poderia avisar a ele?

O marinheiro olhou para elas por um instante, claramente sem saber o que fazer. Ele apontou para Hazel.

— Ela não precisa ficar.

— Ela é... — será que dizer isso ajudaria ou prejudicaria? — parteira.

— Ah. Minha tia é parteira.

— É mesmo? — Evangeline piscou de um jeito teatral. — Ai. Você poderia, por favor...

Ao verem-no atravessar o convés e desaparecer pela escada, Hazel sussurrou:

— Muito bom.

— Queria ter pensado nisso antes.

Alguns minutos depois, o marinheiro voltou, seguido pelo dr. Dunne, assustadoramente pálido.

Evangeline deu um passo à frente.

— Olive está...

— Ela está descansando.

— E o bebê? — perguntou Hazel, atrás dela.

— Natimorto. Fiz tudo o que pude.

— O cordão ao redor do pescoço — falou Hazel.

Ele assentiu. Correu a mão pelos botões do jaleco, encontrou o último desabotoado e o fechou.

— Foi-me dito que uma prisioneira estava em trabalho de parto. É mentira?

Evangeline engoliu em seco.

— Acho que foi... um alarme falso.

Ele olhou para ela, sério. Virando-se para o marinheiro, ordenou:

— Para o porão com as duas.

Olive apareceu no convés principal na tarde seguinte, seu rosto pálido feito papel, com olheiras enormes. Evangeline levou um chá para ela com açúcar furtado. Hazel esfarelou flores secas de camomila e as misturou ao chá.

— Para acalmar seus nervos — disse ela.

Olive tinha dado à luz um menino, com um chumaço de cabelo escuro e unhas peroladas. Ela viu o filho somente por um momento antes de ser envolvido em uma toalha e levado embora.

Elas não perguntaram o que havia sido feito com ele. Sabiam.

Apertando os seios, Olive falou:

— Senhor, como eles doem.

— É só o seu corpo fazendo o que deveria fazer. Posso lhe dar alguma coisa — retrucou Hazel.

Ela sacudiu a cabeça.

— Não, eu quero sentir.

— Por que, Olive? — perguntou Evangeline.

Ela suspirou.

— Eu não queria aquela criança. Muitas vezes desejei me livrar dela. Mas aí... ele era perfeito. Um garotinho perfeito. — Lágrimas brilharam em seus olhos. — É castigo de Deus.

— Nada de Deus. É só o jeito que as coisas são, às vezes — afirmou Hazel.

Evangeline concordou. Por um tempo, as três ficaram quietas. E então ela disse:

— Bem, não sei se isso vai ajudar, mas… — Ela respirou fundo. — Quando uma árvore é cortada, é possível saber a idade dela pela quantidade de anéis dentro do tronco. Quanto mais anéis, mais resistente é a árvore. Portanto… eu imagino que sou uma árvore. E cada momento importante para mim, ou cada pessoa que amei, é um anel. — Ela colocou a mão aberta sobre o peito. — Todos eles aqui. Tornando-me forte.

Olive e Hazel trocaram olhares duvidosos.

— Sei que parece bobo. Mas o que estou tentando dizer, Olive, é que acho que seu filho ainda está com você. E sempre estará.

— Talvez. — Olive sacudiu a cabeça e conseguiu dar um pequeno sorriso. — Nunca pensei em mim mesma como uma árvore, Leenie, mas não me surpreende que você pense assim.

— Pelo menos ela fez você sorrir — concluiu Hazel.

MEDEIA

1840

As prisioneiras aprenderam a observar o céu como os marinheiros. E assim, três dias depois, quando o céu se transformou em um amarelo funesto, elas sabiam que uma grande tempestade estava a caminho. No início da tarde, todas foram enviadas para os converses inferiores. O vento chicoteava o mar em ondas imensas, enviando o navio na direção de uma fenda profunda, para depois subir ao cume e cair novamente. Os raios rasgavam o céu, desabando ao redor do navio. A chuva caía torrencial enquanto os marinheiros corriam pelo convés, lutando com cordas e polias. Eles escalavam a cobertura do mastro principal e balançavam como mosquitos em uma teia de aranha.

Conforme o navio sacudia e se inclinava, o porão se transformava em um caos. Mulheres eram lançadas de suas camas, gemendo de enjoo e de terror, gritando. Água adentrava por rachaduras no teto e pingava em suas cabeças. Bíblias voavam pelo ar; crianças choravam. Evangeline amarrou a ponta do seu cobertor à cama e passou o restante ao redor do corpo, uma rede improvisada. Ela se virou para a parede, tapou os ouvidos com os dedos e, de alguma forma, ainda que improvável, pegou no sono.

Algumas horas depois, ela foi acordada por uma dor lancinante no abdômen. Ficou deitada, quieta, por um instante, ouvindo a chuva cair, tentando decidir o que fazer. Estava tão escuro que não conseguia ver o estrado da cama de cima.

— Hazel. — Ela se debruçou na ponta da cama, atravessou o braço pelo corredor e cutucou o local onde sabia que a menina estaria. — *Hazel.* Acho que talvez esteja na hora.

Ela ouviu um resmungo.

— Como está se sentindo? — A voz de Hazel estava atordoada.

— Como o que fiz com Buck.

Hazel riu.

— Não estou brincando.

— Eu sei que não.

Durante as horas seguintes, enquanto as ondas batiam contra o casco e o navio chacoalhava no mar, Hazel acompanhou Evangeline no início do processo. Respire, ela disse para Evangeline; *respire*. A dor no estômago de Evangeline aumentava e diminuía. Quando a porta do porão foi finalmente destrancada, Hazel ajudou Evangeline a subir a escada.

— O ar fresco vai lhe fazer bem — disse ela.

As mulheres ao redor estavam, em sua maioria, em silêncio. Todo mundo sabia o que tinha acontecido com Olive.

O céu estava da cor de um hematoma, amarelo e roxo, o mar escuro bombardeado pelo vento e espumado de branco. O ar estava denso de maresia. Os marinheiros gritavam da proa para o mastro, apertando as velas enquanto o navio se agitava e cortava as ondas.

Hazel e Evangeline caminharam pelo convés, parando quando a dor aparecia ou uma nuvem despejava chuva. Goles de chá, uma mordida em um biscoito. Idas ao banheiro. Um jogo de cartas disperso. No meio da tarde, uma comoção as conduziu para a popa: Buck — sujo, rijo, com cabelo embaraçado e olhos fundos — tinha sido solto da detenção. Vinte e um dias tinham se passado.

Ele apertou os olhos na direção delas. Cuspiu no convés.

— Sr. Buck.

Evangeline se virou.

O dr. Dunne estava parado a alguns metros de distância, com as mãos cruzadas para trás.

— Considere isso um aviso. Fique longe dessas prisioneiras ou você voltará para a detenção.

Buck levantou as mãos, em sinal de rendição.

— Não fiz nada. — Deu um sorriso e saiu.

Hazel olhou para Evangeline.

— Tire Buck da sua cabeça.

Ela tentou. Mas era difícil ignorar a ameaça daquele sorriso.

O tempo passava devagar. A dor se tornou mais intensa: uma cólica ardente. Evangeline mal conseguia ficar em pé.

— Acho que ela está pronta — disse Hazel ao médico.

Ele assentiu.

— Leve-a lá para baixo.

Hazel guiou Evangeline pela escada que dava no convés inferior. Atrás de um biombo na sala do médico-cirurgião, ela ajudou Evangeline a vestir um avental de algodão. Ao terminar, Hazel ficou de pé no canto da sala, sem fazer nenhum movimento em direção à saída. O médico não disse uma palavra.

Evangeline estava delirando, ensopada de suor.

O dr. Dunne começou pedindo para Hazel ajudar com pequenas coisas. *Passe-me uma toalha molhada. Enxugue a testa dela.* Ela trouxe para ele uma bacia com água e uma barra de sabonete de lixívia, e depois que o doutor lavou as mãos, entregou a ele uma toalha para secá-las. Quando percebeu Evangeline puxando o cordão vermelho ao redor do pescoço, Hazel retirou-o e o colocou em uma prateleira.

Depois de duas horas, ficou claro que o trabalho de parto estava paralisado. Evangeline secou suas lágrimas com o dorso da mão.

— O que está acontecendo?

— Parto pélvico. — O dr. Dunne se sentou em sua banqueta e secou a testa com o braço.

— Parto pélvico?

Hazel deu um passo para a frente.

— Seu bebê é especial — explicou ela. — Pés primeiro. — Para o cirurgião, ela perguntou: — Posso ajudar? Eu sei fazer isso. O giro.

Ele suspirou e então ergueu os braços, como se dissesse *vamos lá.*

Hazel abriu a mão sobre a barriga de Evangeline, sentindo cada parte ao redor.

Evangeline olhou para ela, assustada.

— O bebê está em perigo?

Ela sentiu a mão fria de Hazel sobre a sua.

— Vocês dois ficarão bem. Ouça a minha voz. Inspire.

Ela inspirou.

— Agora expire.

Ela expirou.

Hazel acariciou o cabelo dela.

— Vá na direção da dor. Pense nela como… uma lanterna guiando o seu caminho.

O médico ficou sentado na banqueta, observando.

Rendendo-se aos pedidos de Hazel, Evangeline respirava quando Hazel mandava, fazia força quando ela dizia, seguia a dor como se fosse uma lanterna por um caminho sinuoso. Ela começou a sentir as contrações antes de acontecerem, como se unissem força dentro dela, e vivia cada onda de dor por inteiro, a agonia tão intensa que, em certo momento, tornou-se uma espécie de euforia. A chuva tamborilava no convés acima de suas cabeças, abafando os gritos dela. Ela sentiu a mão pequenina de Hazel dentro de si, mexendo, girando, movendo o bebê para baixo. Ela não sabia mais se estava gritando ou em silêncio, inquieta ou estática. E então… e então… um alívio. Um esvaziamento.

Um chorinho de bebê.

Ela levantou a cabeça.

O tempo parou. Expandiu-se. Seus sentidos voltaram. Ela sentiu o odor de peixe do óleo de baleia dos lampiões, a cera de vela gordurosa, o ferro doce do próprio sangue. Ela olhou para cima, para as vigas largas do teto, fixadas por pregos de ferro compridos. Ouviu os respingos delicados de chuva no convés, os últimos vestígios da tempestade.

A seus pés, Hazel sorria intensamente. Cachos ruivos estavam grudados na testa dela, úmidos, sangue espalhado em seu avental. Um bebê pelado em um lençol nos braços dela.

— Uma menina.

— Uma menina. — Evangeline apoiou-se nos cotovelos, com dificuldade, para enxergar.

O dr. Dunne colocou outro travesseiro debaixo da cabeça dela e Hazel entregou-lhe o pacotinho que pesava como uma pena, e, de repente, ela estava olhando dentro dos olhos escuros de um bebê. Sua filha. Encarando-a intensamente. Será que alguém já a tinha encarado tão profundamente?

— Você já tem um nome? — perguntou Hazel.

— Eu não ousei pensar nisso com antecedência. — Ao segurar a criança nos braços, Evangeline sentiu o cheiro azedinho do seu cabelo, acariciou as pequeninas orelhas do tamanho de conchas e os dedinhos como anêmonas do mar. Será que aquele era o nariz do seu pai?

Hazel fez um movimento para ela abrir o avental. Conduziu o bebê aos seios de Evangeline e encostou no lábio superior da pequena, estimulando-a a abrir sua boca miúda. Quando a bebê pegou o peito, Evangeline sentiu como se uma corda tivesse sido puxada do bico do seu peito até suas entranhas.

— Quanto mais ela sugar, mais rápido você vai melhorar — falou Hazel.

Conforme Evangeline segurava a cabecinha de sua bebê, seus dedos encontraram um local maleável no meio. Ela olhou para o médico, surpresa.

Ele sorriu.

— É para que o cérebro dela possa crescer. Não se preocupe. Vai fechar.

— Então, o cérebro pode crescer. Como eu nunca soube disso? — divagou ela.

E pensou em todas as coisas que não sabia.

Era início da noite na sala do médico. O bebê estava envolvido em um lençol, encaixado na curva dos braços de Evangeline. O médico estava na enfermaria, atendendo um marinheiro com gripe. Hazel sentada em uma cadeira com o exemplar de *A tempestade*, lendo as palavras em silêncio.

Evangeline apontou para o livro.

— Onde você está?

— "Mas ab-abjuro, neste momento, da magia nefasta uma vez…" — Sua voz silenciou.

— "Conjurado." J-U, como em jujuba.

Hazel assentiu.

— Con-JU-rado. "Conjurado mais um pouco de música ce-les-te, o que ora faço, para que nos sentidos lhes atue…"

— "Tal é o poder do encantamento aéreo."

— É muito difícil — afirmou Hazel. — "A falar me ensinastes, em verdade. Minha vantagem nisso é ter ficado sabendo como amaldiçoar."

Evangeline sorriu.

— Muito bom.

Hazel fechou o livro.

— Como está se sentindo?

— Dolorida. E com muito calor. A sala está fervendo.

— Está sempre quente ultimamente. Mesmo depois da chuva.

Evangeline recostou no travesseiro. Girou a cabeça de um lado para o outro.

— Preciso de ar. — Ela olhou para baixo, para a bebê dormindo. — Antes que ela acorde.

— Você quer subir a escada *agora*? — Hazel franziu a testa. — O convés vai estar escorregadio. E está escuro.

— Só um minuto.

Hazel largou o livro.

— Vou com você, então.

— Não, fique com ela. Por favor.

— Mas você acabou...

— Eu tomarei cuidado, prometo. Não quero que ela fique sozinha.

Evangeline pendurou as pernas na ponta da cama e Hazel a ajudou a se levantar. De repente, ela ficou tonta e se segurou na cama.

Hazel olhou para ela.

— Isso não é uma boa ideia.

— Hazel, por favor. "Vosso hálito deve inflar minhas veias pelo mar; caso contrário, meu plano de agradar será vesano."

Hazel revirou os olhos.

— "Entupis-me os ouvidos com palavras que de todo me são insuportáveis."

— Ah! — exclamou Evangeline, batendo palmas. — Você é minha melhor aluna.

— Bem, você é minha melhor professora. Minha única professora, verdade seja dita. — Ela deu um sorriso travesso.

Evangeline sorriu de volta.

— Cuide da minha filha enquanto eu não estiver, pode ser?

— Ela está dormindo. Vai ficar bem. Volte logo.

A barriga de Evangeline estava solta debaixo do vestido, seus pés descalços instáveis. Ela subiu a escada devagar, parando para recuperar o fôlego a cada degrau. Quando chegou ao topo, fez uma pausa, o coração batendo forte, e olhou para cima, para a escuridão aveludada ao redor de um disco fino que era a lua. Embora o céu estivesse limpo, o ar ainda tinha cheiro de chuva. Ela respirou fundo e atravessou o convés molhado até o corrimão. Uma água suja passava por baixo do navio, brilhando à luz da lua. Evangeline olhou para o horizonte, para a extensão linda do mar.

Ao ouvir um barulho atrás de si, ela se virou.

Uma figura estava vindo na sua direção. Um homem. À luz baixa, ela podia ver seu cabelo loiro e seus braços nus, o ângulo reto do seu queixo. E então ele estava em cima dela, com as mãos em seus ombros.

Buck.

— Não — disse ela. — O que você...

Ele a empurrou contra o corrimão.

— Você vai pagar.

Ela sentiu o cheiro dele, álcool e suor. Sentiu a respiração dele em seu pescoço. Ele bateu o corpo dela novamente contra o corrimão com tanta força que os parafusos de aço marcaram suas costas, e ela sentiu as pernas cederem, seus pés escorregando. E então ele a estava levantando, cada vez mais alto, até a altura do corrimão, os músculos salientes do braço dele tencionados ao redor das costas dela.

— Não! Não! O que você está...

— Pare! — gritou uma mulher. Era Hazel. — Pare!

Por um instante, Evangeline pairou na madeira do corrimão. E então Buck a soltou, e o mundo inteiro se inclinou. Ela gritou quando caiu de costas na escuridão. Sua bebê estava toda enroladinha na sala do médico, e ela estava ali, caindo, caindo pelos ares. Sua mente se recusava a acreditar. Isso não podia estar acontecendo. Não fazia nenhum sentido.

A água atingiu primeiro seu ombro, um tapa brusco, um choque de dor. Instintivamente, ela mexeu as pernas, embora estivessem enroladas no vestido e ela não soubesse o que estava fazendo. *Eu não sei nadar*, ela pensou; *eu não sei boiar.*

Sua filha estava no leito onde havia nascido, sozinha.

Deixei meu bebê deitado aqui para catar frutinhas...

Ela estava afundando. Afundando. Lentamente no início, até que seu queixo estava submerso. Seus lábios. Seu nariz, seus olhos. Ela lutava para enxergar na escuridão granulada, os olhos ardendo por causa do sal. Ela mexia os braços freneticamente, se debatendo dentro do vestido, os olhos abertos como se tentasse lutar para chegar à superfície, na direção da luz. Mas ela estava caindo, parada, suspensa no espaço. *Ah, sozinho, sozinho, inteiramente só, sozinho em um vasto oceano!* Seu vestido subiu no corpo, suave como um lenço... o lenço branco de Cecil; leão, serpente, coroa...

E ela era bela como as rosas em maio... Tudo perdido, perdido. O anel de rubi. O lenço. A plaquinha de latão do cordão vermelho.

Nos cantos obscuros da sua mente, ela lembrou de algo que havia lido um dia sobre o ato de se afogar — que o terror estava em resistir, na recusa em aceitar. Quando você se desprende disso, não é tão difícil; você simplesmente afunda na água, gelada e oculta.

Na luz ou no breu, as coisas que um dia vi hoje não mais consigo ver.

Ela fechou os olhos. Livrando-se do terror, ela se entregou ainda mais dentro de si. Lá estava ela, no saguão do vicariato em Tunbridge Wells, pegando seu chapéu do gancho na parede, abrindo a porta da frente pesada e saindo na calçada de pedras, fechando-a atrás de si. Enquanto caminhava, uma cesta de palha no braço. *Houve um tempo em que o prado, o bosque, o matagal, a terra e o que nela se via, tudo me parecia, envolto em luz celestial...* Ela contornou a cerca viva de arbustos entrelaçada de rosas, o salgueiro antigo farfalhando no vento. Ouviu os sinos da igreja soando, um pica-pau bicando uma árvore, um cachorro latindo. Em seguida, ela estava atravessando uma ponte de pedra sobre o riacho que levava à trilha da montanha, com suas rochas escarpadas e mato alto, ovelhas pastando e cardos roxos. Seu lugar favorito na terra, logo ali na esquina.

MATHINNA

"Os últimos aborígenes foram capturados há cerca de quinze dias e enviados para a ilha de Flinders, então a nossa pequena nativa é a única que resta aqui. Ela está melhorando, eu acho, embora levará bastante tempo até que se torne minimamente civilizada."

— Diário de Eleanor Franklin, 1840; filha de sir John Franklin, governador da Terra de Van Diemen, 1837-1843

RESIDÊNCIA DO GOVERNO
Hobart Town, 1840

Alta, tímida, com uma testa larga, sobrancelhas translúcidas e cabelo loiro, Eleanor Franklin era, de fato, bastante comum. Também foi a primeira pessoa que Mathinna conheceu na Terra de Van Diemen que parecia completamente indiferente a sua presença.

— Olá. São ovos cozidos — disse ela como forma de introdução, gesticulando na direção de um pote de ovos quando Sarah apresentou Mathinna a ela no quarto das crianças na manhã seguinte a sua chegada. — Eu *detesto* ovo cozido.

Enquanto comiam, ouviram a camareira, sra. Crain, falando em sussurros com uma mulher mais velha, srta. Williamson, uma governanta que veio com a família da Inglaterra.

— Bastou tentar esse experimento uma vez, com aquele garoto incorrigível — resmungou a governanta. — Esperar que eu tente educar outro selvagem é demais para mim.

— É um pedido da lady Franklin, não meu — retrucou a sra. Crain. — Você pode ir lá em cima falar com ela, se desejar.

Eleanor olhou para cima.

— Eu posso dar aula para a menina. É bom que uso meu francês, já que não estou fazendo nada com ele. Esse lugar é tão *chato* — disse.

E foi assim que, três horas por dia, três dias por semana, Mathinna e Eleanor se encontravam na sala de aula depois do café da manhã. Eleanor tratava Mathinna do mesmo jeito que tratava sua cachorra, Sandy: com afeto ameno e morno. O que lhe faltava em inteligência, Eleanor compensava com esforços; ela ensinava fielmente Mathinna a adicionar, subtrair e soletrar. Uma semana, planejou uma aula sobre arquitetura. Mostrou a Mathinna fotos do estilo gótico, com suas gárgulas fantásticas e imagens grotescas, e clássicos, com ênfase em proporção e harmonia. A moda em Hobart Town era para georgianos chatos, disse ela, todos os telhados e exteriores de arenito. Assim como a Residência do Governo, o prédio em que estavam.

Eleanor explicou como o calendário funcionava, dias que se transformavam em semanas, depois em meses, depois em anos, e, embora Mathinna prestasse atenção, ela não via muito propósito naquilo. O professor da escola na ilha de Flinders tinha deixado uma agenda aberta em sua mesa, na qual ele escrevia anotações precisas sobre as estações, particularidades do tempo e suas perambulações pela ilha, mas os idosos palawa zombavam essa forma de registrar as memórias. Esses colonizadores não sabiam que o tempo não se movia de forma linear do passado para o presente, mas de maneira contínua? Que os espíritos e os humanos, os animais e as plantas, são conectados pela terra, que liga ancestrais a descendentes em um momento eterno? Mathinna começou a explicar isso, da melhor forma que conseguia lembrar, mas os olhos de Eleanor se dispersaram, foram para longe, e ela cutucou as unhas até Mathinna parar de falar.

O que obteve mais sucesso foi o estudo de francês. Elas praticavam com a coleção de marionetes de Eleanor. Após algumas semanas, os bonecos — uma princesa loira que usava um vestido de festa azul-água e uma tiara, e sua acompanhante que vestia um *dirndl* — estavam conversando:

Bonjour, comment vous appelez-vous?
Bonjour, madame, je m'appelle Mathinna.
Enchantée de faire votre connaissance.
Merci, madame. Je suis enchantée également.

Mathinna aprendeu a gostar da melodia da língua. Para ela, parecia algo lógico e belo — muito mais agradável que o inglês, econômico, com contradições enlouquecedoras e formações de frase deselegantes. Embora gostasse de uma peça de teatro que começava em um urzal escocês com bruxas ao redor de um caldeirão, com um casal real que a remetia levemente a lady Franklin e sir John. E de outra sobre o naufrágio de um navio em uma ilha remota que Eleanor tinha decidido que elas leriam em voz alta.

— "Tua raça era tão vil" — entoou Eleanor, fazendo a personagem Miranda. — "Que embora tenha aprendido muitas coisas, não suportou lidar com a boa natureza. / Ficaste preso neste rochedo, mas para ti / A prisão é boa demais."

E Mathinna, como Caliban, respondeu:

— "Como te disse já, estou submetido a um tirano, um feiticeiro, que com as suas artes me vigarizou e roubou a ilha."

Girando uma esfera de madeira, Eleanor identificou os sete continentes e os cinco oceanos.

— Aqui — disse ela, colocando o dedo em um formato de canguru no hemisfério Norte, do outro lado do globo da Terra de Van Diemen. — Foi aqui que eu nasci. — Ela tamborilou o dedo em Londres, Paris e Roma. — Todas as cidades importantes — falou, e correu o dedo pela costa pontiaguda até a parte debaixo da África, e atravessou uma expansão larga e azul. — E essa é a rota que fizemos até esse fim de mundo. Nós passamos quatro meses no mar!

Mathinna encostou na massa em formato de coração da Terra de Van Diemen. Ela traçou seu próprio trajeto de volta com o dedo, assim como havia feito no mapa do capitão, do topo direito da ilha até o lugarzinho pequenino onde ela havia nascido. No mapa do capitão, a Terra de Van Diemen era imensa, e a ilha de Flinders, pequena. Nesse globo, era meramente uma rocha no oceano, sutil e insignificante demais para ganhar um nome. Era como se o lugar que ela amava, assim como as pessoas nele, tivesse sido apagado. Ninguém sequer sabia que eles existiam.

Nesse lugar novo e estranho, Waluka se agarrava à Mathinna. O medo dele aumentava uma sensação de proteção nela que a acalmava. Ele passava a maior parte do dia dormindo no bolso do seu avental, mas saía dali de vez em quando e subia até o pescoço dela, onde se aninhava, farejando-a com seu nariz úmido. À noite, esperava-se que ela o colocasse em uma gaiola levada ao quarto dela com esse propósito, mas depois de fechar a porta e apagar as velas, ela abria a gaiola e deixava Waluka correr pelo chão até sua cama.

Mathinna passava o mínimo de tempo possível em seu quarto com a janela bloqueada e sombras ameaçadoras de velas. Em dias amenos, quando não estava com Eleanor na sala de aula, ela andava pelo pátio pavimentado com Waluka no bolso, assistindo aos homens no estábulo pentearem e alimentarem os cavalos, esfregando as costas dos porcos no chiqueiro e ouvindo as fofocas entre as empregadas condenadas, enquanto lavavam roupa e as penduravam no varal atrás da casa.

Era um consenso que lady Franklin tinha inteligência e ambição para comandar essa colônia desregrada, enquanto sir John, com seu título de cavaleiro, fornecia a eles status. As empregadas falavam dele com um desprezo benevolente. Aos olhos delas, sir John era um homem tolo, que constantemente se metia em confusão e quase nunca conseguia resolver. Elas relatavam inúmeras histórias sobre os infortúnios dele, como quando saiu correndo de casa gritando pela carruagem com o rosto barbeado só até a metade. Zombavam da maneira que ele penteava os poucos fios remanescentes de cabelo no topo da cabeça. Riam de como ele ficava cômico em cima de um cavalo, com a barriga caindo por cima da calça, os botões do casaco esticados nas costuras.

Sir John tinha fama de explorador, mas cada viagem que liderava era mais calamitosa que a anterior. Fez uma expedição para o norte do Canadá que terminou com os sobreviventes comendo as próprias botas e possivelmente uns aos outros, e outra para o Círculo Polar Ártico que foi se transformando em algo cada vez mais catastrófico até que os poucos homens remanescentes desistiram e voltaram para a Inglaterra. Somente após uma campanha de marketing vigorosa feita por lady Franklin foi que ele recebeu o título de cavaleiro por essas tentativas fracassadas.

O tratamento que lady Franklin dava a Eleanor era outra fonte de diversão. Eleanor era produto do primeiro casamento de sir John com uma mulher que morrera extremamente jovem. Lady Franklin, que não tinha filhos biológicos, tolerava a garota com uma impaciência visível. Quando não conseguia evitá-la, ela a criticava fingindo preocupação. "Você está bem? Está assustadoramente pálida" ou "Minha querida, esse vestido é tão pouco favorável! Preciso conversar com a costureira".

Mathinna viu com os próprios olhos um dia, quando ela e Eleanor passaram por lady Franklin no corredor.

— Postura, Eleanor — disse lady Franklin, sem parar de andar. — Você não quer ser confundida com a empregada da copa.

Parecia que Eleanor tinha levado uma rajada de água no rosto.

— Sim, senhora — respondeu ela. Mas, quando lady Franklin desapareceu no fim do corredor, ela abaixou de um jeito cômico, esticou os braços para baixo como se fossem asas de pinguim e andou cambaleante, fazendo Mathinna rir.

Lady Franklin tinha pouco tempo para Mathinna, sempre ocupada em entreter dignitários, escrever em seu diário, fazer piqueniques em Monte Wellington em expedições que duravam o dia inteiro e embarcar em viagens de uma noite com sir John. Mas algumas vezes ao mês ela convidava um grupo de mulheres, esposas de comerciantes e oficiais do governo, para tomar chá e comer bolo na sala de estar avermelhada, e nessas ocasiões convocava Mathinna para exibi-la com seu francês recém-aprendido e boas maneiras.

— O que você gostaria de dizer para essas senhoras, Mathinna?

Ela fez uma reverência.

— *Je suis extrêmement* heureux *de vous rencontrer tous.*

— Como podem ver, a menina fez progressos notáveis — disse lady Franklin.

— Ou é uma boa atriz, pelo menos — completou uma das mulheres por trás de seu leque.

As mulheres faziam muitas perguntas. Queriam saber se Mathinna já tinha usado roupas apropriadas alguma vez antes de vir para Hobart Town. Se ela comia cobras e aranhas. Se o seu pai tinha muitas esposas, se ela tinha crescido em uma cabana, se acreditava nas forças ocultas. Admiravam sua pele escura, virando as mãos dela para inspecionar as palmas e olhando dentro da boca para confirmar que sua gengiva era rosa.

Mathinna passou a detestar essas tardes na sala de estar. Ela não gostava de ser apalpada nem de ouvir sussurros a seu respeito. Às vezes, desejava ser branca, ou invisível, só para evitar os olhares e murmúrios, as perguntas grosseiras e condescendentes.

Quando se cansavam dela, Mathinna se sentava em um canto e jogava paciência, um jogo que Eleanor tinha lhe ensinado. Enquanto embaralhava e arrumava as cartas, ela ouvia as mulheres se solidarizarem com a inconveniência de morarem tão longe da civilização. Elas reclamavam sobre não conseguirem os suprimentos que queriam — chapéus Leghorn da Toscana e luvas de ópera, camas de mogno e candelabros de vidro, champanhe e *foie gras*. Lamentavam a falta de artesãos talentosos. A impossibilidade de encontrar bons empregados. A escassez de divertimento, como ópera e peças de teatro.

— Uma boa peça de teatro — esclareceu lady Franklin. — Você pode assistir a uma atrocidade produzida em Hobart Town qualquer dia da semana.

Resmungavam sobre a pele: como ficava queimada e seca, com bolhas e sardas, vulnerável a assaduras e mordidas de insetos.

Quantos hábitos peculiares essas mulheres tinham! Elas se apertavam dentro de roupas elaboradas: corpetes com osso de baleia, chapéus com laços e fitas, sapatos impraticáveis com saltos pontiagudos que se desintegravam na lama e na poeira. Comiam refeições extravagantes que faziam mal a elas e as deixavam gordas. Pareciam existir em um estado perpétuo de descontentamento, o tempo todo comparando suas vidas às de suas contemporâneas em Londres, Paris e Milão. Por que será que ficavam aqui, Mathinna imaginava, se detestavam tanto?

Às manhãs de segunda-feira, como um relógio, uma carruagem preta chegava à Residência do Governo trazendo John Montagu, o Secretário Colonial, e seu cachorro. Um homem calvo com uma expressão presunçosa, Montagu vestia um sobretudo de corte inglês sobre um terno apertado, camisa de colarinho alto e uma gravata preta frouxa. Seu cachorro, um monstro musculoso com focinho fino e orelhas pequenas e caídas, era antipático com todos, com exceção do seu dono, que parecia gostar da agressão perversa.

— Jip consegue dominar um canguru em quatro passos — gabava-se Montagu para qualquer um que quisesse ouvir. Havia rumores de que ele levava o cachorro à Residência do Governo para impressionar, ou possivelmente intimidar, sir John, com quem tinha uma rivalidade latente.

Durante a hora em que os dois homens se encontravam toda semana, o cachorro passeava no pátio. Em uma segunda-feira, uma empregada condenada que pendurava roupa no varal foi atacada pelo cão. Ele mordeu sua saia e a arrastou para o chão, quebrando o braço da moça.

— É uma pena — disse Montagu quando soube do acontecido. — Mas eu avisei a essas meretrizes da prisão para ficarem longe da vista de Jip.

* * *

Na ilha de Flinders, Mathinna muitas vezes ia dormir com fome. Os palawa estavam acostumados a caçar e plantar da costa às montanhas da Terra de Van Diemen, mas a ilha menor era praticamente inóspita, e os missionários não dividiam a comida deles. Aqui havia abundância para comer, embora a maior parte tivesse um gosto esquisito para ela. Pedaços de carneiro e ervilhas moles, torrada fria que ficava esperando em uma bandeja de prata, pequenos grãos de arroz branco que ela, no início, achou que fossem larvas. Os Franklin bebiam ervas amargas imersas em água fervente em todas as refeições, amenizadas somente pelo açúcar, que, Mathinna logo descobriu, deixava tudo com o gosto melhor.

Em uma tarde de domingo, Mathinna foi convidada para se juntar aos Franklin em uma refeição na sala de jantar para receber um bispo inglês, sua mulher e filha. Comendo torta fria de faisão e consomê de cérebro de boi, o bispo perguntou a Mathinna o que os nativos gostavam de comer. Ela contou a ele sobre os patos que caçavam, como retiravam a ave de um buraco, quebravam seu pescoço e a cozinhavam no fogo. Ela demonstrou como eles tiravam as penas e cuspiam quando mordiam um pedaço de pele.

— Mathinna! — repreendeu Eleanor.

Sir John riu.

— Ela está certa, sabe. Por que consumir algumas aves e outras não? Muitos exploradores já pereceram dos escrúpulos desnecessários sobre o que estão dispostos a colocar na boca.

O resto da mesa ficou em silêncio. O bispo estava com uma expressão de nojo. Lady Franklin parecia horrorizada. Por um breve instante, ela esqueceu como essas pessoas eram peculiares. Desejou que não tivesse dito nada.

— Isso não é verdade — acrescentou ela rapidamente. — Eu inventei.

Depois de um momento, o bispo começou a rir.

— Que criatura peculiar! — exclamou ele, virando-se para sir John. — Sou capaz de acreditar em qualquer coisa que ela me disser sobre seu povo, de tão distante que é a experiência deles da nossa.

— Talvez seja hora de as meninas saírem da mesa — falou lady Franklin. — Sarah, você pode levá-las lá para fora, para pegarem ar fresco?

Mathinna suspirou. Lady Franklin já tinha convidado os filhos de amigos para brincar com ela antes, e raramente dava certo. Eles pareciam não saber se tratavam Mathinna como uma igual ou como uma criada, ou com educação forçada e cautelosa, como se ela fosse um bicho de estimação de um conhecido, que você não confia se vai pular ou morder.

Quando elas estavam no jardim, Mathinna escalou uma árvore de eucalipto rapidamente, movendo-se sem dificuldade nos galhos grossos, enquanto a filha do bispo, Emily, tremia no vento fresco lá embaixo. Olhando para ela entre as folhas irregulares, Mathinna falou:

— Suba aqui em cima comigo!

— A mamãe não deixa. É perigoso — respondeu Emily, olhando para Mathinna lá em cima em suas roupas formais.

Mathinna desceu da árvore.

— O que você quer fazer, então?

— Não sei.

— Quer ver meu gambá de estimação?

— Acho que sim.

Mathinna trouxe Waluka, e Emily contou, ao ver o gambá:

— A mamãe tem um desses, mas está morto. Ela veste o pelo dele no pescoço. Ainda tem os olhinhos pretos presos.

Mathinna colocou Waluka de volta no bolso do seu avental. Estava ficando claro que as coisas que a deixavam feliz na ilha de Flinders eram consideradas infantis, impetuosas e esquisitas aqui. Uma mocinha não deveria correr por aí descalça e sem roupa, ou gritar pelos ares, ou escalar árvores até o topo, ou ter um gambá de estimação. De agora em diante, ela manteria Waluka fora de vista quando estranhos estivessem por perto. Não falaria sobre caçar patos. Ficaria quieta a respeito do seu passado.

Naquela noite, na escuridão do seu quarto, ela dançou com Waluka nos ombros, como fazia na areia branca da ilha de Flinders, com uma mão segurando as costas pequeninas dele para mantê-lo firme. Talvez, como lady Franklin dissera, seria mais fácil se ela pudesse tirar a ilha da cabeça — esquecer seu povo e seu modo de vida. Talvez isso tornasse a vida nesse estranho lugar mais fácil. Talvez assim ela sentisse menos a dor da solidão.

RESIDÊNCIA DO GOVERNO

Hobart Town, 1840-1841

Os Franklin fizeram um almoço em um barco para Eleanor quando ela fez dezoito anos. No aniversário dos 49 anos de lady Franklin, sir John fez uma surpresa para ela com uma edição assinada de *Oliver Twist* e uma viagem a Melbourne. Lady Franklin fez um banquete formal enorme em homenagem ao aniversário de 55 anos de sir John. A sra. Wilson, com pompa e circunstância, ganhou o dia do aniversário de folga, com remuneração.

Os Franklin não sabiam o dia do aniversário de Mathinna, tampouco ela mesma sabia, portanto, escolheram uma data aleatória do calendário: 18 de maio, três meses após o dia em que ela havia chegado em Hobart Town.

— A sra. Wilson poderia, pelo menos, fazer um bolo. — Mathinna ouviu Eleanor dizer a lady Franklin alguns dias antes. — Ela vai fazer nove anos. Já tem idade suficiente para perceber as coisas.

— Não seja boba — retrucou lady Franklin. — O povo dela não percebe essas coisas. Seria como comemorar o aniversário do nosso bicho de estimação.

Mas Mathinna percebeu. Ter tido um dia aleatório determinado como aniversário para depois lhe negarem o reconhecimento de costume foi insensível. Ela acordou e treinou francês com Eleanor (que parecia ter esquecido que o dia tinha qualquer importância), comeu uma refeição comum ao meio-dia na cozinha com a sra. Wilson e passou a tarde caminhando pela propriedade com Waluka. Ela teve esperança de que seria surpreendida com um bolo em algum momento, mas as horas se passaram e nada aconteceu. Somente Sarah, quando foi guardar a roupa limpa no quarto de Mathinna após o jantar solitário, mencionou algo sobre o assunto.

— Então, ouvi dizer que é seu aniversário. Ninguém diz uma palavra quando é o meu também. É só mais um ano mais perto da minha carta de liberdade.

Diferente de lady Franklin, sir John parecia gostar genuinamente da companhia de Mathinna. Ele a ensinou a jogar *cribbage* — que ela chamava de jogo do canguru pela forma como os pinos saltavam para cima e para baixo no tabuleiro — e de vez em quando a chamava para jogar com ele nos fins de tarde. Ele convidava ela e Eleanor para se juntarem a ele no jardim antes do café da manhã, sob a sombra dos eucaliptos e sicômoros que se espalhavam pela propriedade, para sua "caminhada constitucional matinal diária", como ele chamava. Durante essas caminhadas, ele a ensinava a identificar as flores que haviam importado da Inglaterra: rosas brancas e cor-de-rosa, margaridas, arbustos lilases com pequeninas flores tubulares.

Uma manhã, quando Mathinna chegou ao jardim, sir John estava parado ao lado de uma caixa com um pano em cima. Em um movimento como de um mágico, ele retirou o pano e revelou uma gaiola de arame que continha um pássaro preto belíssimo com penas amarelas na bochecha e na cauda.

— Montagu me deu essa cacatua maldita e eu não sei o que fazer com ela — disse ele, sacudindo a cabeça. — Ninguém quer chegar perto dela. Vez ou outra ela faz um barulho terrível, uma espécie de... grito estridente.

Como se tivesse ouvido uma deixa, o pássaro abriu o bico e emitiu um ensurdecedor *qui-ou, qui-ou*.

Sir John franziu as sobrancelhas.

— Está vendo? Pesquisei um pouco e descobri que um naturalista britânico chamado George Shaw descobriu esta espécie. Ele a nomeou *Psittacus funereus* porque, bem, como você pode ver, parece que o pássaro está vestido para um funeral. Embora haja certas questões com o nome em latim da cacatua-de-cauda-amarela do Oriente *versus* a do Ocidente... ah, deixe para lá. De toda forma, parece que estou preso a ela.

— Por que você não a liberta? — perguntou Mathinna.

— Estou tentado, acredite. — Ele suspirou. — Mas aparentemente criaturas como esta, criadas em cativeiro, perdem a capacidade de sobreviver soltas na natureza. E preciso evitar insultar Montagu enquanto ele for responsável pela questão da disciplina das condenadas. Você parece ter domesticado esse... — Ele fez um gesto na direção do bolso de Mathinna, para o volume do corpo de Waluka. — A verdade é que o seu povo é mais naturalmente sintonizado à vida selvagem do que os europeus. Mais próximo da terra e tal. Portanto, eu concedo este pássaro aos seus cuidados.

— A mim? — perguntou Mathinna. — O que você quer que eu faça com ele?

Ela espiou entre as barras da gaiola para a cacatua soturna, enquanto o animal pulava de um pé para o outro. Ela viu o pássaro levantar um cone verde com o pé e vasculhar ao redor com o bico em busca de sementes. Sua crista, curta e preta, impunha um ar intimidador. *Qui-ou.*

— É só que... eu não sei. Vamos pedir que uma empregada o alimente e limpe a gaiola. Você pode... falar com o pássaro, acho.

— Você não pode falar com ele?

Sir John sacudiu a cabeça.

— Eu tentei, Mathinna, realmente tentei. Nós dois não falamos a mesma língua.

Mathinna estava na sala de aula com Eleanor, treinando sua caligrafia, quando a sra. Crain colocou a cabeça pela porta.

— Lady Franklin solicitou a presença da menina na sala de objetos exóticos. Com o vestido vermelho. Sarah já passou a roupa e está esperando no quarto dela.

Mathinna sentiu a costumeira apreensão na boca do estômago.

— O que ela quer comigo? — perguntou.

— Você não deve questioná-la.

Quando a sra. Crain saiu da sala, Eleanor revirou os olhos.

— Você sabe como a Jane gosta de exibir você. De contar vantagem por ter civilizado você.

Sarah ajudou Mathinna a se vestir e a acompanhou até o andar de baixo.

— Ah! Aqui está ela. — Lady Franklin se virou para um homem magro e corcunda em um casaco de lã preto, de pé ao lado dela. — O que você acha?

Ele virou a cabeça para olhar Mathinna.

— Olhos extraordinários, a senhora tem razão — respondeu ele. — E o vestido fica esplêndido em contraste com essa pele escura.

— Eu mencionei que ela é filha de um chefe de aldeia?

— Mencionou, sim.

— Mathinna — disse lady Franklin —, esse é o sr. Bock. Eu encomendei a ele o seu retrato. Pelo bem da ciência e da arte. A pesquisa científica, como o senhor deve saber, é um grande interesse meu — contou ela ao sr. Bock.

— Vê-se pela coleção — concordou ele, olhando ao redor para todos aqueles animais empalhados.

— Acho que as pessoas ficarão muito interessadas nesse remanescente de uma população nativa prestes a desaparecer da face da Terra — afirmou ela. — Você não acha?

— Ah, bem... — As pontas das orelhas do sr. Bock ficaram levemente avermelhadas e ele direcionou o olhar para Mathinna. Ela olhou para trás, para ver se ele pretendia se comunicar com outra pessoa, mas não havia ninguém lá.

Ele estava constrangido por ela.

Ela achou que tivesse ficado acostumada com a maneira com que lady Franklin falava sobre ela na sua presença, como se ela não tivesse sentimentos ou não compreendesse o que era dito. Mas o reconhecimento do sr. Bock sobre isso a fez perceber o quanto aquilo era ofensivo.

Todas as tardes durante uma semana, Mathinna se sentava por horas na frente do cavalete do sr. Bock na sala de estar menos usada da casa. Ele ficava em silêncio por longos períodos, falando somente para adverti-la para não se mexer nem desviar os olhos, para se sentar ereta, apoiar as mãos no colo. Sarah contou a ela que havia rumores de que o sr. Bock era um pintor famoso na Inglaterra antes de ser sentenciado ao exílio por roubo de drogas. O fato de ele ser, talvez, um ex-condenado o deixava, de alguma forma, menos intimidador.

Todo dia, quando o sr. Bock a dispensava, Mathinna saía da sala sem olhar para a pintura em progresso. Ela tinha visto os retratos enquadrados nas paredes dos aposentos da lady Franklin — nativos com traços exagerados, narizes bulbosos e olhos arregalados. Ela tinha medo de como seria retratada no cavalete do sr. Bock.

No fim da tarde de sexta-feira, ele anunciou que havia terminado. Chamou lady Franklin para olhar. Ao observar com atenção o retrato, ela virou a cabeça. Assentindo lentamente, ela disse:

— Bom trabalho, sr. Bock. Você conseguiu captar a malícia dela. E esse cabelo enrolado. O que você acha, Mathinna? Não se parece com você?

Mathinna se levantou de sua cadeira e caminhou lentamente até o cavalete. A menina no retrato lembrava ela, sim. Ela olhou diretamente para a menina da pintura, olhos grandes e escuros, mãos apoiadas no colo, os pés descalços cruzados, os lábios virados levemente para cima. Mas ela não parecia maliciosa. Parecia melancólica. Tinha um ar de preocupação nela, como se estivesse esperando algo, ou alguém, além da tela.

O coração de Mathinna estremeceu.

O pintor tinha capturado algo que ela sabia ser verdade, mas que não tinha percebido de forma consciente. Usar o vestido vermelho tinha sido como um jogo para ela, uma brincadeira elaborada. Não era um vestido que sua mãe teria usado, nem qualquer outra mulher na ilha de Flinders. Não tinha nada a ver com as tradições nas quais tinha sido criada nem com o estilo de vida das pessoas que amava. O vestido era uma personificação.

Mas a verdade é que seu passado estava se esvaindo. Já fazia um ano que ela tinha chegado em Hobart Town. Não conseguia mais lembrar do rosto da própria mãe. Não conseguia mais recordar o cheiro da chuva na baía da ilha, nem da sensação granulosa da areia aos seus pés, nem das expressões dos idosos ao redor da fogueira. À noite, sozinha em sua cama, ela dizia palavras na sua língua, mas sua língua estava desaparecendo. *Mina kipli, nina kanaplila, waranta liyini. Eu como, você dança, nós cantamos.* Era o vocabulário de uma criança de oito anos de idade; ela não tinha mais nenhuma palavra para acrescentar. Até as canções que tinha aprendido um dia agora pareciam rimas infantis com palavras sem sentido.

Ver-se na tela mostrou a ela o quanto sua vida tinha mudado. O quão distante ela estava do lugar que um dia havia chamado de casa.

RESIDÊNCIA DO GOVERNO

Hobart Town, 1841

A sra. Wilson estava de mau humor, resmungando sobre as entregas do dia, um conjunto de itens aleatórios que até mesmo uma cozinheira habilidosa como ela teria dificuldade de transformar em jantar.

— Nabo e cartilagem! — Ela esbravejava pelo pequeno cômodo como um tatu na toca. — Que diabo esperam que eu faça com isso?

Vasculhando as cestas, ela encontrou aipo e algumas cenouras fininhas.

— Pelo visto, vou fazer torta de nabo — reclamou ela — e algum torresmo desse pedaço triste de ave.

Mathinna se sentou em um canto da cozinha, como costumava fazer, fazendo um ponto de cruz floral de folhas verdes e flores rosas em formato de trombeta. Waluka estava deitado enrolado nos ombros dela, a barriga quentinha dele encostada em seu pescoço. Ela viu a sra. Wilson reunir os ingredientes, jogar banha em uma frigideira de ferro fundido, raspar pedaços de gordura da carne na sua frente e lançá-los na panela. Uma empregada surgiu com a bandeja do almoço de lady Franklin, o que só irritou ainda mais a cozinheira.

— Não fique aí com a boca aberta. Me dê isso! Ande logo!

Ela abriu espaço na mesa lotada, derrubou a bandeja bagunçada e expulsou a empregada porta afora.

Nem ela nem Mathinna perceberam que os nacos de banha, jogados de um jeito desleixado na frigideira, tinham ido parar nos carvões e iniciado uma labareda. O cômodo se encheu de fumaça.

A sra. Wilson reclamou e abanou com as mãos.

— Não fique aí parada, garota. Me ajude!

Mathinna se levantou. Uma faísca pulou do fogão para a parede e parou em um pano de prato que estava secando. Ela começou a jogar água do barril com uma concha e, ao perceber que estava demorando muito, pegou uma pilha de panos de prato e colocou-os embaixo d'água. Entregou as toalhas molhadas, uma por uma, para a sra. Wilson, que as usou para conter as chamas. Quando os panos acabaram, Mathinna pegou água do barril com uma tigela pequena e lançou no fogareiro. Demorou alguns minutos para que as duas, trabalhando arduamente, conseguissem extinguir o fogo.

Quando o fogo foi finalmente apagado, elas ficaram de pé no meio da cozinha, rodeadas de pilhas de toalhas ensopadas, observando a parede agora ainda mais preta sobre o fogareiro. A sra. Wilson suspirou, afagando o peito.

— Bem pensado o que você fez. Ainda bem que a cozinha ficou inteira para eu poder cozinhar.

Mathinna a ajudou a arrumar a bagunça. Elas jogaram os panos molhados dentro da pia, esfregaram o chão na frente do fogareiro e limparam a mesa. Quando terminaram, a sra. Wilson disse:

— E agora, onde aquela sua criatura foi parar?

Instintivamente, Mathinna colocou a mão no pescoço, mas é claro que Waluka não estava ali. Ele deve ter escorregado quando ela se levantou, mas Mathinna não conseguia lembrar. Ela olhou na cesta, debaixo do armário antigo de madeira, atrás da cristaleira onde as tigelas eram guardadas.

— Está escondido em algum canto, sem dúvida — garantiu a sra. Wilson.

Mas ele não estava.

Mathinna sentiu um calafrio repentino — uma angústia assustadora. Waluka não fugia. Ele tinha medo de tudo. Mas o fogo... o tumulto... Seu olhar voltou-se na direção da porta, que a sra. Wilson havia aberto completamente quando o cômodo se encheu de fumaça. Ela podia ouvir algo... algo no pátio.

Saiu correndo porta afora para o ar gelado, como se estivesse em um transe. Ao se aproximar, tropeçando pelas pedras, seus olhos se fixaram em um montinho branco.

Pelo embaraçado, um fio de sangue.

Não...

Quando chegou perto, ela desabou com os joelhos no chão. Encostou no corpo macio, repleto de algo viscoso. Estava quebrado e ensanguentado, os olhos opacos, semiabertos.

Ela ouviu um rosnado baixo e um grito:

— Saia daqui!

Olhou para cima, sua visão turva de lágrimas. O cão de Montagu estava indo na direção dela, com o focinho para baixo, arrastando uma coleira que tilintava pelas pedras, Montagu acenando feito um louco atrás dele.

— Caramba, saia de perto dessa coisa, ou Jip vai comer você também!

Mathinna levantou o gambazinho e aconchegou-o nas mãos. Ele ainda estava quente.

— Waluka, Waluka — choramingou, ninando-o para um lado e para o outro.

Quando o cachorro chegou perto, rosnando, ela colocou-se de pé e avançou para cima dele, mostrando os próprios dentes. Um uivo gutural viajou pelo seu corpo inteiro até fazê-la tremer. Ela uivou até o cachorro se afastar e as empregadas condenadas largarem suas cestas; até a sra. Crain surgir pela porta de serviço da casa principal e a sra. Wilson atravessar o pátio correndo; até lady Franklin aparecer na varanda acima da sala de estar verde, com um olhar levemente incomodado, para ver o que era aquele alvoroço todo.

Durante meses, Mathinna sentiu a presença de Waluka. O peso do corpinho dele em seus ombros, a barriga macia e quente e a respiração fraquinha em seu pescoço. As patinhas dele encostando em sua pele quando ele subia correndo por um braço e descia pelo outro. Os ossinhos duros da coluna dele quando se deitava na cama ao seu lado. O gambá era sua única ligação que ainda restava com a ilha de Flinders — a batida do coração dele a conectava com sua mãe, seu pai, Palle, os idosos ao redor da fogueira. E, agora, aquele coração tinha parado de bater.

Tantas perdas se acumularam, uma sobre a outra, cada uma encobrindo a última. Seu peito pesava com o peso delas.

— Talvez tenha sido melhor assim — disse lady Franklin para ela. — Um animal selvagem como aquele não foi feito para ser domesticado.

Talvez lady Franklin tivesse razão. Talvez tenha sido melhor assim. Sem ele, quem sabe ela conseguisse finalmente deixar a ilha de Flinders para trás, afastar suas poucas lembranças restantes e aceitar seu papel como a garota do retrato no vestido vermelho de cetim. *Seria um alívio*, pensou, *deixar tudo para trás*. Ela se acostumara aos sapatos duros; comia caldo gelatinoso sem reclamar. Conversava em francês e acompanhava os dias no calendário. Estava cansada da sensação de que vivia entre dois mundos. Esse era o mundo em que ela vivia agora.

HAZEL

"Quanto às mulheres, é um fato melancólico, mas não menos verdadeiro, que grande parte é irrecuperável por serem os seres humanos mais inúteis e depravados de todos! Nenhuma bondade é capaz de conciliá-las, e nenhuma complacência as deixa agradecidas; é admitido por todos que elas são, considerando seus corpos, infinitamente piores do que os homens!"

— Tenente Breton, *Excursões em New South Wales,*
Austrália Ocidental e Terra de Van Diemen
durante os anos 1830, 1831, 1832 e 1833

MEDEIA

1840

O que Hazel lembrava nitidamente — o que ela sempre lembraria — era a barra do vestido de Evangeline enquanto ela caía do corrimão, os braços batendo no ar. Seu grito, incrédula, ao cair do navio. A raiva estampada no rosto de Buck quando ele se virou, chocado com o berro de Hazel. O coração acelerado dentro do peito, o horror que a atordoava.

Depois disso, tudo foi um caos. O médico gritando atrás dela, dois homens da tripulação correndo para prender Buck, dois outros olhando pela lateral do navio. Dunne estava tirando o casaco, preparando-se para saltar, e o capitão gritou, reprimindo-o:

— Dr. Dunne! Afaste-se, senhor.

— Um dos homens da tripulação, então — retrucou Dunne. — Alguém que saiba nadar bem...

— Não vou deixar homem algum arriscar a vida por uma prisioneira.

Hazel e Dunne ficaram no convés pelo que pareceram horas após todos terem saído, os dois parados sem dizer uma palavra, desamparados no corrimão, olhando para a água cristalina. Aquilo era uma roupa boiando, logo sob a superfície? Cabelo?

O mar, negro e silencioso, não devolvia nada. Nenhum sinal dela. Evangeline tinha partido.

Durante meses, anos, depois, Hazel sonharia com Evangeline debaixo d'água. O silêncio impenetrável. A ausência de som.

* * *

Um chorinho distante ecoou no convés inferior.

Hazel e Dunne se entreolharam. A bebê. Eles tinham esquecido a bebê.

Na sala do médico, Hazel segurava a criança envolvida em um pano perto do peito, tentando acalmá-la.

— Ela precisa se alimentar.

— Leite de cabra vai funcionar. Podemos misturar com água e um pouco de açúcar.

— Leite materno é melhor.

— Claro que sim, mas...

Amas de leite eram comuns em Glasgow, onde a mortalidade infantil era alta e mães de bebês natimortos aprendiam que podiam, pelo menos, ganhar dinheiro com o seu infortúnio. Mas não havia nenhuma ama de leite no navio.

Hazel olhou para Dunne sem dizer nada. Olive tinha dado à luz menos de uma semana antes. Ele assentiu: tinha pensado a mesma coisa. Sim, valia a tentativa.

Dunne encontrou um tripulante para destrancar o porão. Carregando uma vela, Hazel desceu pelo corredor estreito até a cama de Olive. Desde que tinha perdido seu bebê, Olive estava melancólica e reclusa. Tinha abandonado o leito do marinheiro e voltara para o seu como um animal lambendo suas feridas. Agora ela estava deitada encolhida debaixo das cobertas, virada para a parede, roncando de leve.

Hazel deu uns tapinhas nas costas dela. Quando não obteve resposta, deu-lhe um puxão no ombro.

Olive se ajeitou na direção de Hazel.

— Pelo amor de Deus, o que é?

— Precisamos de você.

Olive se virou. A chama flamejante da vela fazia sombras terríveis no rosto dela. Ela olhou Hazel mais de perto.

— Você está... chorando?

— É... Evangeline.

Olive não fez perguntas. Levantou-se da cama com pressa, carregando o cobertor com ela e jogando-o sobre os ombros, como uma capa, seguiu Hazel pelos corredores de mulheres dormindo, subiu a escada bamboleante e entrou na sala do médico.

Ao ver Dunne ninando a bebê, Olive parou no caminho.

— É dela — disse Hazel.

— Eu não sabia que ela já estava na hora de...

— Você esteve um pouco ocupada com outras coisas.

Olive olhou para os dois.

— E onde ela está?

Não havia maneira fácil de dizer aquilo.

— Ela se foi, Olive — respondeu Hazel.

— Se foi?

Ainda era tão incompreensível para Hazel que ela mesma mal acreditava.

— Buck a empurrou na água.

Olive olhou para Dunne, como se pedindo que ele confirmasse.

— Sinto em dizer que é verdade — confirmou ele.

— Não.

Olive colocou a mão na testa.

— Ela imergiu e nunca mais voltou à superfície. — Ele engoliu em seco. — Eu queria procurá-la, mas...

Lágrimas brilharam nos olhos de Olive.

— Não precisa explicar.

Por um instante, todos ficaram em silêncio, tentando absorver a enormidade do ocorrido. Evangeline tinha estado aqui, e agora não estava mais. Sua vida tinha tão pouco valor que o navio sequer tentou fazer um resgate.

Olive suspirou. Limpou uma lágrima com o dorso da mão e disse:

— Que todos se danem.

A bebê, nos braços do médico, fez um barulhinho como de um bezerro.

Dunne olhou para Hazel, e depois para Olive.

— A criança está com fome. Ela precisa de uma ama de leite.

Olive franziu as sobrancelhas para ele.

— Eu achei que... bem, Hazel e eu pensamos...

— É uma menina — falou Olive.

— Sim.

— Vocês querem que eu amamente o bebê. A bebê.

— Sim.

Com um olhar firme para Dunne, Olive perguntou:

— Você não conseguiu salvar o meu bebê, mas agora quer que eu salve a bebê de Evangeline?

Ele pressionou os lábios. Não havia resposta para essa pergunta.

— Tudo isso é terrível, Olive — afirmou Hazel.

Lentamente, ela sacudiu a cabeça.

— Não acho que eu consiga.

— Mas...

— Vocês sequer deveriam me pedir isso. Os bebês sobrevivem sem amas de leite, não é?

— Alguns, sim — respondeu Dunne. — Muitos, não.

Hazel sabia que Olive gostava genuinamente de Evangeline. E, ainda assim, como a mãe de Hazel, sua maior prioridade era a própria sobrevivência.

— Sei que não será fácil. Mas... você receberia alguns privilégios — garantiu Hazel, olhando para Dunne.

Ele assentiu.

— Comida melhor.

— Meu marinheiro consegue isso pra mim.

— Você nunca mais teria que esfregar o convés.

Olive deu uma risada.

— Eu já fujo o suficiente das tarefas. — Ela pigarreou. — Olha. Eu até ajudaria. Mas meu marinheiro me quer de volta. E ele não receberia com apreço um bebê em sua cama.

— Você não precisa ficar com a bebê — retrucou Hazel. — Só alimentá-la de vez em quando.

— Onde ela vai dormir?

Boa pergunta. A bebê teria que ser alimentada durante a noite. Se Hazel dormisse com ela no porão, elas ficariam trancadas até de manhã.

Dunne pressionou os lábios. E então sugeriu:

— A srta. Ferguson pode ficar com a bebê em um quarto deste andar e levá-la até os aposentos do sr. Grunwald quando for a hora de amamentá-la.

O silêncio se espalhou por todo espaço entre eles.

— É provável que a bebê de Evangeline morra, Olive! — exclamou Hazel. — As duas mortas, e sem motivo algum. Você estaria dando uma chance a ela.

— Eu nem sei se ainda tenho leite.

Dunne entregou a ela o pequeno embrulho.

Olive respirou fundo e se sentou na cama. Depois de um tempo, ela abriu a camisola e Hazel acariciou suas costas, ajudando-a a posicionar a bebê, delicadamente, em um determinado ângulo. A criança ficou inquieta e se contorcendo.

— Não adianta — falou Olive.

— Shh — pediu Hazel. — Espere um pouco. — Ela pegou uma gota de leite que escorreu e passou no dedo. Quando esfregou nos lábios da bebê, ela tentou mamar no ar, esticando o pescoço, e Hazel delicadamente guiou sua boca até o seio de Olive. — Parece estranho no início, eu sei. Mas ela vai pegar o jeito, e você também.

Olive olhou para baixo enquanto a neném sugava.

— Pobre Leenie — lamentou ela. — Ela nunca serviu pra esse tipo de vida, não é?

Hazel ficou surpresa por se sentir tão desolada. Ela nunca fora chorona, mas ali estava ela, soluçando em seu avental, enxugando lágrimas antes que alguém visse. Ela estava *bem*, dizia para si mesma. Afinal de contas, mal conhecia Evangeline. Era sua própria culpa por ter se permitido ficar próxima dela.

Mesmo assim, seu coração sincero sussurrava: você não está bem. Evangeline era a única pessoa em sua vida que havia sido completamente boa. Ela estava devastada.

Antes de elas se conhecerem, Hazel tinha pensado se algum dia sentiria uma conexão real com outro ser humano. Porque ela jamais havia sentido, não de verdade. Quando criança, ansiava sentir o calor do amor de sua mãe. Ela buscava seus olhos, desesperada para se ver refletida neles, mas tudo o que via eram as próprias necessidades da mãe, seus desejos insaciáveis. Quando Hazel procurava afeto, sua mãe a rejeitava. Quando ela chorava, sua mãe ficava incomodada. Ela ignorava Hazel até o momento em que precisava de algo, e, mesmo assim, era raro que seu olhar se firmasse no rosto da filha.

Com o tempo, Hazel começou a se sentir imaterial — não exatamente invisível, mas como se ninguém a enxergasse direito.

Sua mãe comprava rum em vez de comida. Ela saía durante horas e deixava Hazel sozinha no quarto frio e escuro em que moravam, naquela rua estreita de Glasgow. Hazel aprendeu a cuidar de si mesma, vagando por Kelvingrove Park à procura de galhos para alimentar o fogão, roubando roupas dos varais alheios e comida das mesas dos vizinhos. A caminho de casa, ela passava pela luz dos candelabros brilhando através de janelas grossas e imaginava as vidas felizes lá dentro, tão distantes da dela.

Ao longo do tempo, ela foi sentindo uma raiva cada vez maior e mais profunda. Era a única emoção que se permitia sentir. Sua ira era uma carapaça; protegia a parte macia de dentro, como a concha de um caramujo. De uma distância amargurada, ela via sua mãe colocar as mãos com delicadeza nas mulheres e crianças que vinham vê-la, cheias de vergonha, as barrigas protuberantes denunciando-as. Com olhos esbugalhados de terror ou exaustos de sofrimento, elas tinham medo de morrer, ou do bebê morrer, ou do bebê sobreviver. Seus fardos eram o resultado de um amor equivocado, ou de uma trapalhada de embriaguez, ou dos avanços predatórios tomados por algum homem que não conheciam — ou pior, por algum homem que conheciam. A mãe de Hazel acalmava os medos e aliviava as dores daquelas mulheres. Ela as tratava com a bondade e compaixão que jamais conseguira demonstrar à própria filha, que observava tudo das sombras.

Agora, ao encarar a bebê desamparada de Evangeline, Hazel queria ignorá-la, voltar para sua concha. A bebê não era sua responsabilidade; ela não devia coisa alguma a essa criança. Ninguém iria culpá-la por se afastar. Ela sabia que havia sido um erro se deixar ter sentimentos, não sabia? Ali estava ela, abandonada de novo.

Mas era a bebê de Evangeline. E ela estava sozinha. As duas estavam.

A prisioneira não estava em sã consciência, justificara Buck ao capitão. Estava doidinha. Vingativa. Tinha partido para cima dele e ele a empurrara em autodefesa. A culpa não era dele que ela havia caído por cima do corrimão.

Hazel era a única testemunha. Ela contou ao capitão o que viu.

— A palavra de uma condenada contra a palavra de um marinheiro — divagou o capitão.

— Eu posso corroborar — completou Dunne. — Cheguei logo após o ocorrido.

— Você não testemunhou o crime de fato.

Dunne deu um sorriso irônico para ele.

— Como você sabe, capitão, Buck é um criminoso condenado. Com histórico de violência e motivo para se vingar. A srta. Stokes tinha acabado de parir. No estado em que estava, físico e emocional, mal conseguiria atacá-lo. E por que faria isso? Ele havia sido punido por seu crime. A justiça havia sido feita.

Buck recebeu trinta chibatadas, e dessa vez Hazel e Olive ficaram junto com o médico na frente da multidão, enquanto o marinheiro se contorcia e se lamentava. A maioria das pessoas se afastou assim que as chibatadas terminaram. Mas os três observaram enquanto Buck era desamarrado do mastro, as listras em suas costas já inchando e expurgando sangue.

Hazel olhou dentro dos olhos dele. Ele olhou para ela abatido.

— O que vai acontecer com ele? — perguntou ela a Dunne quando os homens o levaram embora.

— Ele será mantido na detenção até atracarmos, e depois um tribunal irá decidir seu destino. Provavelmente ficará em Port Arthur durante um bom tempo.

Foi uma sensação boa, ficar de pé feito uma sentinela, testemunhar a humilhação e a dor de Buck. Mas aquilo não diminuía a dor de perder Evangeline.

A única tarefa de Hazel no momento, dissera Dunne, era cuidar da bebê. Ele a havia transferido para um pequeno quarto ao lado da enfermaria, onde ela dormia com a criança à noite. Fizera um berço improvisado com a gaveta de uma cômoda e colocara ao lado da sua cama. Quase havia esquecido como era dormir em um colchão de verdade, com lençóis limpos e um cobertor que não lixava sua pele. Colocar óleo em um lampião quando quisesse. Aliviar-se em um banheiro privativo.

Conforme os dias foram passando, Olive também se acostumou com seu papel. Quando as duas sentavam juntas no fim da tarde, Dunne trazia para elas ameixa em calda, torta de miúdos e carne de cordeiro, iguarias proibidas para as prisioneiras e para a maioria dos marinheiros, disponíveis somente para a alta patente.

— O capitão sabe que você está alimentando os animais? — perguntou Olive, enquanto elas bebiam chá com leite e açúcar e comiam torrada com geleia de mirtilo.

Dunne soltou uma risada.

— Ele não tem nenhum comando sobre esse assunto.

Olive passou manteiga na sua torrada.

— Acho que vai ser diferente quando nós atracarmos.

— Sem dúvida. Aproveitem enquanto podem.

No início, Hazel e Dunne estavam receosos um com o outro, cuidado-samente formais. Ela ainda o achava autoritário e arrogante, e relutante em levá-la a sério. Mas os dias foram passando e ele começou a conver-sar com ela sobre seus pacientes, e até a perguntar a opinião dela nos tratamentos. Ela não sabia se era porque tinha conquistado o respeito dele durante o parto pélvico ou se ele gostava de ter alguém com quem falar, mas ela gostava de compartilhar o que sabia. Muitas condenadas tinham sintomas leves de ansiedade — histeria, Dunne chamava —, para os quais ele não tinha cura. Hazel sugeriu chá de agripalma. Para cólicas menstruais, folha de framboesa vermelha. Para desmaios, uma colherada de vinagre goela abaixo. Para cortes e feridas, um curativo grudento feito com teia de aranha.

Dunne começou a convidá-la para se sentar com ele na frente da lareira em seus aposentos antes de anoitecer.

— A criança precisa de um nome — disse ele uma noite. — Devemos chamá-la de Evangeline?

A bebê nos braços de Hazel olhava para cima, para o seu rosto. Ela a levantou e beijou seu nariz. Viu o declive do nariz de Evangeline, os olhos grandes e expressivos. *O pai*, pensou ela, *devia ser bonito também*. Ela sacudiu a cabeça.

— Não. Só há uma Evangeline.

Na manhã seguinte, ela pegou a plaquinha de Evangeline presa no cordão vermelho em cima da prateleira na sala do médico e foi até o porão lá embaixo. Confrontada pelo mau cheiro, agora não mais familiar, pelo som de mulheres falando e se lamentando, as doenças e inquietu-des irrefutáveis, Hazel quase retrocedeu. Enquanto vivia ali, ela havia se acostumado. Mas, à distância de somente uma escada de corda, ela se sentia tão longe daquilo que uma breve exposição era suficiente para fazer seu coração palpitar.

As mulheres nos beliches a encararam enquanto ela passava.

— Olha ela, toda elegante agora, nos aposentos do médico e tal — cantarolou uma.

— É de se pensar se não foi ela que empurrou a pobre garota navio abaixo — disse a outra.

Quando chegou ao seu beliche, Hazel apalpou as tábuas soltas e as levantou com a ponta dos dedos. Encontrou o saco e vasculhou os itens dentro: algumas colheres, uma xícara amassada, um par de meias... Ah, lá estava. O lenço de Evangeline. Ela guardou o lenço no bolso e subiu a escada de volta.

Em seu quarto no convés inferior, ela abriu o pequeno quadrado branco na cama e passou o dedo sobre a borda desenhada, as iniciais bordadas no canto, *C. F. W.*, Cecil Frederic Whitstone. O paninho franzino fora o depositário das esperanças e sonhos de Evangeline, por mais irreais que fossem. Hazel colocou a plaquinha no meio do lenço, pensando no anel de rubi que Evangeline havia escondido ali dentro — o anel que se tornara o catalisador da sua jornada. Uma vez, ela contou a Hazel que seu pai, que era vicário, considerava joias uma perversão; os únicos ornamentos que ela havia usado na vida foram o anel de rubi e essa plaquinha no cordão vermelho ao redor do pescoço.

O primeiro, um marco de sedução, pensou Hazel. *O segundo, a consequência.*

Ao dobrar o lenço com a plaquinha dentro e guardá-lo no bolso, ela pensou no que Evangeline havia dito sobre os anéis de uma árvore, sobre como as pessoas que amamos moram dentro de nós, mesmo depois de partirem.

Ruby.

Significava rubi. Não era um nome que Evangeline escolheria. Mas, para Hazel, era uma forma de reconstruir um coração partido. De apagar uma acusação falsa. De reivindicar um tesouro.

Ruby. A menina preciosa.

HOBART TOWN

1840

Um grito ecoou do alto do mastro:

— Terra de Van Diemen!

No convés principal havia um burburinho animado. O *Medeia* tinha ficado quase quatro meses no mar, passado por tempestades, calor sufocante e chuva congelada. As mulheres já não aturavam mais umas às outras, e aguentavam menos ainda o navio. Elas correram até o corrimão, mas não havia muito a ser visto. Uma mancha distante no horizonte.

Hazel desceu a escada para juntar seu pertences. Ela havia se acostumado a passear pelo convés lotado e subir e descer as escadas oscilantes com Ruby amarrada ao seu corpo. Em parte, graças à comida melhor e às roupas de cama limpas, Hazel estava mais forte, seus olhos mais brilhantes, sua pele levemente rosada. Apesar de levantar duas vezes durante a noite para levar Ruby à cama de Olive, ela dormia melhor do que qualquer noite passada no porão.

Dunne estava em sua mesa na antessala, escrevendo em um livro-registro, quando ela bateu na porta e entrou.

— Estou feliz que tenha vindo — disse ele, levantando-se. — Tem algo que precisamos conversar. Eu ainda não preenchi a certidão de nascimento. Se eu declarar oficialmente que você é a mãe de Ruby, você receberá a concessão de visitá-la no berçário da prisão. Gostaria que eu fizesse isso?

Hazel acariciou a cabeça quentinha de Ruby.

— Sim.

Ele assentiu.

— Eu colocarei na sua ficha que você teve uma infecção e não pode amamentá-la, e assim será designada uma ama de leite para ela. Olive, se ela concordar. Você poderá passar os dias com Ruby, pelo menos durante alguns meses. Em determinado momento, ela será enviada a um orfanato.

— Um orfanato?

Ela segurou Ruby mais perto.

— É o protocolo — respondeu ele. — Mas, como mãe, você pode solicitar a guarda dela quando sair da prisão, se desejar.

Hazel pensou nas mulheres nos beliches, com inveja dos seus privilégios.

— E se alguém contar às autoridades que eu não sou a mãe dela?

— Por que alguém faria isso?

— O senhor nunca sentiu inveja, dr. Dunne?

— Você salvou a vida dessa criança, srta. Ferguson. Acredito que tenha conquistado o direito de ser sua mãe.

Ela não resistiu e sorriu. Tinha mesmo conquistado esse direito, não é verdade?

— De qualquer forma — continuou ele —, seria a palavra de uma condenada contra a minha.

De volta no convés pouco depois, Hazel ficou parada diante do corrimão com Olive e o marinheiro dela, segurando Ruby no colo enquanto o navio virava na direção do píer.

Eles passaram por baleeiros, por um navio de carga e por uma frota de pequenos barcos. Golfinhos pulavam e mergulhavam de volta na água; gaivotas brancas com asas cinza grasnavam acima deles. Uma faixa estreita de linha costeira subia por montanhas de tonalidades múltiplas de verde, com planícies reluzentes ao longe — lagos, Hazel supôs. Focas descansando em partes expostas de rochas lembraram-na das prostitutas que faziam piquenique no verão em Kelvington Park, em Glasgow, subindo os vestidos até o joelho e se abanando com jornal.

Acima deles, uma bandeira quadrada, metade vermelha metade branca, esvoaçava em um mastro na brisa.

— Para avisar à ilha inteira que esse navio está repleto de mulheres incorrigíveis. — O marinheiro de Olive sorriu.

— Você vai sentir falta dele? — perguntou Hazel.

Olive apertou o bumbum do marinheiro.

— De partes dele, acredito — respondeu ela.

* * *

Da enseada onde o *Medeia* foi ancorado, Hazel podia ver o cais cheio, e, atrás dele, uma montanha alta coberta de árvores. Ela assistiu do corrimão quando Dunne e dois marinheiros ingressaram em um barco pequeno. Dunne carregava debaixo do braço o livro-registro no qual ela o vira escrever os registros de cada dia, junto com um fichário que continha o histórico do tribunal das mulheres e outros documentos — incluindo a certidão de nascimento de Ruby recém-preenchida.

Quando o barco retornou do píer para o navio horas depois, trazia mais dois homens que se apresentaram como o superintendente das prisioneiras e um soldado britânico vestido em um uniforme escarlate.

Durante os dois dias seguintes, as prisioneiras foram chamadas em uma sala improvisada no convés superior, onde foram catalogadas, examinadas para ver se tinham alguma infecção e indagadas sobre suas habilidades. Elas foram informadas que muitas seriam enviadas diariamente da prisão para realizar serviços em residências ou lojas, para trabalharem como empregadas, cozinheiras, artesãs de linho e palha, tecelãs, costureiras e lavadeiras. Outras trabalhariam dentro da prisão. As insubordinadas seriam separadas e confinadas.

O superintendente começou as avaliações. Quando chamou "Ferguson!", Hazel deu um passo para a frente.

Ele correu o dedo pela folha do livro-registro.

— Altura?

— Um metro e cinquenta e cinco — respondeu o soldado britânico, segurando uma vara de medição nas costas dela.

— Peso?

— Leve — disse ele.

— Idade?

— Dezessete — falou Hazel. Dunne havia mencionado casualmente algumas semanas antes que o mês de setembro já havia passado, e ela percebeu que seu aniversário também.

Sardas no rosto. Cabeça oval. Cabelo ruivo. Testa larga. Sobrancelhas avermelhadas. Olhos cinza.

— Letrada?

— Um pouco.

— Habilidades?

Dunne deu um passo à frente.

— Ela tem um bebê, portanto, minha recomendação é que trabalhe no berçário. Ela é bastante… capacitada.

A mulher ergueu a sobrancelha para ele, e o homem lançou um sorriso que desapareceu tão rápido que ela foi a única que viu.

Doze horas depois, quando estava de pé no convés principal com as outras prisioneiras, Hazel olhou para lua, amarela como uma gema de ovo no céu negro. Com a luz que emanava, ela viu a falange de barcos a remo esperando para levar as prisioneiras até a costa. O ar estava úmido e frio. As mulheres davam passos adiante conforme a tripulação começava a colocá-las nos barcos.

— Devagar, prisioneiras, ou nunca vão sair desse navio! — gritou o soldado britânico. — Não me importo em mantê-las aqui. Uma prisão é uma prisão.

Uma chuva leve começou a cair. Depois de um tempo, Olive ficou ao lado de Hazel e, sem dizer uma única palavra, pegou a bebê. Ela havia aprendido a prever quando Ruby estava com fome e costumava aparecer na porta do quarto de Hazel logo antes da criança acordar. Agora, Olive segurava Ruby com um braço e desabotoava a blusa habilmente com o outro.

— Não consigo parar de pensar na pobre Leenie caindo do convés — disse Olive, olhando enquanto a bebê mamava. — Eu a vejo no rosto dessa pequena e isso parte meu coração.

Alguns minutos depois, Dunne foi até elas. Ele trazia o saco das quakers, agulha, linha e a Bíblia que Hazel havia deixado na sala do médico.

— Eu não sabia se você queria isso.

Ela deu de ombros.

— A Bíblia não tem muita utilidade para mim, para ser sincera.

— Talvez você encontre alguma utilidade nisso.

Ele entregou a ela um exemplar de *A tempestade*.

Ela olhou para ele, surpresa.

— Vai desfalcar sua coleção, dr. Dunne.

— Quem sabe um dia eu o recupere.

— O senhor sabe onde me achar — concluiu ela.

* * *

O céu se iluminou, lançando uma cor acinzentada sobre tudo. A chuva caiu forte. Do seu assento no barco, Hazel olhou para trás, para o navio na água. Ele parecia pequeno e comum a distância — não mais o monstro assustador que a encobriu quando ela olhou do esquife em Londres. Sentada ali, contemplando a distância que havia percorrido, ela viu um homem rijo algemado sendo conduzido pela rampa até os barcos. Buck, ela se deu conta. Seguindo-as até a costa.

Ela cutucou Olive, sentada ao seu lado.

— Olha quem está ali.

— Deveríamos tê-lo matado quando tivemos a chance — falou Olive baixinho para ela.

HOBART TOWN

1840

As pernas de Hazel cambalearam quando ela saltou do barco para a doca. Ela não tinha percebido como havia se acostumado com o ritmo das ondas até pisar em terra firme, incapaz de se sentir estável. Com medo de perder o equilíbrio e de deixar Ruby cair, ela se ajoelhou. Todas as mulheres ao seu redor estavam fazendo a mesma coisa.

Quando as 192 mulheres e crianças haviam desembarcado e sido conduzidas do passadiço estreito até o cais, metade da manhã já havia se passado. Hazel olhou para as gaivotas circundando o céu lá em cima, a névoa se espalhando e tomando o mar atrás delas. Ouviu a maré batendo na costa, um rugido baixo e ritmado. Uma brisa fria vinha da água, balançando sua saia e correndo entre as suas pernas. Ela ajeitou o cobertor ao redor de Ruby e puxou seu xale mais firme nos ombros.

Enquanto elas andavam pelo caminho de pedras escorregadias do cais, Hazel percebeu um barulho estranho de assobios. Uma multidão de homens brutos vinha na direção delas. Ao se aproximarem, eles fitavam as mulheres com um olhar malicioso, puxando suas saias, passando os chapéus em seus rostos, chamando-as de nomes que Hazel nunca tinha ouvido, mesmo nas ruas de Glasgow.

— Olha essa pele toda enrugada! Vagabundas... prostitutas fedorentas... hienas assustadoras... desordeiras imundas...

— Animais babões — murmurou Olive atrás de Hazel. — Não conseguem suportar que estamos indo para a prisão em vez aquecer a cama deles.

As mulheres seguiram caminhando, olhando para baixo, tentando evitar as poças de lama na estrada de terra, empurrando os homens com cotoveladas. Atrás delas, soldados em uniforme escarlate carregando mosquetes nos ombros as observavam.

— Vamos logo, andem! — gritavam eles. Os soldados empurravam as mulheres com brutalidade se elas saíssem da fila e as puxavam para ficar de pé se tropeçassem e caíssem, deixando as mãos na cintura e nos traseiros delas por tempo demais.

Rua Macquarie, dizia a placa à frente. Elas percorreram morro acima, passando por prédios governamentais marrons e uma igreja de tijolo com a cúpula preta e um relógio que dava para três lados diferentes, as mulheres resmungando, as crianças reclamando, "Quanto tempo falta? Para onde estamos indo?". Ruby também estava agitada, com fome; Hazel tentou niná-la no colo. Sua própria barriga roncava. Não deram a elas nada além de um biscoito seco na noite anterior, antes de saírem do barco. Mimada pela comida de verdade que andara comendo ultimamente, ela havia recusado o biscoito. Agora se arrependia.

Elas passaram por casas de arenito de dois andares, por pequenas cabanas arrumadinhas, por barracos tortos que pareciam ter sido erguidos em um único dia. Rosas subiam por cercas e cerejeiras desabrochavam em diversos tons de rosa. O ar da manhã tinha um cheiro fresco de planta. Hazel olhou para a frente, para o alto rochoso da montanha que tinha visto lá do píer, o cume encoberto pelas nuvens no céu. Dos dois lados da estrada havia árvores com cascas rosa-acinzentadas que lembravam pele de carneiro tosquiada. Ela ficou impressionada de ver, em um jardim cercado, criaturas que se pareciam aves maiores do que humanos, com pernas finas e corpos alongados, trotando e bicando a terra.

Depois de um tempo, a longa procissão de mulheres desceu em um vale. Um sol fraco saía de trás das nuvens enquanto elas passavam por choupanas de madeira, uma serraria, uma cervejaria. Um bando de pássaros verdes, denso como uma nuvem de mosquitos, piava pelo ar acima da cabeça delas. A lama estava mais funda ali, já assentada pelas mulheres da frente da fila, mas ainda assim escorregadia. Adentrava pelas costuras dos sapatos de Hazel. Toda essa andança parecia estranha e anormal depois de tantos meses no mar. Suas pernas doíam e seus pés estavam feridos. Ela sentia sede e precisava fazer xixi.

Olive bateu no braço de Hazel.

— Olha aquilo.

Em um campo a uns cem metros de distância, um grupo de animais grandes e marrons, com caras que pareciam de cervos e orelhas de coelho, estava de pé nas patas traseiras, olhando para elas. Um se virou e saiu pulando para longe e os outros o seguiram, saltando atrás como bolas que escaparam de uma cesta.

— Que negócio esquisito. — Hazel respirou fundo. Esse lugar era mais estranho do que ela havia ousado imaginar.

Enquanto marchavam adiante, ela percebeu um burburinho na frente da fila, e então, alguns instantes depois, um cheiro terrível. Ela olhou para baixo: estavam atravessando uma pequena ponte sobre um canal de esgoto. Ratos cinza entravam e saíam correndo da água.

Olive a cutucou de trás.

— Olha para cima.

Lá na frente, à sombra da montanha, um forte sem janelas se erguia da terra. Na frente da fila, um soldado deu um grito diante de um portão de madeira enorme. Quando se abriu, ele mandou que as prisioneiras e as crianças formassem duas filas. Lentamente, elas começaram a entrar.

Um homem magro e de bigode, vestido em um uniforme azul, e uma mulher de vestido preto abotoado até o pescoço estavam parados no final de um pátio vazio. Atrás deles, três mulheres em trajes largos de prisioneiras varriam o chão. Uma delas, de cabelo branco trançado, parou seu trabalho e observou as prisioneiras novas entrarem. Quando os olhos de Hazel e os dela se encontraram, a mulher colocou o dedo sobre os lábios.

Com exceção de um barulho de panelas batendo e de alguém cortando lenha ao longe, o lugar era assustadoramente silencioso.

Após a última mulher entrar e o portão ser fechado e trancado, o homem de bigode se postou na frente de todas.

— Eu sou o sr. Hutchinson, superintendente da Fábrica Feminina Cascades — disse ele em uma voz alta e aguda. — E essa é a sra. Hutchinson, a carcereira. Durante todo o tempo em que vocês estiverem presas aqui, estarão sob o nosso comando.

Ele alternava os pés de apoio, falando tão baixo que as mulheres tinham que se debruçar para a frente, esforçando-se para ouvi-lo.

— Seus pertences pessoais serão recolhidos e devolvidos quando vocês forem soltas, a não ser que sejam considerados imundos demais, e nesse caso serão incinerados. Submissão e higiene absoluta serão esperadas de vocês o tempo inteiro. Vocês comparecerão à capela diariamente às oito da manhã, após o café da manhã, e às oito, após o jantar. Atrasos e ausências serão punidos com severidade. Blasfêmia e cigarro são infrações ainda mais graves. Acreditamos que o silêncio previne perturbações e más influências. Conversar, rir, assobiar e cantar são estritamente proibidos. Se vocês quebrarem essa regra, serão punidas.

Hazel olhou discretamente ao redor. O pátio era úmido e escuro, repleto de poças. Tinha cheiro de mofo. Os muros se erguiam a seis metros de altura em torno delas. Ruby estava inquieta. Sua fralda estava pesada, encharcada, e ela precisava se alimentar.

— Vocês serão designadas para uma das três classes, dependendo da sentença que receberam, dos relatórios de conduta preenchidos pelo médico do navio e pela nossa avaliação de caráter. As confiáveis: aquelas que tiverem bom comportamento, que forem apresentáveis e que possuírem alguma competência ou habilidade úteis, receberão o privilégio de sair das instalações para trabalhar em casas e empresas de cidadãos livres.

Olive cutucou as costas de Hazel.

— Privilégio — zombou ela. — Trabalhar como um cavalo e ser tratada como um cachorro.

— Se fracassarem na realização do trabalho, demonstrarem sinais de insolência, forem pegas alcoolizadas ou tentarem fugir, esse privilégio será revogado. — O superintendente falava em uma voz monótona, constante. — Prisioneiras das classes criminosas serão empregadas na prisão, costurando e consertando roupas e trabalhando na lavanderia. Se forem consideradas culpadas por desobediência, blasfêmia, obscenidade, insubordinação, ócio ou conduta desordeira, terão os cabelos raspados e serão enviadas para o confinamento em uma cela escura e solitária, e lá ficarão separando estopa até o final da sua sentença.

"Se ficarem grávidas, deverão cuidar dos seus bebês durante seis meses no berçário antes de servirem por seis meses na ala de crimes pela infração de gravidez fora do casamento. Crianças mais velhas serão enviadas para um orfanato. Mães com bom comportamento poderão visitá-las aos domingos."

Embora Hazel soubesse que as mães e crianças seriam separadas, a maioria das mulheres não sabia. Os choros e expressões de choque tomaram o pátio.

— Quietas! — gritou o superintendente.

A inquietude de Ruby se transformou em um resmungo. Olive sussurrou:

— Será que eu deveria amamentá-la?

Hazel levantou Ruby do colo e a entregou para Olive.

— Você alimentará Ruby, então?

Olive sacudiu a cabeça em negação.

— Se eu for, eles me transformarão em uma ama de leite. E eu não posso ficar presa com bebês o dia inteiro.

Finalmente quando o superintendente terminou de falar, as prisioneiras se colocaram em fila para o almoço: um pedaço de pão e uma caneca de sopa aguada. Sopa de pato, disseram, mas Hazel só conseguiu sentir gosto de gordura e entranhas. Era muito amarga, rançosa. Apesar da fome, ela cuspiu tudo de volta na tigela. Passou o resto da tarde com as outras mulheres no pátio frio, ninando Ruby em seu colo, esperando o médico. Ela observava enquanto, uma por uma, as mulheres desapareciam dentro de um prédio de tijolo e retornavam em uniformes cinza.

— Mostre-me suas mãos — disse o médico de expressão atenta quando finalmente chegou sua vez.

Hazel colocou Ruby em uma cadeira de madeira e estendeu a palma das mãos. Para cima, para baixo.

— Abra a boca. — Ele olhou os documentos dela e ergueu a sobrancelha grossa. — Aqui diz que sua bebê precisa de uma ama de leite.

Ela assentiu.

— É porque você está magra demais — afirmou ele, irritado. — Vocês, condenadas, não se cuidam, e outras pessoas são obrigadas a carregar o fardo de vocês. Quem a amamentou no navio?

Hazel sabia que não deveria citar Olive.

— Uma mulher que infelizmente morreu.

— Isso é triste. — Ele fez uma anotação na ficha dela. — Está recomendado que você trabalhe no berçário. Quais são as suas habilidades?

Ela hesitou.

— Eu era parteira.

— Você trazia bebês ao mundo?

— Sim. E tenho experiência em tratar doenças em crianças.

— Entendo. Bem… — Ele suspirou. — O relatório do médico do navio é bastante positivo. E nós estamos com falta de profissionais na equipe. — Ele retirou os olhos do relatório e os voltou para ela. — Pela manhã, você poderá caminhar com as mães de partos recentes e com as amas de leite. Deixarei anotado para que você dê assistência na sala de parto, quando necessário.

— Obrigada.

Ela pegou Ruby e a apoiou em seu ombro.

— O que você está fazendo? — perguntou ele de um jeito rude.

— Eu estou… estou levando minha bebê.

— Não vai levá-la. Nós vamos transferir a criança para o berçário. Você a verá amanhã.

Ela sentiu seu coração disparar.

— Ela sempre dormiu comigo.

— Não mais. Você abriu mão desse direito, e também de todos os outros, quando cometeu um crime.

— Mas…

— Já terminamos, prisioneira.

Ele estendeu os braços, rígidos.

Ela hesitou. Mas o que mais poderia fazer? Entregou a bebê para ele. Ele a pegou como se segurasse um toco de madeira.

Ao perdurar o olhar uma última vez para Ruby, que estava começando a se inquietar, Hazel foi escoltada para fora da sala.

Do outro lado do corredor, a carcereira, que vestia um par de luvas longas, levantou o cabelo da parte de trás do seu pescoço.

— Não parece ter piolho — reportou ela para uma condenada que fazia anotações. — Sorte sua, poderá permanecer com os cabelos longos — disse ela para Hazel.

Após ser enviada para um banho de água fria e suja em uma banheira de metal, Hazel vestiu seu uniforme — um vestido cinza áspero, meias escuras e um sapato preto duro — e sorrateiramente guardou o lenço de Evangeline no bolso frontal largo. A matrona entregou a ela uma trouxa que continha mais um vestido, um manto, um avental, diversas roupas de baixo, mais uma meia, um chapéu rústico e dois panos dobrados.

— Para a sua regra, se você já tem idade — disse ela. E perguntou: — Já tem?

— Eu tenho um bebê.

— Eu jamais adivinharia. — A carcereira sacudiu a cabeça. — Que pena. Uma menina jovem como você.

* * *

Às 19h30, quando o sino do jantar soou, Hazel estava tão esfomeada que a sopa de rabo de boi com cheiro ruim estava quase agradável. Engoliu a comida e correu para a capela para a missa das oito, onde ela se espremeu em um banco lotado com outras prisioneiras enquanto o dia escurecia, ouvindo o pároco discursar incansavelmente enquanto batia os punhos no atril.

— Servas, vocês têm que obedecer a seus mestres em tudo; não como *olheiras*, ou *serviçais*; mas com o coração singelo, temendo Deus! — gritou ele, saliva voando da sua boca. — Vocês, de hábitos e vícios depravados, entregues à devassidão e à ociosidade, devem adquirir hábitos de decência e de diligência!

Conforme as palavras eram despejadas nela, Hazel se lembrou das poucas vezes em que havia entrado na Catedral de St. Andrews, em Glasgow, para se aquecer durante a missa de domingo. Mesmo jovem, ela era contra toda essa conversa de pecado e depravação. Parecia haver regras diferentes para os ricos e para os pobres, e os pobres sempre eram culpados. Era dito a eles que somente confessando seus pecados triunfariam diante de doenças como febre tifoide, mas as ruas e a água eram imundas. E para meninas e mulheres era ainda pior, ela sempre achara. Atoladas na lama, sem saída possível.

Quando o sermão terminou, enfim, as prisioneiras foram divididas em grupos de doze e conduzidas a celas com quatro fileiras de três redes. Mal havia espaço para se mexerem.

— Vocês vão perceber que há dois baldes — avisou o guarda. — Um é de água potável e o outro é um penico. É melhor serem espertas o suficiente para lembrar qual é qual.

As redes de pano velho eram repletas de pulgas. O chão estava grudento. A cela tinha um cheiro ácido de urina, sangue e fezes. Quando a porta se fechou, as mulheres ficaram na escuridão total. Sentada em uma rede mofada, ouvindo gemido, tosses e choros ao redor, Hazel só pensava em Ruby, sozinha no berçário. Será que estava com a fralda molhada? Chorando? Com fome? Era a primeira noite que dormiriam separadas. Ela se sentiu desamparada sem o peso e o calor da bebê na curva do seu braço.

Depois de vestir sua roupa de dormir no escuro, Hazel pegou o lenço branco do bolso do avental e o desdobrou. Amarrou o cordão vermelho no pescoço e passou a plaquinha para debaixo da blusa, passando o dedo no número: 171. Se não poderia ficar com Ruby durante a noite, pelo menos usaria o cordão de Evangeline. Era estranho que esse marco visual do cárcere delas tivesse se tornado outra coisa: uma recordação. Um talismã.

CASCADES

1840-1841

Após despertarem com o toque de um sino, as mulheres se vestiram rapidamente na escuridão e se enfileiraram no pátio gelado da cozinha para comer mingau antes de acompanhar mais um sermão interminável. Ao deixarem a capela, uma fila de cidadãos livres ocupava o pátio central para escolher as condenadas que trabalhariam para eles. Hazel se juntou ao grupo de mães e amas de leite que aguardava no portão para caminharem até o berçário. Foram informadas de que o local ficava na rua Liverpool, perto do cais.

Acompanhadas por um guarda, as mulheres fizeram o caminho inverso do dia anterior, passando pelo muro alto de pedras de Cascades antes de virarem à esquerda e atravessarem a ponte sobre o rio fedorento e subirem a rua Macquarie. A neblina descia espessa do topo da montanha na direção delas, um teto falso para um mundo de clausura.

Lagartos verdes atravessavam a estrada em rompantes velozes. Pássaros azul-real sobrevoavam as árvores. Conforme seguiam em silêncio, Hazel admirava a beleza desse novo mundo: os arbustos de flores roxas, a grama dourada ao lado da estrada brilhando de orvalho, o mato alto cinza. Ela pensou no seu bairro em Glasgow, onde tinha que percorrer com cuidado ruas compridas cobertas com uma pasta de carvão e adubo e ficar atenta para evitar o lixo que as pessoas jogavam pela janela. Aquele quarto entulhado onde ela morava com a mãe, com uma única janela embaçada que não permitia a entrada de ar nem de luz, a sujeira no chão que se transformava em lama quando chovia. A água do rio Clyde era tão letal que a maioria das pessoas, de crianças a idosos, preferia beber cerveja. Onde crianças tão pequenas, aos seis anos de idade, trabalhavam em fábricas e mineradoras e eram enviadas às ruas para roubar para os pais, como Hazel havia feito.

Mesmo assim, sua vida em Glasgow não era só angústia e desespero. Havia muitas coisas das quais sentia falta. Ela adorava caminhar pelas ruas sinuosas de pedras que desembocavam em lojas em West End repletas de cachecóis coloridos, luvas de couro, vestidos de tecido brilhoso. Amava cutucar a massa crocante de uma torta escocesa e senti-la derreter na língua. Carne moída com purê de batata, a raridade de um pavê de sobremesa. O doce amanteigado do biscoito champagne. Beber chá de camomila adoçado com mel na mesa da cozinha em noites de inverno, soprando o vapor para resfriá-lo. Ela lembrava que sua mãe punha maçãs em um jarro de cerâmica com alguns dentes de alho, um pouco de açúcar, casca de limão e um copo de vinho tinto. Depois de uma hora na lareira, a mistura virava um purê delicioso que elas comiam de colher direto do pote.

Hazel sentiu uma onda repentina de saudade da mãe — e logo em seguida, com a mesma velocidade, uma pontada de raiva. Ela estava ali, naquele lugar terrível, por causa dela. Hazel não achava que conseguiria perdoá-la um dia.

O prédio onde ficava o berçário estava dilapidado. Dentro dele, o ar tinha cheiro de vômito e diarreia. Hazel caminhou até uma ala com pequenos cômodos, à procura de Ruby. Os bebês, em grupos de três ou quatro, ficavam deitados em berços com colchões imundos e cheios de pulga. Os que eram grandes o suficiente para engatinhar e andar olhavam para ela em silêncio, como filhotinhos em uma gaiola.

— Por que eles estão tão quietos? — perguntou ela ao guarda.

Ele deu de ombros.

— Muitos estão um pouco doentes. Alguns dos maiores nunca aprenderam a falar.

Quando Hazel encontrou Ruby em um berço no andar de cima, ela também estava atipicamente quieta. Hazel a pegou no colo e a levou até o trocador. Seu cocô era de um verde preocupante.

Não havia médicos naquela ala. Nada de remédios ou outros suprimentos. Nem sequer roupa de cama e de banho suficiente. Tudo o que

Hazel podia fazer era segurar a bebê, e assim ela fez. De vez em quando, Ruby resmungava. Hazel sabia que ela estava com fome, mas não havia nenhuma ama de leite disponível. Ela teria que esperar.

Depois de cerca de uma hora, uma mulher que parecia exausta apareceu na frente de Hazel e pegou Ruby do seu colo. Sem dizer uma palavra, ela passou a bebê com agilidade por debaixo do braço e a colocou em seu peito.

— Você sabe o que está fazendo — disse Hazel.

— Tenho prática.

— Quantos bebês você amamenta?

— No momento, quatro. Eram cinco, mas... — Uma expressão triste dominou seu rosto. — Nem todos resistem.

Hazel assentiu, a respiração presa na garganta.

— Deve ser... difícil, às vezes.

A mulher deu de ombros.

— Você se acostuma. Quando meu pequeno morreu, eles me deram a opção. Eu poderia ficar na ala criminal por seis meses torcendo roupa, ou fazer isso.

Após alguns minutos, ela afastou a bebê e começou a abotoar o vestido. Ruby girou a cabeça para os lados, abrindo e fechando a boca.

— Ela ainda está com fome — afirmou Hazel.

— Sinto muito. Essa vaca está seca.

No fim do dia, Hazel ficou vagando perto do berço de Ruby, sua voz presa na garganta, seus olhos brilhando com lágrimas.

— Por favor, deixem-me ficar com ela. E ajudar os outros também — implorou ela para o guarda.

— Você será reportada como desaparecida e ganhará mais anos na sua sentença, é isso o que quer?

Durante a noite inteira, em sua rede, Hazel se virou de um lado para o outro. Na manhã seguinte, ela foi a primeira a subir a rua íngreme, a primeira a entrar no berçário. Ruby estava bem, mas outro bebê em seu berço, um menino, tinha morrido durante a madrugada.

— Onde está a mãe dele? — perguntou Hazel ao guarda quando o corpinho foi levado embora.

— Muitas delas nunca aparecem por aqui — respondeu ele. — Elas preferem servir o tempo na ala criminal e seguir a vida. Não posso culpá-las.

Hazel percebeu que, mesmo as tantas que apareciam ficavam indiferentes, com os olhos vagos e o rosto pálido, concentradas em si mesmas. Algumas mal olhavam para os seus bebês.

O menino que havia morrido seria enterrado em um cemitério de crianças na esquina das ruas Harrington e Davey, o guarda contou a Hazel, em um caixão de compensado de madeira. Eles esperariam até o fim do dia, caso houvesse mais algum incidente.

Naquela noite, Hazel encontrou Olive no pátio principal com Liza, a tesoureira desonesta, e algumas novas amigas.

— Podemos conversar?

— Precisa de algo?

Hazel foi direto ao ponto:

— Você tem que amamentá-la, Olive.

— Já lhe disse, não quero alimentar seis porquinhos.

— Você pode dizer ao médico que só tem leite para alimentar um.

Ela sacudiu a cabeça.

— Ouvi dizer que lá é nojento.

— Ruby vai morrer se você não for.

— Você é uma típica desesperada, não é, Hazel? — Olive balançou os braços no ar, imitando um gesto de pânico.

As mulheres ao redor riram.

— Estou implorando — falou Hazel, ignorando-as. Ela respirou fundo. — Pense em Evangeline. — Era um golpe baixo evocar o nome da amiga falecida, ela sabia. Mas Hazel não tinha vergonha alguma. — Bebês morrem todos os dias naquele lugar e são jogados em uma cova coletiva, para apodrecerem. Sequer têm direito a um funeral decente.

Olive deu um suspiro alto e cheio de frustração.

— Minha nossa senhora! — exclamou ela, revirando os olhos.

Mas na manhã seguinte, e todas as manhãs depois, quando Hazel aparecia no pátio, lá estava Olive, esperando com as outras amas de leite e as mães para caminhar até o berçário.

Um dia, enquanto caminhava ao lado de Olive pela rua Macquarie, Hazel viu um pé de sálvia no acostamento da estrada e correu de onde estava, na fila, para pegar umas folhas. Quando estava juntando-as e guardando-as no bolso do avental, uma condenada atrás dela perguntou:

— O que você está fazendo?

Hazel se virou para ela. Era a mulher de trança grisalha que ela havia visto no pátio quando chegara.

— Vou fazer um cataplasma — respondeu ela. — Para feridas.

— Você sabe que o seu leite é bom pra isso, não sabe? — retrucou a mulher.

Hazel olhou para Olive, que resmungou:

— Suponho, então, que eu seja uma cura milagrosa ambulante.

Essa mulher idosa não era uma das mães nem uma ama de leite.

— Você é parteira? — perguntou Hazel.

— Sou. E você?

Hazel assentiu.

— Trabalhar no berçário não é prêmio para ninguém, mas eu achei que poderia ser útil. A maioria das presas nas salas de parto e no berçário não tem experiência alguma. Eu tenho.

O nome dela era Maeve, disse ela. Maeve Logan. Ela vinha do interior da Irlanda, um lugar chamado Roscommon. Sempre fora uma pessoa expansiva, que expunha suas reclamações; alguns até a acusavam de ser bruxa, e talvez fosse, de fato. Seu senhorio morrera um dia após ela amaldiçoá-lo por deixar seus empregados famintos. Apesar de não haver evidências de que estivesse envolvida, Maeve foi condenada por insurreição. Sete anos. Ela estava na Terra de Van Diemen havia quatro.

Ao longo das semanas seguintes, enquanto Olive ficava com Ruby, Hazel começou a trabalhar com Maeve para melhorar as condições do berçário. Elas ferveram água para lavar as roupas de cama e as levaram para o lado de fora, para esfregá-las. Varreram o chão. Para reduzir a febre, deram banho nos bebês em água com limão; para urticária, fizeram chá de erva-gateira. Maeve ensinou Hazel a identificar plantas locais e como usá-las: a casca de árvore de eucalipto fervida podia virar chá contra febre e dor de cabeça. A seiva de eucalipto branco era boa para queimaduras. O suco da planta vassoura-vermelha acalmava dor de dente. O néctar da flor de Eucryphia curava infecções e outras feridas.

Algumas das plantas nativas eram perigosas — e perigosamente tentadoras. Ingeridas em pequenas quantidades produziam uma sensação de prazer, mas se usadas de forma errada podiam causar alucinações, ou até morte: óleo amarelo da árvore de sassafrás, a combinação de ingredientes que faziam o absinto — erva-de-sezões, hissopo, semente de anis e erva-doce, marinados em uísque. Maeve apontou para um arbusto do outro lado da estrada, com flores rosa-claras compridas que pendiam de cabeça para baixo.

— Trombeta de anjo. É linda, não é? Comer essas flores faz suas angústias desaparecerem. O problema é que, se comer demais, ela pode te matar. — Ela riu. — Tem esse nome porque é a última coisa que você vai ver antes de ascender aos céus.

Hazel aprendeu que a vida em Cascades era basicamente esperar na fila. As mulheres faziam fila para o pedaço de pão e o mingau que recebiam no café da manhã, para a caneca de sopa de pato no almoço e para a sopa de rabada engrossada com vegetais velhos no jantar. Elas faziam fila para ir à capela e para fazer suas tarefas. Na revista de domingo, elas faziam fila no segundo pátio, viradas para o muro, para serem brutalmente apalpadas à procura de contrabando.

A prisão tinha sido construída para deter 250 mulheres, e no momento havia mais de 450. Só havia oito funcionários, o que significava tanto que as detentas se safavam de muita coisa como eram punidas com severidade se fossem pegas. Elas contrabandeavam rum e vinho trocados por favores em suas tarefas externas. Enterravam tabaco e cachimbos, chá e biscoitos ao lado da tubulação de água e atrás de tijolos no pátio. As prisioneiras mais fracas — que eram pequenas ou estavam doentes, ou que haviam perdido um bebê, ou que estavam deprimidas, ou que não estavam bem da cabeça — eram dominadas pelas mais fortes, que roubavam sua comida e qualquer coisa que conseguissem encontrar. No navio, por mais desagradável que fosse, as prisioneiras só eram punidas se causassem briga ou confusão. Aqui, você poderia ser colocada na ala criminal pelos motivos mais bestas: por pegar uma migalha de pão que havia sido lançada por cima da grade, por cantarolar ou fazer escambo, por ser pega com um pouco de rum.

Algumas escapavam — ou pelo menos havia rumores disso. Duas mulheres supostamente usaram colheres afiadas para cavar um túnel e sair da solitária. Outra, diziam, rasgou seu lençol em várias tripas de pano e amarrou-as umas nas outras para fazer uma corda e escalar o muro de pedra. Mas a maioria não se arriscava. Elas serviam seu tempo em silêncio, na esperança de conquistar a liberdade antes de ficarem velhas ou doentes demais para aproveitar a vida.

Na revista de domingo, o superintendente anunciou que seria construída uma expansão, uma segunda ala criminal com mais de cem celas novas, divididas em duas fileiras de nível duplo. Dois dias depois, chegou uma equipe de homens condenados, vindos de prisões da ilha inteira. Com homens dentro da fábrica regularmente, as mulheres tinham acesso a gin, rum, chá e açúcar, que trocavam por favores e pão fresco, assado na cozinha.

Olive se juntou a um grupo indisciplinado de detentas, que se autodenominavam Flash Mob. Essas mulheres contrabandeavam álcool, tabaco, chá e açúcar em sacos de carvão ou amarrados em vassouras lançadas por cima do muro. Elas desfilavam pela prisão usando cachecóis e calças de seda; praguejavam para todos ouvirem e bebiam até desmaiar. Desafiavam as ordens do superintendente, cantavam músicas obscenas em alto e bom som e gritavam umas com as outras no pátio. Ridicularizavam o padre, zombando e gesticulando quando ele passava: "Ei, santinho, quer um pouquinho disso aqui?". Elas se safavam da maior parte dos delitos que cometiam e, mesmo assim, muitas delas entravam e saíam da ala criminal, alegando ser um preço baixo a pagar pela rebeldia.

Olive e Liza, a tesoureira desonesta do navio, tinham se tornado inseparáveis. Elas encorajavam uma à outra. Olive tinha alterado seu uniforme, cortando-o e remendando-o, para mostrar parte dos seios e das pernas. Liza pintava os lábios com suco de uva e os olhos com carvão. Elas cheiravam o pescoço da outra no pátio e beliscavam o bumbum alheio quando os guardas viravam de costas. Após subornarem um guarda vulnerável, as duas até conseguiram dormir juntas na mesma cama.

Em uma tarde, quando várias integrantes do Flash Mob estavam cantando e dançando no pátio um, a carcereira chegou, enrubescida, para ver o que era aquela comoção.

— Quem é a líder do bando? — indagou ela.

Normalmente o Flash Mob ficava calado quando a matrona aparecia, mas dessa vez elas não fizeram isso. Marcharam no pátio, vibrando e batendo os pés no chão, cantando: "Somos todas iguais, somos todas iguais, somos todas iguais".

— Essa é a chance de vocês declararem que não fazem parte de um motim — gritou a sra. Hutchinson. — Todas vocês correm o risco de uma punição severa!

As mulheres vaiaram e bateram palmas e estalaram a língua.

No caos do momento, Olive conseguiu escapar da vista da matrona. Mas nove detentas foram enviadas à ala criminal por seis meses, com um mês na solitária depois disso, e duas das responsáveis por instigar as outras tiveram alguns anos adicionados à pena.

Hazel assistia tudo a distância. Ela não estava interessada em se meter em nada daquilo. Seu único objetivo era ganhar sua passagem de volta o quanto antes por bom comportamento, como ocorria com algumas mulheres, e começar uma nova vida para ela e para Ruby, em algum lugar seguro e livre.

No auge do verão, o sol era tão quente que queimava a ponta das folhas das árvores e assava a terra da rua Macquarie até rachar. Mas nas profundezas do vale, dentro dos muros altos de pedra da prisão, era escuro e úmido. O chão de pedra normalmente ficava molhado e escorregadio. Quando o riacho transbordava, o lugar inteiro ficava com água suja até a altura do tornozelo. Era um alívio sair dali todo dia, caminhar até o berçário, passar por casebres pitorescos com cercas de estacas impecáveis e montanhas com plantações de trigo ao longe, onde cabras pastavam.

Ao longo de semanas e meses, o rosto das mulheres que caminhavam até o berçário mudou, mas o número permaneceu quase o mesmo. Novas mães se juntaram à fila; aquelas cujos bebês já tinham completado seis meses foram enviadas à ala criminal para cumprir suas sentenças. Quando Ruby completou seis meses, foi desmamada de um jeito forçado, e Olive foi dispensada. Hazel só pôde continuar indo ao berçário porque tinha aptidões na sala de parto e no tratamento das doenças dos bebês. Por saber que os supervisores estavam sempre de olho nela, ela tinha o cuidado de fazer rondas, para segurar e trocar os outros bebês, mas seu coração insistia em levá-la de volta para Ruby, como se estivesse conectada a essa bebê por um cordão.

— O que você tem de tão especial? — perguntou uma mulher uma noite, em uma voz alta e rouca, na rede atrás dela, de volta em Cascades. — Nós estamos dando tudo de nós, e você pode ficar cantando para bebês dormirem.

Hazel não respondeu. Ela nunca ligara para o que as pessoas pensavam dela — era uma das vantagens de ter sido subestimada a vida toda. Desde que tinha idade suficiente para discernir as coisas, ela se preocupava em sobreviver. E só. Estava simplesmente tentando ficar viva. E, agora, manter Ruby viva. Nada mais importava.

HOBART TOWN

1841

Uma manhã, quando Hazel chegou ao berçário, Ruby tinha sumido. Ela havia sido levada para o orfanato Queen's, em New Town, disse o guarda, a 6,5 quilômetros de distância.

— Mas eu não recebi nenhum aviso! — esbravejou Hazel. — Ela só tem nove meses de vida!

Ele deu de ombros.

— O berçário está lotado, e outro navio está chegando daqui a alguns dias. Você pode visitá-la no fim de semana.

Cada minuto que Hazel passava no berçário era um lembrete de que Ruby estava sozinha. A preocupação se instalara dentro dela como um parasita, corroendo-a por dentro com o passar dos dias e fazendo-a acordar sufocada durante a noite em sua rede. *Ruby, Ruby...* a 6,5 quilômetros de distância, nas mãos de estranhos. Os grandes olhos castanhos. A testa larga e o cabelo castanho com cachinhos. Ela já sorria quando via Hazel e batia com as mãozinhas nas bochechas, mas ainda era muito pequena para entender por que estava sozinha e o que havia feito para merecer aquele exílio.

Hazel mal conseguia segurar outro bebê sem chorar. Antes de a semana terminar, ela solicitou um novo trabalho.

Naquele domingo, Hazel se juntou a aproximadamente duas dúzias de detentas no portão principal de Cascades, esperando para fazer a longa e lenta caminhada até o orfanato. Algumas levavam pequenos presentes, brinquedos e badulaques que haviam conseguido por escambo ou que haviam feito com restos de pano e roupas velhas que costuravam, mas Hazel não levava nada. Ela não sabia que podia fazer isso.

A luz delicada do fim da manhã se espalhava sobre o monte Wellington. O clima estava fresco e ameno. A caminho de New Town, lentamente, as mulheres passaram por pomares de macieiras, calêndulas amarelas, campos de trigo. Embora o dia estivesse lindo, Hazel sequer reparou. Seu estômago revirava. Só conseguia pensar em Ruby.

Elas subiram uma ladeira. A igreja paroquial enorme entre dois prédios baixos era acolhedora, com torres e arcos de arenito. Mas por dentro era escura e austera.

Uma por uma, as crianças foram trazidas para suas mães, que aguardavam.

— Ma-ma — disse Ruby, com dificuldade. Seu nariz estava descascando e ela tinha hematomas escuros nos braços e arranhões nos joelhos.

— Ruby, Ruby, Ruby — sussurrou Hazel várias vezes.

A caminhada de volta foi uma tortura.

Na manhã seguinte, Hazel viu um novo grupo de detentas entrar pelos portões de madeira de Cascades, sujas e assustadas. Ela não sentiu nada além de rancor por elas: mais mulheres brigando por comida, redes e espaço. Mais bebês se amontoando no berçário. Mais tristeza por todo canto.

Hazel estava acostumada com os invernos intensos de Glasgow. O apartamento em que morava com a mãe era úmido e gelado; o vento passava por debaixo da porta da frente e por entre as rachaduras ao redor da moldura da janela. Mas a temperatura normalmente amena na Terra de Van Diemen a tinha convencido de que o inverno seria tranquilo. Quando a estação chegou, o frio brutal foi um choque.

Estava escuro e ventava muito quando Hazel se juntou às mulheres disponíveis para trabalhar no pátio principal pela primeira vez, em uma manhã de julho. O chão de arenito estava escorregadio de neve; o céu estava branco, mosqueado de cinza, cor de neve suja. As detentas ficaram paradas em duas filas, como cavalos, batendo os pés no chão. A respiração delas soltava fumaça no ar. Quando o portão se abriu, entraram cerca de uma dúzia de cidadãos livres, com seus casacos grossos e chapéus de lã, em contraste profundo com os vestidos e mantos finos das prisioneiras.

O cabelo de Hazel estava puxado para trás, com capricho, e seu rosto, lavado. Ela usava um avental branco limpo sobre o vestido cinza, e um manto por cima. Maeve havia dito a ela que, quanto mais apresentável e educada uma prisioneira fosse, melhor era sua alocação. Uma casa chique não necessariamente significava patrões mais gentis, mas significava, sim, melhores condições de trabalho. Às vezes, havia até regalias: comida extra, roupas, sapatos. Quem sabe um brinquedo ou um livro descartado que ela poderia dar para Ruby.

Os cidadãos passearam pelas filas, fazendo perguntas: *Quais são suas habilidades? Você sabe cozinhar? Você sabe costurar?*

Sim, senhor. Eu trabalhava como cozinheira e camareira.

Eu trabalhava em uma fazenda, senhora. Sei lavar e passar. Sei tirar leite de vaca e fazer manteiga.

Uma mulher gorducha e mais velha, em um vestido azul-marinho, sobretudo pesado e chapéu felpudo parou na frente de Hazel e seguiu adiante, caminhando até o fim da fila. Alguns instantes depois, ela voltou.

— Qual é o seu nome, prisioneira?

— Hazel Ferguson, senhora.

— Eu nunca a vi antes. Qual foi seu último trabalho?

A mulher tinha um ar altivo. *Provavelmente nunca havia sido presa,* pensou Hazel.

— Eu trabalhava no berçário.

— Você tem um bebê?

— Uma filha. Ela está no orfanato Queen's agora.

— Você mal parece...

Hazel falou a verdade.

— Tenho dezessete anos.

A mulher assentiu.

— Quais são suas habilidades?

Hazel mordeu o lábio. Ninguém queria uma enfermeira nem uma parteira, Maeve havia dito; elas não confiavam em prisioneiras para isso.

— Sou qualificada para ser empregada doméstica, senhora. E babá.

— Você tem experiência para cuidar de roupas?

— Sim.

— Já trabalhou em uma cozinha?

— Sim, senhora — respondeu Hazel, embora não fosse verdade.

A mulher deu batidinhas no lábio com dois dedos.

— Eu sou a sra. Crain, camareira do governador de Hobart Town. Os padrões da minha equipe são altíssimos. Eu não tolero desleixo nem mau comportamento. Estou sendo clara?

— Sim, senhora.

— Só estou aqui hoje porque tive que dispensar a última detenta. Sinceramente, eu preferiria não usar os serviços de uma prisioneira, mas não há o que fazer. Simplesmente não há serviçais livres o suficiente. — A sra. Crain ergueu o braço e a matrona rapidamente se aproximou.

— Essa aqui deve servir, sra. Crain — disse ela. — Nós não tivemos nenhuma reclamação.

Hazel seguiu a camareira pela rua, em direção a uma carruagem aberta, com assentos azuis reluzentes. O monte Wellington à frente, ameaçador, estava coberto de neve.

— Hoje você se sentará na minha frente — avisou a sra. Crain de forma brusca. — A partir de amanhã, fará essa viagem em uma carroça com as outras empregadas detentas, antes do sol nascer.

Hazel não entrava em uma carruagem desde os seis anos de idade, quando visitara o vilarejo vizinho de Troon, no único feriado em que viajara com sua mãe. Havia outra pessoa, um homem, na carruagem. A respiração dele tinha cheiro de álcool e ele ficava colocando a mão sobre o joelho de sua mãe. Ela havia prometido que as duas comeriam panquecas e sorvete em uma loja de chá e fariam longas caminhadas pela paisagem litorânea, mas, no fim, Hazel passou bastante tempo tremendo de frio no vento da praia, enquanto a mãe e seu novo amigo estavam "explorando as lojas", a mãe dissera.

Mais uma decepção. Mas a carruagem era bonita, Hazel lembrava.

Agora, ela estava sentada ao lado da sra. Crain, tentando não tremer de frio em seu manto.

Os cavalos trotaram firmes pela rua Macquarie antes de virarem em uma entrada longa, cercada de eucaliptos. Eles pararam na frente de uma casa majestosa de arenito, com duas escadas curvadas que davam na porta da frente. Hazel seguiu a sra. Crain até a ala dos empregados, onde, como lhe fora dito, ela trocaria de roupa antes e depois do seu turno de trabalho. Os vestidos azuis de algodão para as empregadas detentas usarem ficavam pendurados em um cabide; aventais, toucas, anáguas limpas e meias ficavam dobradas em prateleiras. A sra. Crain mostrou a Hazel onde lavar o rosto e as mãos antes de começar a trabalhar todos os dias, e deu a ela um pente — que as detentas não podiam ter na prisão — para repartir o cabelo ao meio antes de prendê-lo para trás e colocar a touca por cima.

Uma empregada prisioneira deve estar sempre ocupada, avisou a sra. Crain. Ela não deve fofocar nem rir alto, nem se sentar, a não ser que esteja costurando roupas ou polindo a prata.

— Você é expressamente proibida de abrir a porta da frente; esse é o trabalho do mordomo — disse ela, enquanto andava com Hazel pela casa. — Você não deve falar diretamente com nenhum membro da família dos Franklin nem com as visitas. Deverá usar a escada e os corredores dos fundos. Sempre que possível, fique fora do alcance da vista.

Duas das empregadas com quem Hazel falou no fim da manhã deram alguns conselhos a ela. Às vezes, sir John as apalpava em momentos e locais que elas menos esperavam, portanto, era preciso ficar alerta. Lady Franklin culpava as empregadas por qualquer coisa que estivesse errada. A srta. Eleanor não era muito inteligente e podia exigir bastante: uma vez, ela insistiu que uma empregada prisioneira ficasse acordada a noite toda fazendo a bainha de um vestido que ela, talvez, fosse usar em uma festa. (No fim, acabou usando outro vestido.) Elas também contaram a Hazel que os Franklin tinham trazido uma menina aborígene como uma espécie de experimento esquisito. Ela ficava instalada em um quarto infantil. Um dos caprichos de lady Franklin.

— Como é a garota? — perguntou Hazel.

— Parece solitária, a pobrezinha. Ela tinha uma fuinha de estimação, mas o cachorro de Montagu devorou o bicho.

— Era um gambá, eu acho — corrigiu a outra. — Ouvi falar que os nativos só falam o próprio dialeto, mas essa menina fala francês e inglês.

— Talvez os mais espertos possam ser treinados — falou a primeira. — Como cachorros.

Hazel ficou curiosa para conhecer aquela criança. Ela nunca tinha visto um aborígene; eles eram realmente tão diferentes? Mas não disse nada. Ela não faria nenhuma fofoca nem perguntas, nem prejudicaria seu novo posto de trabalho. Tudo o que queria fazer era segurar esse trabalho com as duas mãos, servir seu tempo na prisão e ir embora.

Durante as semanas seguintes na casa do governador, Hazel se adaptou à rotina. Logo após o sol nascer, assim que chegava, ela corria até o galpão atrás da cozinha para pegar lenha para o fogão. Depois de acender o fogo, ela enchia duas chaleiras pretas enormes com água do poço e as pendurava em ganchos de metal sobre as chamas. Quando a cozinheira chegava, Hazel e outra empregada prisioneira vagavam pela casa acendendo as lareiras na sala de jantar e nas salas de estar, para que estivessem aquecidas quando sir John e lady Franklin saíssem de seus aposentos. As empregadas varriam a entrada e os degraus da frente e a varanda, e arrumavam a mesa do café da manhã para a família, depois atravessavam o pátio externo até a cozinha para fazer torrada e encher pequenos potinhos de manteiga. Enquanto lady Franklin e sir John comiam, elas arrumavam os aposentos deles e se ajoelhavam na frente das lareiras, varrendo cinzas e limpando as grades, depois abriam as janelas e arejavam os colchões de pena, virando-os e afofando-os. (Como esses colchões macios eram tão diferentes daquelas redes duras de Cascades!) Elas tiravam poeira de quadros e cadeiras estofadas e prateleiras cheias de livros. Carregavam os penicos dos quartos da família até o banheiro externo atrás do estábulo, onde os esvaziavam e os lavavam com água do poço.

Quando os Franklin terminavam o café, Hazel tirava a mesa e levava a louça suja para a cozinha, para lavá-la na pia de pedra, tomando cuidado para não quebrar as peças delicadas. E então podia tomar café: aveia cozida, com chá, torrada e mel.

Depois, limpava os candelabros e lampiões.

O dia inteiro, ela enchia as chaleiras. Duas vezes ao dia, ajoelhava-se na frente do fogão da cozinha, varria as cinzas e limpava a grade.

Quando as tarefas matinais haviam terminado, o trabalho de Hazel variava a cada dia. Às segundas-feiras, ela limpava a cozinha, tirava tudo dos armários e gavetas e esfregava o chão de pedra apoiada nas mãos e joelhos, fazendo o melhor que podia para não ficar no caminho da cozinheira. Terças e quartas-feiras eram dias de lavar roupa. Ela tirava as roupas de cama e coletava as roupas sujas em cada quarto, retirando botões e laços antes de afundá-las em bacias enormes de cobre. Três empregadas prisioneiras torciam as roupas para tirar o excesso de água antes de estendê-las no pátio ou pendurá-las no varal. Era inevitável que as empregadas ficassem encharcadas. Elas tinham que trocar de roupa e vestir um uniforme seco antes de pendurar as roupas para secar.

As camisas brancas de sir John, quase congeladas no varal, pareciam um exército de fantasmas.

Os quartos eram limpos às quintas-feiras, as salas de jantar e de estar às sextas-feiras. Uma vez por semana, nas manhãs de sexta-feira, três empregadas enchiam as banheiras dos Franklin com água quente carregada pelos rapazes do estábulo, acrescentando óleo essencial de lavanda.

Pela primeira vez na vida, Hazel tinha um emprego estável. A casa estava em ordem e aquecida e repleta de flores. Ela gostava do barulho do pátio: os cavalos trotando pelo caminho, os galos cacarejando e os porcos grunhindo. Gostava dos cheiros da cozinha: tortas de fruta esfriando na bancada, cordeiro assando lentamente no espeto. Poderia se considerar relativamente sortuda, não fosse o fato de Ruby estar definhando no orfanato, presa atrás daqueles muros.

Todo dia, no meio da tarde, Hazel tinha permissão para fazer um intervalo de quinze minutos na cozinha e se aquecer com uma xícara de chá adoçado com geleia. Ela começou a coletar pedaços de pano de roupas e lençóis velhos, já usados demais pelos Franklin, e em momentos de silêncio, pegava os trapos que havia cortado em pedaços pequenos e uniformes e costurava uma colcha para levar para Ruby.

Em uma manhã de sexta-feira, Hazel estava limpando a grade da sala de estar verde quando lady Franklin entrou com a sra. Crain. Hazel juntou suas escovas rapidamente e se levantou para sair da sala, mas lady Franklin acenou para ela e disse:

— Prefiro que você termine seu trabalho direito do que deixe cinzas na lareira.

As duas mulheres se sentaram em uma pequena mesa redonda e discutiram os planos para o dia. Um funileiro viria naquela tarde com sua carroça; a sra. Crain teria que reunir os utensílios que precisavam de conserto. Era preciso retirar o pó das caixas de exposição da sala de lady Franklin: será que a sra. Crain poderia designar essa tarefa para alguma das empregadas prisioneiras? Ah, e ela deveria informar à cozinheira que sir John tinha convidado mais uma pessoa para o jantar.

— Ele vai precisar de um cartão com seu nome na mesa. Ele se chama... vamos ver. — Lady Franklin olhou para o papel em suas mãos com uma lupa. — Caleb Dunne. *Doutor* Caleb Dunne.

Hazel, chocada, deixou cair a vassoura. A sra. Crain lançou um olhar fulminante.

— Sir John o conheceu em um almoço uns dias atrás. — Lady Franklin seguiu falando. — Ele se mudou tem pouco tempo para Hobart Town e abriu uma clínica particular. Aparentemente, não é casado. É uma pena não conseguir pensar em uma jovem para apresentar a ele.

— E a srta. Eleanor? — sugeriu a sra. Crain.

— Por Deus, não! — exclamou lady Franklin com uma risadinha. — O dr. Dunne é um intelectual. Formou-se na Faculdade Real de Cirurgiões. Coloque-o sentado ao meu lado.

Mais tarde naquele dia, quando Hazel encontrou a sra. Crain no pátio, ela se ofereceu para ficar até mais tarde e ajudar com o jantar. A sra. Crain sacudiu a cabeça.

— Nós só contratamos empregadas livres para os eventos noturnos. Lady Franklin não gosta de empregadas prisioneiras na propriedade depois de escurecer.

Na manhã seguinte, Hazel perguntou de forma casual sobre a festa, mas tudo o que conseguiu saber foi que o cordeiro cozinhou demais (segundo a cozinheira) e que os convidados beberam até o último gole de xerez (segundo a sra. Crain). Nenhuma delas falou uma palavra sequer sobre o dr. Dunne.

Aos domingos, quando ficava diante dos portões de madeira da prisão com as outras mães, esperando a caminhada até o orfanato, Hazel admirava a calma obstinada delas, inclusive a sua própria. Elas caminhavam penosamente os 6,5 quilômetros em silêncio, no frio, esperando por uma hora ou mais para poderem entrar, e então passavam duas horas tentando desesperadamente compensar uma semana inteira de ausência.

Nós deveríamos estar rasgando nossas roupas, pensou ela. *Deveríamos estar uivando nas ruas.*

O guarda do orfanato observava as mães atentamente, temendo que elas pudessem pegar seus filhos e tentar fugir. Ele não estava errado em se preocupar com isso. Cada partícula da existência de Hazel clamava por pegar Ruby e desaparecer. Ela passava horas, dias pensando nisso. Era emocionante imaginar-se fazendo isso. Imaginar-se fazendo qualquer coisa.

Hazel recitava rimas da Mamãe Gansa que se lembrava da infância — histórias sobre um garoto que escorregava montanha abaixo e quebrava a cabeça, e da Ponte de Londres pegando fogo, e de um homem que ia dormir e batia a cabeça e não conseguia acordar de manhã. Com um ano de idade, Ruby já balbuciava; os versos a deixavam maravilhada. Mas Hazel não conseguia parar de pensar na dor e na calamidade subentendidas nas palavras. Uma criança sangrando, uma ponte em chamas, um homem morrendo na cama. *Quando o pé quebrar, desaba o berço parrudo, e o bebê vai cair, com berço e tudo.*

As rimas lhe pareciam nefastas agora. Como se fossem presságios.

A cada semana, Ruby ficava mais pálida e mais abatida. Ela não mais se agarrava a Hazel quando ela chegava, nem chorava copiosamente quando ela partia. Tinha se tornado quase indiferente, analisando Hazel com frieza. Após alguns meses, Ruby tratava Hazel como uma estranha benevolente. Deixava que Hazel brincasse e cantarolasse com ela, mas parecia tolerar aquilo, como um gato lutando contra um abraço que não queria ganhar.

Em um domingo, os braços de Ruby estavam com hematomas; na outra semana, marcas vermelhas eram visíveis atrás de suas pernas.

— Alguém machucou você? — perguntou Hazel, tentando olhar dentro dos seus olhos. Ruby recuou, incomodada com a intensidade de Hazel e pequena demais para entender o que ela estava perguntando.

Quando Hazel reclamou com o guarda, ele levantou o queixo dela e respondeu:

— Nenhuma marca surge em uma criança que não mereça.

O coração de Hazel era uma ferida que não conseguia cicatrizar.

O que estava acontecendo com Ruby que ela não sabia?

Tudo.

Olive estava parada na parte de dentro do portão principal de Cascades, esperando por ela, quando Hazel voltou da casa do governador uma noite. Hazel não a via fazia um tempo. Ela havia sido condenada a passar três semanas na ala criminal por profanação e desobediência — o que não era surpresa alguma.

Ela ergueu o queixo na direção de algumas mulheres do outro lado do pátio e disse:

— Você precisa ter cuidado. Algumas mulheres acham que você está recebendo tratamento especial. Primeiro, os aposentos do médico no navio, depois o berçário. Agora a casa do governador.

Hazel assentiu. Ela sabia que Olive estava certa. Outras prisioneiras viviam em condições bem ruins. Seus patrões bebiam, faziam-nas trabalhar feito escravas, batiam nelas. Quantas mulheres estavam grávidas naquele momento sem terem desejado? Ela tinha visto mulheres fazerem quase de tudo para evitar trabalhar, inclusive lamber tubos de cobre para ficar com a língua azul e causar enjoo e vômito em si mesmas.

— Só tenha cuidado — avisou Olive.

MATHINNA

"É cada vez mais evidente que os aborígenes dessa colônia são, e sempre foram, uma raça bastante traiçoeira; e que a bondade e a humanidade que sempre receberam dos colonizadores não contribuíram para que se tornassem civilizados em nenhum nível."

— George Arthur, governador da Terra de Van Diemen,
em carta a sir George Murray, secretário de Estado de Guerra
e das Colônias, 1830

RESIDÊNCIA DO GOVERNO

Hobart Town, 1841

Para Mathinna, o inverno parecia durar para sempre. O pátio ainda tinha uma fina camada de lama congelada, que trincava inteira quando ela passava por cima. Seu quarto não tinha aquecimento; o frio penetrava em seus ossos. Ela vagava pela casa principal à procura de um local onde pudesse se aquecer. Expulsa dos cômodos comuns pela sra. Crain, ela buscava refúgio na cozinha.

A sra. Wilson conversava com ela sobre sua antiga vida na Irlanda enquanto cortava uma pilha de batatas e descansava uma garrafa de gin adoçado. Ela foi cozinheira em uma casa chique nos arredores de Dublin, mas fora acusada injustamente de roubar peças de tecido para vender na rua. Sua patroa havia voltado recentemente de Paris com um baú enorme de peças novas, e a sra. Wilson teve a ligeira impressão equivocada de que estava fazendo um favor em se livrar das antigas. Ninguém teria percebido, não fosse pelos guardanapos bordados com o monograma; foi erro dela não retirar o bordado. Ela acreditava genuinamente que sua patroa ficaria agradecida por saber que suas roupas antigas — rasgadas, na verdade — estavam sendo reutilizadas.

— Ela ficaria agradecida por saber que a cozinheira estava surrupiando suas roupas de cama? — perguntou a nova empregada condenada com um sorriso, enquanto passava um lençol nos fundos da cozinha.

A sra. Wilson tirou os olhos das batatas e olhou para ela.

— Não estava *surrupiando*, estava descartando-os.

— Você ficou com o lucro, não ficou?

— Não foi minha patroa que me denunciou — resmungou ela. — Foi o mordomo. Erro meu, acho. Eu o rejeitei muitas vezes.

A empregada sorriu para Mathinna.

— O que você acha que lady Franklin faria se eu tivesse a ideia de furtar uma ou outra passadeira de mesa?

— Não seja arrogante. Você tem histórico. Colheres de prata, eu ouvi dizer — retrucou a sra. Wilson.

— Foi uma única colher.

— Dá no mesmo.

— Pelo menos eu admiti meu crime.

Mathinna alternou o olhar entre as duas. Ela nunca tinha visto uma empregada condenada desafiar a cozinheira. A empregada piscou para ela.

— Só estou implicando, sra. Wilson. Inventando o que fazer em uma manhã fria e cinza.

— Você tem sorte de estar aqui, Hazel. Deveria saber o seu lugar.

A empregada ergueu o lençol e o dobrou pelas pontas.

— Nenhuma de nós tem sorte de estar aqui, sra. Wilson. Mas entendi sua mensagem.

— Espero mesmo que sim — concluiu a sra. Wilson.

Alguns dias depois, quando a cozinheira estava fazendo suas rondas diárias no abatedouro, no galpão de leite e no galinheiro, a nova empregada entrou na cozinha novamente com um cesto de roupas. Ela pegou um ferro de passar preto de uma prateleira que continha vários e o colocou sobre os carvões brilhantes do fogão. E então sentou-se em uma cadeira.

— Ai, meus pés. — Ela suspirou. — Temos que caminhar muito de lá até aqui.

Mathinna estava parada perto do fogo, aquecendo as mãos.

— Achei que traziam vocês em uma carroça.

— Estão nos fazendo andar agora. Dizem que é bom para nós. Torturadores cretinos.

Mathinna olhou para ela. Hazel era magra como uma planta, com o cabelo ruivo encaracolado puxado para trás e preso debaixo de uma touca branca. Assim como as outras empregadas condenadas, ela usava vestido azul e avental branco.

— Você está em Cascades há muito tempo?

— Não muito. Esse é meu primeiro trabalho fora. — Ela se levantou da cadeira e enrolou um pano nas mãos, seguiu até o fogão e tirou o ferro de passar de cima do carvão. — E você, qual é a sua história?

Mathinna deu de ombros.

A empregada lambeu um dedo e tocou na superfície lisa debaixo do ferro antes de levá-lo até a tábua de passar e colocá-lo sobre um tripé.

— Onde estão seus pais verdadeiros?

— Mortos.

— Os dois?

Mathinna assentiu.

— Mas eu tenho outro pai. Ele está vivo, acho. Na ilha de Flinders.

— Onde fica isso?

Ela desenhou uma linha no ar com os dedos.

— É uma ilha pequena. Ao norte.

— Ah. Você nasceu lá?

— Sim. É bem longe daqui. Eu vim de barco.

Ninguém nunca havia feito essas perguntas a Mathinna. Nem pergunta alguma, na verdade. Suas respostas soavam estranhas na boca — elas a fizeram perceber como não dizia nada sobre sua vida aos outros. Como a maioria das pessoas não queria saber nada sobre ela.

— Então, você está sozinha aqui, não está? — perguntou a empregada. — Digo, há várias pessoas aqui… — ela gesticulou vagamente para o entorno — mas ninguém está realmente cuidando de você.

— Bem… a srta. Eleanor.

— Jura?

Não, na verdade não. Mathinna sacudiu a cabeça. Ela pensou por um instante.

— Sarah costumava cuidar de mim, acho. Mas, um dia, ela parou de vir.

— De Cascades?

Mathinna assentiu.

— Cabelo preto cacheado?

Ela sorriu.

— Sim.

A empregada suspirou.

— Sarah Stoup. Ela está na solitária. Foi pega bebendo.

— Ah. Ela tem que tirar alcatrão do centro de cordas?

— Como você sabe disso?

— Ela disse que era um trabalho terrível. Um bom motivo para não matar ninguém.

— Ela não matou ninguém. Mas os homens precisam daquela corda para os navios. Vão usar qualquer desculpa para nos obrigar a fazer aquilo. — Ela pegou um guardanapo de um cesto em seus pés e disse: — Eu posso tentar levar uma mensagem para ela, se você quiser.

— Tudo bem. Eu nem... a conheço direito.

A empregada esticou o guardanapo na tábua de passar.

— É difícil ficar aqui. Eu também venho de muito longe. Do outro lado do oceano.

— Como a srta. Eleanor — constatou Mathinna, pensando no globo que havia em sua sala de aula, naquela enorme expansão de azul.

Ela soltou um riso seco.

— A srta. Eleanor veio em um tipo diferente de navio.

Mathinna gostava dessa empregada, Hazel. Era a primeira pessoa que conhecera nesse lugar que falava com ela como alguém de verdade. Olhando para as roupas emboladas dentro do cesto, ela disse:

— Eu posso ajudar a dobrar essas aqui.

— Não. Isso é meu trabalho.

Mathinna suspirou.

— Eu já terminei meu dever de casa. Não tenho mais nada para fazer.

— Eu vou me meter em encrenca se deixar você ajudar. — Hazel pegou uma pilha de guardanapos da cesta. — Mas... talvez mais tarde, eu possa ensinar uma coisa a você. Como fazer cataplasma. Para quando você ralar seu joelho. — Ela apontou para as ervas secas amarradas penduradas do teto. — Primeiro você pega a semente de mostarda. Ou alecrim. Mói e mistura um pouco de banha, talvez, ou cebolas macias.

Mathinna olhou para as ervas penduradas.

— Como você sabe fazer isso?

— Minha mãe me ensinou. Há muito tempo.

— Ela ainda está viva?

O rosto de Hazel ficou sério. Ela se virou para os guardanapos.

— Não sei dizer.

Para comemorar a chegada da primavera, os Franklin decidiram fazer um jantar dançante no jardim. Em uma breve visita à sala de aula, lady

Franklin anunciou que os estudos de Mathinna seriam suspensos para que Eleanor a ensinasse a dançar.

— Se ela vai comparecer ao jantar, precisar aprender valsa e dança escocesa, e dança country inglesa, e quadrilha — disse ela a Eleanor.

— Mas nós estamos decorando a tabuada — retrucou Eleanor. — Ela está bem na metade.

— Ah, pelo amor de Deus. Aprender a dançar vai importar mais no meio social dela do que a tabuada, eu lhe garanto.

— Você quer dizer no *seu* meio social — respondeu Eleanor, ofegante.

— Como é que é?

— Nada. O que você acha, Mathinna? Você gostaria de aprender a dançar?

— Eu sei dançar — respondeu Mathinna.

Eleanor e lady Franklin se entreolharam.

— Isso é diferente — explicou Eleanor.

Durante os primeiros dias, Eleanor se sentou com Mathinna na mesa da sala de aula e desenhou os passos em um quadro-negro, marcando com X cada participante e setas apontando para onde cada um deveria ir. Depois, as duas começaram a praticar juntas no pátio atrás do galinheiro. Eleanor estava envolvida demais na própria vida, além de intelectualmente desinteressada, para ser uma boa professora. Ela pulava de um assunto a outro, como se estivesse riscando itens de uma lista. Mas, no fim, esses mesmos atributos a transformaram em uma excelente instrutora de dança. Suas bochechas ficavam rosadas e seus olhos brilhavam quando cada passo que dava era admirado e imitado. Ela parecia tão bela ao girar! Assim que se cansava de uma dança, trocava para outra. Ela era extrovertida e persistente, estava feliz em passar horas demonstrando os movimentos de dança.

Em uma tarde ensolarada no pátio, Eleanor recrutou um garoto do estábulo, duas empregadas condenadas, dois motoristas ociosos e o mordomo para praticar com elas. Ao saber que o mordomo chefe, sr. Grimm, tocava violino, ela o convenceu a tocar uma canção animada. A temperatura estava agradável e a atmosfera, descontraída. Era emocionante encostar na mão de outra pessoa em público sem sentir medo de rejeição.

Para Mathinna, as danças, com seus passos coreografados, eram tão lógicas quanto a matemática: o encaixe cuidadoso de uma sequência;

uma série de movimentos que, quando realizados na ordem correta, produziam o resultado desejado. Depois que havia dominado os passos, era como se seu corpo se movesse sozinho. Logo ela estava ajudando Eleanor a conduzir os outros participantes aos seus respectivos locais. Ela adorava o ritmo das músicas que os faziam se mover: *um-dois-três- -quatro, um-dois-três... pé-pro-lado-pé-pro-outro, pra-lá-pra-cá...*

— Ela vai estar pronta a tempo, não vai? — perguntou lady Franklin a Eleanor uma semana antes da festa.

— Sim, estará. Ela está aprendendo.

— A dança dela precisa ser um triunfo, Eleanor. Caso contrário, qual é o sentido de incluí-la?

O grande evento seria dali a quatro dias, depois três, e dois. Mathinna observava enquanto uma equipe de trabalhadores erguia uma enorme tenda de lona no jardim interno e instalava um piso de madeira para a pista de dança. Quando a tenda já estava montada, meia dúzia de empregadas condenadas foram designadas para decorá-la, comandadas por lady Franklin, que não fazia nada além de erguer uma xícara de chá, mas era capaz de enxergar uma cadeira no lugar errado ou um pé de mesa bambo a quinhentos metros de distância.

A música tocava na cabeça de Mathinna de forma contínua. À noite em sua cama, ela mexia os dedos dos pés — *um-dois-três-quatro, um- -dois-três-quatro* — e tamborilava os dedos da mão no mesmo ritmo. Ela dançava em vez de caminhar, mantinha a cabeça ereta e esvoaçava os braços no ar no decorrer do dia. Os empregados da casa estavam mais amigáveis com ela do que haviam sido até então. Eles sorriam quando a viam vindo pelo corredor, elogiavam seus passos, faziam perguntas sobre as diferenças entre a valsa e a quadrilha.

Só a sra. Crain, que passava pelo pátio enquanto Mathinna praticava seus passos de dança, fazia críticas.

— Lembre-se de que essas são danças formais inglesas, Mathinna — disse ela com a testa franzida. — Você deve controlar seus impulsos aborígenes.

O vestido vermelho ainda servia em Mathinna na cintura, mas estava curto demais, e as mangas, muito apertadas.

Ela estava de pé em um banquinho no centro do quarto enquanto Hazel, sentada no chão, marcava a saia ao redor dela com alfinetes.

— Está muito escuro aqui — resmungou ela. — Mal consigo ver o que estou fazendo.

Mathinna olhou para baixo, para o cabelo avermelhado e as sardas que se espalhavam pelos braços de Hazel. Um pendente arredondado de metal ao redor do seu pescoço brilhava sob a luz âmbar fraca.

— O que é isso? — perguntou ela, apontando.

— O quê? — Hazel encostou no pescoço. — Ah, até esqueci que estava com isso. Vire-se, preciso marcar a parte de trás. Era de uma amiga.

Olhando sobre seu ombro, Mathinna perguntou:

— Por que sua amiga não está usando?

Hazel ficou em silêncio por um instante. E então respondeu:

— Ela morreu. Isso é tudo o que sobrou dela. Bem, exceto...

— Exceto o quê?

— Ah... uma coisa ou outra. Um lenço. — Hazel puxou Mathinna delicadamente do banco. — Terminamos. Vamos tirar essa roupa e eu vou costurá-la antes de ir embora.

Quando Hazel estava atrás dela, abrindo os botões, Mathinna disse:

— Eu usava um colar de conchas verdes que minha mãe fez, mas a lady Franklin pegou.

— Ah, eu sinto muito. Quer que eu pegue de volta para você?

Mathinna sacudiu a cabeça.

— Você vai acabar na solitária, como Sarah Stoup, e eu nunca mais vou vê-la também.

RESIDÊNCIA DO GOVERNO

Hobart Town, 1841

O dia do baile estava atipicamente úmido para a época. No final da manhã, as acácias amarelas nas mesas debaixo da tenda estavam caídas de seus vasos. No meio do dia, uma cortina de névoa envelopou as árvores. Sir John havia decidido que a festa deveria ser do lado de fora, e lady Franklin reclamava para quem quisesse ouvir. Era fácil para ele insistir, já que não fazia absolutamente nada no planejamento! No fim da tarde, ela enviou duas empregadas condenadas até a cidade para comprar leques de papel — "Três dúzias. Não, quatro." — e mandou Hazel preparar um banho de lavanda em seus aposentos.

Às dezoito horas, quando os primeiros convidados chegaram, o ar ainda estava grudento de calor. Lady Franklin, após consultar os músicos e a sra. Crain, decidiu atrasar um pouco o horário da dança para as 20h30, quando certamente já estaria mais fresco.

Sir John, esguio como um vombate dentro de um terno apertado demais em seu corpo, encontrou Mathinna e Eleanor — que usava um vestido de tafetá creme de gola redonda que combinava com seu cabelo — na entrada de pedras da Residência do Governo.

— Não estamos todos elegantes? Lady Franklin insistiu para que eu dance com você, Mathinna. Está preparada para ser o centro das atenções?

Ela estava. Durante o dia inteiro, havia sentido um frio na barriga de ansiedade. Agora, sua pele brilhava com blush e seu cabelo estava penteado e com gel, preso em laços de veludo que combinavam com o laço preto na sua cintura. Ela estava usando meias novas vermelhas e sapatos minuciosamente polidos. Seu vestido escarlate havia sido passado e engomado, e a saia longa farfalhava nas pernas.

— Não acredito que ela vá lhe constranger, papa, basta lembrar os passos — falou Eleanor.

— Minha única preocupação é que *eu* possa constrangê-la — retrucou sir John com um elogio galanteador. — Sinceramente, achei que meus dias de baile de debutante já tinham ficado para trás.

Ao oferecer os braços, ele as acompanhou até a tenda, onde Eleanor se juntou a um grupo de meninas em vestidos coloridos e Mathinna e sir John foram rapidamente rodeados por uma multidão. Mathinna conhecia alguns dos convidados, mas a maioria lhe era estranha. Ela cumprimentou as pessoas que reconheceu com um sorriso e tentou ignorar as outras que a fitavam, boquiabertas.

Uma viúva rica com o cabelo que parecia um bolo de festa se aproximou.

— Ouvi dizer que você adquiriu um selvagem, sir John, mas mal pude acreditar. E aqui está a coisa, em um vestido de baile!

Uma dúzia de cabeças olhavam para Mathinna, como um cardume na direção de um miolo de pão. Sentindo-se enrubescida, ela respirou fundo e olhou para sir John. Ele piscou para a garota, como se quisesse dizer que a grosseria da mulher era meramente parte da brincadeira.

— É *ela*, sra. Carlisle — ele corrigiu a viúva. — E *ela* se chama Ma-thinna.

— A selvagem, digo *ela*, entende o que nós dizemos?

— Claro. Na verdade, eu diria que ela entende muito mais do que demonstra. Não é, Mathinna?

Ela sabia o que sir John estava lhe pedindo que fizesse. Ele queria que ela impressionasse a todos. Ela assentiu majestosamente e disse:

— *Vous serez surprise de voir combien je sais.*

Suspiros e uma salva de palmas.

— Extraordinário!

— O que ela disse?

Nem todo mundo falava francês, é claro.

— Acredito que seja "você ficaria surpresa com o tanto que eu sei" — respondeu sir John, olhando ao redor com um sorriso satisfeito. — Ela é atrevida, essa pequena.

— Que charme — disse a viúva. — Onde você a encontrou?

— Ah, é uma longa história — falou sir John. — Em uma viagem à ilha de Flinders, nós a vimos saltitando ao redor de uma fogueira, descalça e quase nua. Uma primitiva nata.

— Fascinante. E aqui está ela, de vestido de cetim!

— Não resisto a exibi-la. Diga mais algumas palavras em francês, Mathinna — pediu sir John.

Diga mais algumas palavras em francês, Mathinna. Está bem. Então, assim ela faria.

— *Bientôt je te danserai sous la table.*

Sir John sacudiu o dedo.

— Sem dúvida, você *dançará* comigo, minha querida. Ela andou praticando, eu não!

— Ela parece bastante confortável com você — divagou uma mulher.

Ele fez que sim com a cabeça, em concordância.

— Os aborígenes são surpreendentemente capazes de estabelecer laços.

— Devo dizer, estou impressionada — afirmou a viúva. — Resgatar essa selvagem de uma vida de ignorância primitiva e proporcionar a ela arte e cultura é uma conquista tremenda. Quase tão grandiosa, talvez, quanto conquistar o Ártico.

— E infinitamente menos perigosa — completou sir John.

A viúva arqueou a sobrancelha.

— Isso ainda não sabemos.

Quando sir John estava distraído por uma pilha de bolinhos, Mathinna fugiu e vagou no meio da multidão. Alguém entregou a ela uma pequena taça com um líquido dourado, e ela pegou enquanto se encaminhava para o canto distante da tenda, perto da pista de dança, onde os músicos organizavam seus instrumentos: um pequeno piano, um acordeom, um violino, uma harpa, uma bateria larga e baixa. Ao vê-los testando os instrumentos e conversando entre si com familiaridade, ela sentiu uma solidão dolorosa.

Quando deu um gole da taça, sua garganta foi tomada por um fogo derretido. Depois de um instante, o calor cessou, deixando um gosto doce e quente em sua boca. Ela deu outro gole. E virou a taça toda.

* * *

— Está pronta, *ma fille*? — perguntou sir John fazendo uma reverência até o chão, demonstrando uma formalidade exibida. Lentamente, ele envolveu a mão de Mathinna em sua luva branca e a conduziu para a *Grand March*. Os convidados começaram a se reunir na pista de dança em pares, seguindo uma fila atrás de sir John e Mathinna, como os animais na arca de Noé, enquanto caminhavam em círculo em torno da enorme pista de dança de madeira, as mulheres coloridas e cheirosas como frésias, os homens eretos e pomposos como pombos.

Mathinna ajeitou os ombros e ergueu o queixo. Ali estava ela, a menina da pintura em seu vestido de cetim vermelho.

A primeira dança foi uma quadrilha, uma das suas favoritas. Seguindo a condução de sir John, ela executou cada movimento de forma fluida, os pés leves e precisos ao deslizar pelo chão. *Um-dois-três-quatro, passo-passo-passo-passo, passo, passo, passo.* Mas a alegria que sentira ao dominar a dança havia se esvaído. Nas mesas redondas logo além do perímetro de dança, as pessoas conversavam por trás de seus leques, exclamando e apontando, mas ela as ignorou. (Afinal de contas, ela era bidimensional. Imune a olhares e sussurros.) Dançando em círculos ao redor dela, sir John falou:

— Você está causando uma bela impressão, minha querida. Sabe disso, não sabe? Gire! Mostre a eles a mocinha que você se tornou.

Em passos curtos, no tempo da música, a menina do retrato se virou, a saia escarlate bufando ao redor. Quando ela e as três outras moças em seu grupo se reuniam no meio, não significava nada para ela que duas delas só fingiam encostar em suas mãos.

Entre as danças — como era de costume —, acompanhados por um piano alegre, sir John e Mathinna faziam cena falando com os outros pares da dança, fingindo conversas e rindo. Ela abria os olhos e erguia o queixo ainda mais alto, imitando a subserviência de lady Franklin quando dignitários de Londres vinham visitar. Sir John, que parecia reconhecer o teatro, observava Mathinna com satisfação e perplexidade.

Após algumas danças, o rosto dele começou a ficar bastante vermelho. Ele ficava secando a testa com um lenço, tentando disfarçar o suor que escorria pelo seu pescoço e molhava seu colarinho. Eleanor, que dançava ao lado deles, pareceu preocupada. No final da quadrilha, ela segurou a mão do pai.

— Vamos descansar, que tal?

— Estou bem, filha querida! — protestou ele enquanto ela o conduzia a uma mesa vazia. — Não quero atrapalhar suas chances com aquele solteiro cobiçado.

— Está tudo bem — disse ela. — O dr. Dunne pode até ser bonito, mas é um pouco chato. Não para de falar sobre os direitos dos presidiários.

— Então, de toda forma, use-me como desculpa para despistá-lo. — Sir John se afundou em uma cadeira. — Diga à sua mãe que você me obrigou a sair da pista de dança.

— Madrasta. E ela deveria me agradecer — retrucou Eleanor, sarcástica. — Pelo menos alguém está cuidando de você.

Mathinna, agora sem parceiro de dança, ficou parada ao lado de uma pilastra de madeira da tenda, assistindo aos animais da arca de Noé se enfileirarem para a dança escocesa. Vendo outra taça daquele líquido dourado em uma bandeja de prata, ela deu um gole e engoliu rapidamente, sentindo o calor descer o caminho todo pela sua garganta até seu estômago.

A música começou com um violino animado. As mulheres se viravam, suas saias esvoaçando enquanto circundavam seus parceiros. Conforme a música ia ficando mais alta e mais acelerada, as mulheres batiam palmas no ritmo, enquanto os homens saltavam no ar, estalando os dedos dentro das luvas brancas. Ao observar os convidados de pele pálida e tonalidades pastel a distância, Mathinna percebeu claramente algo pela primeira vez, como se levantasse uma névoa dos olhos. Sim, ela podia posar como a menina do retrato, de vestido de cetim e laçarotes no cabelo; ela podia dominar os passos da quadrilha e da dança de debutante e da dança escocesa; ela podia falar inglês e francês e fazer reverência como uma princesa. Mas nada seria suficiente. Ela jamais seria um deles, mesmo se quisesse. Ela jamais pertenceria a esse lugar.

E talvez nem quisesse pertencer.

Ela ficou tonta, como se estivesse girando em círculos e parou para recuperar o fôlego.

Bem lentamente, ela começou a cambalear de um lado para o outro. Sentiu a música penetrar pela sola dos seus pés, o som grave do violino como o compasso de uma bateria. Seus pés se moviam leves debaixo do vestido, seus pequenos passos imitando os passos exagerados dos convidados dançando. Ela sentiu o ritmo como uma força interna, elevando-se dos dedos dos pés até as coxas, da barriga até os ombros e pelos braços, até a ponta dos dedos das mãos. Ao fechar os olhos, ela sentiu o calor das antigas fogueiras em suas pernas, viu o brilho laranja entre suas pálpebras. Ouviu Palle esfregar as mãos na pele de um tambor e começar a fazer um ritmo, enquanto os palawa idosos cantavam no compasso e um bando de patos voava no céu.

Movendo-se mais rápido agora, Mathinna arqueou as costas, acompanhando a música com seu corpo inteiro. Ela se lembrou de coisas que achava que tinha esquecido: Droemerdene pulando e se contorcendo sob o céu da noite, Moinee dançando pela ilha, descendo até o chão e subindo às estrelas, balançando e gingando, curvando-se e girando. Um movimento de êxtase, uma obliteração de tristeza. Uma celebração à vida, dela e dos seus: sua mãe, seu pai, Palle, Waluka, à vida dos ancestrais dos quais ela não se lembrava e da irmã que nunca conhecera...

A música foi sumindo, até que parou.

Mathinna abriu os olhos.

A festa inteira parecia estar olhando para ela. Conforme seus sentidos foram voltando, ela ouviu o tilintar da prata tocando na porcelana. Uma risada aguda. As mulheres se reuniram em grupos, sussurrando por trás dos leques. Eleanor estava sozinha, no rosto um sorriso de descrença.

Mathinna sentiu cheiro de água de rosas, e em seguida, da acidez do vinagre. O perfume forte das acácias. O aroma de licor de passas em sua respiração.

Lady Franklin estava marchando na direção dela, um sorriso congelado nos lábios, as maças do rosto vermelhas, como uma boneca pintada. Quando parou, ela se agachou e murmurou:

— Mas que diabo foi *isso?*

Mathinna olhou dentro dos olhos dela.

— Eu estava dançando.

— Você está tentando nos humilhar?

— Não — respondeu ela.

— Você está claramente entorpecida. E... eu não sei. — Lady Franklin estava tão perto que Mathinna que podia sentir a vibração da sua raiva. — Reverteu-se ao seu estado natural selvagem.

— Talvez, minha querida — falou sir John, surgindo de trás de sua mulher —, seja melhor deixar essa infeliz fazer o que quiser.

Mathinna olhou para lady Franklin, com seu pescoço enrugado de pássaro e seus olhos avermelhados, e sir John, suado e desgrenhado em seu terno apertado demais. Os dois pareciam estranhos para ela, ambos assustadores e grotescos. Ela piscou incessantemente para tentar não chorar.

— *Peut-être* — respondeu ela.

Lady Franklin suspirou. Levantou seu leque, fazendo sinal para a sra. Crain.

— Diga a banda para voltar a tocar, e leve essa menina para o quarto — exigiu ela para a empregada desconfiada. — O quanto antes esquecermos esse incidente infeliz, melhor.

RESIDÊNCIA DO GOVERNO
Hobart Town, 1841-1842

Mas ninguém esqueceu.

A princípio, quase de maneira imperceptível, as coisas ficaram diferentes. Na manhã seguinte, sir John não chamou Mathinna para sua caminhada constitucional. Da janela da sala de aula, ela o viu vagar pelo jardim, com as mãos para trás e a cabeça baixa, Eleanor ao seu lado.

Mulheres apareciam de vez em quando para tomar chá, e Mathinna não era mais chamada para se juntar a elas na sala. Eleanor partiu para uma viagem de seis semanas para Sydney sem se despedir.

A sra. Crain informou Mathinna que, dali em diante, principalmente na ausência de Eleanor, seu café da manhã não seria mais servido no quarto. Ela faria todas as refeições na cozinha externa, junto com a cozinheira.

— Ouvi dizer que você causou um baita escândalo — disse a sra. Wilson para Mathinna enquanto servia aveia em uma tigela. — Dançou como uma selvagem, não foi? — Ela olhou ao redor para se certificar de que ninguém mais estava ouvindo, e então sussurrou: — Bem, eu acho isso grandioso. Eles acharam que iam moldá-la ao gosto deles, com algumas aulas de francês e anáguas chiques, não foi? Mas você é quem você é. Eles podem construir casas elegantes e importar louça de porcelana e usar roupas de seda de Londres, mas não pertencem a esse lugar, e no fundo sabem disso. Eles não entendem coisa nenhuma daqui, nem de você. E jamais entenderão.

* * *

Um dia, Mathinna acordou e descobriu que sir John e lady Franklin tinham ido passar férias na cidade de Launceston, uma viagem de dois dias, e que ela ficaria na Residência do Governo aos cuidados de um hóspede, o sr. Hogsmead, de Sussex.

O sr. Hogsmead era extremamente alto e esguio, magro como uma vara, usava um pincenê e parecia não ter interesse algum em ninguém além de uma empregada condenada gorducha chamada Eliza, que todos os empregados da casa viam entrando e saindo dos aposentos dele em diversas horas do dia e da noite.

Com os Franklin fora de casa, havia pouca coisa para os empregados fazerem. Quando a sra. Wilson descobriu um grupo de empregadas condenadas fofocando no pátio, ela as enviou diretamente para remover cada panela e concha das prateleiras e esfregar a cozinha com lixívia e vinagre. Os garotos do estábulo lavaram as baias dos cavalos e esfregaram as carruagens; as empregadas arejaram as roupas de cama e poliram os candelabros até brilharem.

Sem rotina nem aulas, a existência de Mathinna era um estranho purgatório. Ela vagava pela propriedade, abandonada e esquecida. Ninguém parecia perceber que ela estava sozinha — ou se alguém percebia, não se importava muito. Ela passava horas na cozinha com a sra. Wilson, pendurava-se de ponta-cabeça em um galho da árvore de eucalipto lá na ponta do jardim, brincava com a coleção de marionetes de Eleanor. Comia quando tinha vontade, o que não era muito frequente. Não tomava banho. Às vezes, visitava a cacatua, desolada em sua gaiola, grasnando seu refrão sombrio, *qui-ou*, *qui-ou*.

À noite, em seu quarto, escuro como uma tumba, Mathinna ouvia o farfalhar das árvores do lado de fora da sua janela lacrada e o lamento aflito dos pássaros, e enroscava-se em posição fetal, tentando fugir da solidão que se alastrava por debaixo das cobertas e se instalava dentro dela. Após alguns dias, ela passou a dormir no quarto de Eleanor, com suas janelas altas que davam para o jardim. Eleanor ficaria horrorizada se soubesse, mas não sabia, não é verdade? A cada manhã, Mathinna acordava mais tarde; começou a ficar cada vez mais difícil sair da cama. Quando ela saía, no fim da manhã, passava horas no banco estofado da janela, olhando para a copa triste dos eucaliptos, ouvindo o trinar das pegas.

Talvez lady Franklin estivesse certa — a vista do lado de fora a deixava, de fato, melancólica.

Não. Ela já estava melancólica antes.

Em uma tarde chuvosa, Mathinna se esquivou para dentro da sala de excentricidades de lady Franklin e viu a lança com desenho ocre-e--vermelho do seu pai e os crânios brancos brilhantes na escuridão. Os colares de conchas de sua mãe pregados em uma tábua atrás do vidro. O retrato que o sr. Bock havia pintado dela no vestido de cetim vermelho. Durante o tempo todo em que ela estivera com os Franklin, Mathinna nunca havia visto outra pessoa de pele escura. Ela olhou para baixo, para o dorso das mãos, e as virou para cima para ver as palmas. Pensou nas senhoras que vinham tomar chá e em suas perguntas lascivas. Nos convidados do baile de dança e em seus olhares horrorizados. Por que isso não era óbvio antes? Ela era somente mais um objeto da coleção excêntrica dos Franklin, junto a crânios fervidos e cobras e vombates empalhados.

Uma marionete em um vestido bonito. Uma cacatua em uma gaiola dourada.

No pátio, ela destravou a porta da gaiola e colocou a mão lá dento. Apesar da aversão, sentiu uma afinidade peculiar com a pobre criatura — separada do seu bando, à mercê de pessoas que sequer tentavam compreendê-la. Quando levantou a ave, ela era encorpada e compacta como uma galinha. Suas penas eram macias como seda. O pássaro permitiu que ela o carregasse até as árvores atrás do jardim e o colocasse em um dos galhos, onde ficou encarando-a com a cabeça curvada, parecendo confusa. *O que você está fazendo comigo? Qui-ou.*

Mathinna se virou e voltou para dentro de casa.

Muitas horas depois, quando voltou, a cacatua tinha ido embora. Ela imaginou para onde da cidade ou da floresta ela havia voado, e se voltaria algum dia. Pensou no que aconteceria se ela mesma tentasse ir embora. Será que alguém iria reparar? Talvez não.

Mas para onde iria?

Era manhã cedo. Ela se encolheu com a claridade. A cabeça pesada, os ouvidos entupidos e doendo, a garganta tão inflamada que era difícil engolir. Ela ficou na cama o dia todo, dormindo e acordando, sentindo--se como um pato entocado em um buraco. A luz do sol aparecia e se escondia enquanto ela observava o dossel de flores rosas acima da sua cabeça. Sua garganta estava seca, mas ela não tinha água. Sentia-se faminta, com um buraco no estômago, mas fraca demais para se mexer. Depois de um tempo, ela apagou outra vez e acordou com febre no meio da escuridão, empurrando o cobertor antes de voltar a dormir.

Quando acordou, Mathinna estava tremendo, batendo os dentes. Era dia, mas o céu estava cinza dessa vez. Chuva tilintando nas janelas gradeadas. Ela pensou na ilha de Flinders, em como a chuva batucava os telhados das cabanas. No cheiro de grama que adentrava as portas, bebês envolvidos em pele de *wallaby*, sua mãe cantando, seu pai fumando em seu charuto, soprando fumaça na sombra da escuridão. Suas memórias iam surgindo, mudando aos poucos. Agora ela estava correndo, correndo em um campo de trigo em um dia de sol brilhante, subindo a montanha até a cordilheira de espinhos, seu rosto inclinado na direção do céu, o sol quente em suas pálpebras...

Uma batida leve na porta. Uma voz.

— Mathinna? Você está aí dentro?

Ela abriu os olhos e os fechou. Claro demais. Ardente. Meio da manhã, talvez. *Sim.* Ela pigarreou. Sussurrou:

— Sim.

A porta se abriu.

— Minha nossa! — exclamou Hazel. — Sabia que tinha algo errado.

Hazel trouxe caldo de cordeiro para Mathinna, chá de folha de sassafrás e uma pasta feita de semente de feno-grego triturada para sua tosse catarrenta. Ela fez a menina gargarejar com água salgada. Trouxe uma panela com água morna, onde mergulhou toalhas, espremeu-as e as colocou na testa e no peito de Mathinna para baixar a febre.

Ao sentir um fio de água escorrer pela sua bochecha, Mathinna abriu os olhos. Ela olhou para o rosto de Hazel: a coleção de sardas alaranjadas, os cílios ruivos, os olhos cinza-claros.

— A sra. Crain nos enviou de volta para Cascades — contou Hazel a ela. — Ela disse que não éramos necessárias enquanto os Franklin estivessem viajando. Mas eu sabia que tinha que voltar. Tive um pressentimento.

Hazel se inclinou mais para perto e ajeitou o cobertor ao redor do corpo de Mathinna. A placa que usava ao redor do pescoço bateu na bochecha da menina.

Mathinna ergueu a mão e encostou nela.

— Está incomodando?

— Eu não ligo. Estava tentando ver o que está escrito.

Hazel a segurou em sua frente.

— É um número. Um, sete, um. Eles nos obrigam a usar essas placas no navio. Assim, se alguma de nós desaparece, eles têm como saber.

Mathinna assentiu.

— Sua amiga sumiu?

— Bem, ela caiu do navio. Então, acho que sim. — Hazel retirou a toalha da testa de Mathinna e encostou sua mão no local. — A febre baixou. Feche os olhos. — Ao colocar outra toalha na testa da menina, Hazel a olhou durante um tempo. — Vou lhe contar um segredo. Logo antes de morrer, minha amiga teve um bebê. Uma menina. Ruby. Ela é minha agora. Eles a levaram para o orfanato Queen's, mas eu vou pegá-la de volta quando receber minha passagem para ir embora. — Ela passou o dedo na ponta amassada da placa. — É um lugar horrível, aquele orfanato.

— Eu sei — falou Mathinna. — Minha irmã morreu lá.

— Morreu? — Hazel respirou fundo. — Eu sinto muito.

— Foi antes de eu nascer.

Hazel sacudiu a cabeça lentamente.

— Ruby tem que sobreviver. Não sei o que vou fazer se ela não conseguir.

Depois que Hazel saiu do quarto, Mathinna fechou os olhos. Ela pensou em todas as pessoas que havia perdido. Na irmã que nunca conhecera e em seus pais, mortos há tanto tempo. Em seu padrasto, Palle, parado na cordilheira da ilha de Flinders enquanto ela ia embora de barco. Será que ele pensava nela? Será que se preocupava? Ela queria poder dizer a ele que estava bem, mas não tinha como contatá-lo. E, além disso, ela não sabia se estava bem mesmo.

RESIDÊNCIA DO GOVERNO

Hobart Town, 1842

Mathinna estava sentada na edícula da cozinha uma manhã praticando tabuada em uma lousa, uma semana depois que os Franklin haviam retornado de Launceston, quando a sra. Crain apareceu na porta.

— Bom dia, Mathinna. Lady Franklin requer sua presença sala de estar vermelha.

Ela ergueu os olhos, o coração disparado no peito. Lady Franklin não solicitava sua presença desde o dia do baile.

— O que ela quer comigo?

A sra. Crain pressionou os lábios.

— Ela não disse. E não é seu papel perguntar.

Ela não deixou que seus olhos encontrassem os de Mathinna.

As cortinas bordadas da sala estavam fechadas. Os lampiões a óleo faziam sombras estranhas. Mathinna teve que forçar os olhos para enxergar a figura de sir John, parado ao lado da estante de livros, virado de costas, as mãos entrelaçadas atrás, imóvel como uma gárgula. Lady Franklin estava sentada em uma cadeira, com um atlas aberto em seu colo.

— Entre, entre. Sra. Crain, a senhora pode ficar. Não vamos demorar muito. — Ela fez um sinal impaciente com os dedos para Mathinna se aproximar. Ao fechar o livro, ela perguntou: — E, então, como você está? Melhor?

A pergunta só permitia uma resposta.

— Sim, lady Franklin.

— Como você está ocupando seu tempo esses dias?

— Ela estava estudando matemática quando a encontrei, madame — reportou a sra. Crain.

— Ah, que bom, Mathinna. Eu não esperava por isso, na ausência de Eleanor.

— Não há nada melhor para fazer — respondeu Mathinna, emburrada. Ela nunca falava com lady Franklin nesse tom, mas não fazia muito sentido ser gentil agora.

Lady Franklin não pareceu perceber. Ela deu uma leve risada.

— O tédio é um grande motivador, eu sempre digo. Sabe, Mathinna, há quem acredite que uma educação de alto padrão está além da capacidade do seu povo. Talvez você esteja provando que essas pessoas estão erradas. É claro, há certas... limitações quanto ao que se pode ser ensinado e ao progresso que se espera. Não tenho dúvida de que está sendo tão frustrante para você quanto para nós. Nós certamente tentamos... duas vezes. — Dirigindo-se ao marido, ela perguntou: — Você gostaria de participar dessa conversa, sir John?

Sem se virar, sir John respondeu:

— Eu gostaria que você continuasse de uma vez.

Mathinna olhou para as costas dele. Pensou nas caminhadas matinais dos dois. Pensou na cacatua. *Nós dois não falamos a mesma língua.*

Lady Franklin juntou as mãos.

— Mathinna, em alguns meses, nós, digo sir John e eu, com Eleanor, é claro, voltaremos para Londres. Sir John foi requisitado. E, depois de pensarmos bastante e debatermos com o médico da nossa família, nós decidimos, com relutância, que será melhor para você permanecer aqui. Para sua saúde.

Então. Aquilo estava acontecendo. Eles a estavam abandonando. De certa maneira, era um alívio ter essa certeza. Ainda assim, Mathinna sentiu uma pontada de raiva pela desculpa esfarrapada. Onde eles estavam quando ela estava deitada na cama, doente e sozinha? Os Franklin haviam retirado Mathinna do único lar que ela conhecia, e ela não havia reclamado; tinha feito tudo o que eles pediram. Mas ela só importava para eles como um experimento. Agora que o experimento havia falhado, eles não precisavam mais dela. Ela queria que eles se sentissem um pouco desconfortáveis, era o mínimo.

— Minha saúde? — retrucou ela. — Eu estou bem melhor, senhora.

— Entretanto, seu episódio de pneumonia é motivo de preocupação. O dr. Fowler concluiu que você tem um pulmão fraco. Que é melhor se tratado em temperaturas amenas, como aqui.

— O dr. Fowler não me examinou.

De forma abrupta, sir John se virou para encará-las. Ele pigarreou.

— É um fato científico que os aborígenes têm desvantagens de características orgânicas em regiões mais frias.

— Infelizmente é verdade — concluiu lady Franklin. — A Inglaterra não é lugar para um nativo.

— Aqui é frio, às vezes — retrucou Mathinna.

O pescoço de lady Franklin estava vermelho.

— Isso não está aberto para debate. Nossa decisão já foi tomada.

Mathinna olhou fixamente para ela.

— Vocês estão se livrando de mim porque acham que eu sou selvagem, como Timeo.

Lady Franklin deslizou os olhos para sir John.

Ele se virou de volta para a estante de livros.

Mathinna ergueu o queixo.

— Quando eu voltarei para a ilha de Flinders, então?

Lady Franklin respirou fundo.

— Nós estamos tomando providências quanto aos seus cuidados e avisaremos assim que soubermos o que foi decidido. Agora, sra. Crain, pode levar Mathinna de volta para os deveres de matemática. Vou começar a planejar nossa viagem.

— Simplesmente assim! — exclamou a sra. Wilson, estalando os dedos. — De volta à Inglaterra! E, agora, todas nós estamos nos perguntando se o novo governador vai manter os empregados ou dispensar todo mundo. Estou à beira de procurar emprego em outro lugar e deixar que eles se virem para se alimentar nos próximos dois meses.

Hazel estava espremendo ervas com um pilão.

— Seu erro foi achar que em algum momento eles sequer pensaram em você. — Virando-se para Mathinna, ela perguntou: — E o que será de você?

— Serei enviada para a ilha de Flinders.

A sra. Wilson sorriu e sacudiu a cabeça.

— Não acho que isso vá acontecer. Orfanato Queen's, ouvi dizer. Talvez sejam rumores.

Em uma manhã, depois do café, algumas semanas depois, Mathinna voltou ao seu quarto para pegar um livro. Quando abriu a porta, deu um passo para trás, surpresa. O quarto estava cheio de luz. Ela foi até a janela e olhou para o jardim. Atrás dele, o bosque de eucaliptos e sicômoros. Ela esfregou a ponta da moldura da janela, sentindo os buracos onde estavam os pregos. Ao se virar, ela observou o quarto. Todo o resto parecia normal. Seus livros estavam na prateleira. A cama como ela havia deixado, arrumada com esmero. Ela abriu a primeira gaveta da cômoda.

Vazia.

Depois a segunda, e a terceira.

Abriu o armário. Todas as suas roupas tinham desaparecido, exceto o vestido vermelho, pendurado, abandonado em um cabide.

— Sim, minha querida, hoje é o dia — afirmou a sra. Crain, sua voz soando falsamente animada enquanto Mathinna a seguia até a sala de jantar principal. — Nós arrumamos um belo baú com todos os seus sapatos e vestidos. A pele de marsupial que você trouxe também está lá dentro. E você vai encontrar uma torta de carne e uma maçã naquela cesta antiga. O condutor chegará aqui em breve, portanto, você deve se apressar e se despedir de... bem, de quem você quiser.

— Onde estão lady Franklin e sir John?

— Na rua, acredito. Um compromisso prévio. Mas eles pediram que eu lhe dissesse que... — Pela primeira vez, a sra. Crain pareceu se enrolar com as palavras. — Bem, que eles têm certeza de que essa decisão... esse próximo passo... é o certo a fazer. Para você e para eles. Para todos nós, sinceramente. E que precisamos encarar os desafios adiante com... com coragem.

Quando Mathinna deixou a sala de jantar e saiu pela entrada de pedras na frente da casa, ela encontrou uma carroça de madeira aberta dos dois lados, com um pequeno baú e sua cesta de junco. O condutor, que vestia um casaco remendado, estava apoiado em uma das rodas. Ao vê-la, ele assentiu.

— Não há como confundi-la. Pronta?

— Você está aqui para me levar? — perguntou ela, surpresa. Ela nunca havia andado em uma carroça.

— Você é a única garota negra aqui, certo? Está indo para o orfanato?

A sra. Wilson estava certa. Ela sentiu um calafrio correr seus ossos.

— Tem uma tábua no fundo — disse ele, vendo o arrepio dela. — Você não precisa se sentar no feno.

— Ah. — Estava difícil engolir. — Eu... eu soube que teria tempo para me despedir.

Ele deu de ombros.

— Fique tranquila. Não tenho nenhuma pressa para voltar para aquele lugar.

Hazel estava no pátio mais distante da casa, pendurando roupa no varal. Quando Mathinna disse a ela que estava indo embora, ela largou as roupas úmidas dentro da cesta.

— Agora?

— Tem uma carroça lá na frente.

— Uma carroça. — Hazel sacudiu a cabeça.

— Eles vão me enviar para o orfanato. — Mathinna sentiu seu coração apertar, como se estivesse sendo esmagado. — Eu estou... estou com medo.

— Eu sei que está — falou Hazel, respirando fundo. — Mas você é uma menina forte. Não será tão ruim assim.

— Você sabe que será — retrucou Mathinna com a voz baixa.

Os olhos de Hazel encontraram os dela. Ela sabia.

— Eu vou lá aos domingos ver a Ruby. Vou tentar encontrar você.

— Mas eles não vão deixar, vão?

Hazel inclinou a cabeça. E depois assentiu na direção de um barril.

— Sente aqui um minuto. Eu já volto.

Mathinna se sentou no barril, olhando para os eucaliptos com suas folhas em formato de pequenos chapéus e flores brancas esparsas, as nuvens atrás, feito algodão doce. Um papagaio apareceu em um arbusto perto dela e inclinou a cabeça, os olhos pretos como sementes. De repente, ele se lançou no ar, um rastro vermelho no céu.

— Tenho uma coisa para você. — Hazel estava ao seu lado agora, no barril. — Vou colocar isso no seu bolso. — Ela sentou-se mais perto, e Mathinna sentiu um puxão em seu avental. — Coloque as mãos aí dentro.

Eram... pequenas conchas. Todas juntas. Um monte delas. Ela olhou para Hazel.

— Os três colares. Sim, eu roubei. Duvido que lady Franklin repare. De qualquer forma, eu não me importo. Eles pertencem a você. — Ela segurou a mão de Mathinna. — Eu quero lhe dizer uma coisa.

Mathinna olhou para baixo, para sua mão de pele escura na mão clara e com sardas de Hazel. Elas eram quase do mesmo tamanho.

— Minha amiga, aquela que morreu, me ensinou um truque para enganar a mente quando estamos aflitas. Você se imagina sendo uma árvore, com todos os anéis dentro. E cada anel é alguém que você ama ou um lugar onde esteve. Você carrega todos eles aonde quer que vá.

Mathinna lembrou do que sua mãe dissera sobre pensar em si mesma como o fio de um colar, as pessoas e lugares como conchas preciosas. Talvez Wanganip e Hazel estivessem dizendo a mesma coisa: que se você ama uma coisa, ela permanece com você, mesmo depois de ter ido embora. Sua mãe e seu pai e Palle... a cordilheira pontuda e a areia branca da praia da ilha de Flinders... Waluka... a irmã que nunca conheceu. E até Hazel. Cada um era uma concha separada. Todas reunidas nos anéis.

Talvez ela fosse sempre ficar sozinha e isolada. Sempre em transição, a caminho de algum outro lugar, nunca de fato pertencendo a lugar nenhum. Ela sabia demais e muito pouco sobre o mundo. Mas o que sabia carregava com unhas e dentes. O amor de sua mãe. O aconchego dos braços do seu padrasto. O calor de uma fogueira. A sensação de seda do trigo encostando no seu tornozelo. Ela já tinha visto um pedaço comprido de terra do mar aberto e aprendido a velejar. Sentido a pronúncia de diferentes línguas em sua boca e usado um vestido de cetim escarlate. Posado para um retrato como filha de um chefe, que era de fato.

Ela sentiu seu medo se desfazendo, como um punho fechado se abrindo. Era como se estivesse diante de um precipício e, de repente, desse um passo à frente. Não havia sentido ter medo. Ela já estava caindo, caindo pelos ares, e seu futuro, seja lá o que guardasse, estava correndo ao seu encontro.

HAZEL

"Bela como era, havia sido construída com sangue, como podemos dizer de toda a estrutura civilizada desta ilha."

— Oline Keese, *The Broad Arrow: Being Passages from the History of Maida Gwynnham, a Lifer,* 1859 [A flecha larga: passagens da história de Maida Gwynnham, condenada à prisão perpétua]

HOBART TOWN

Terra de Van Diemen, 1842

Com a data de partida dos Franklin se aproximando, Hazel passava os dias arrumando roupas de cama e banho em baús de cedro, embalando peças de porcelana em panos, catalogando objetos de prata e estatuetas, e enchendo caixas de madeira.

As empregadas condenadas foram comunicadas de que não teriam mais emprego quando os Franklin partissem. O novo governador poderia querer ou não utilizar a mão de obra de Cascades. Costumava ser uma surpresa para a alta sociedade recém-chegada da Grã-Bretanha que condenadas, que nem eram ex-condenadas, trabalhassem em suas casas, uma vez que as condenações variavam de vadiagem a assassinato. Mas a mão de obra de pessoas livres vinha com algumas questões. Era preciso pagá-las, primeiro de tudo. E diferente da mão de obra das prisioneiras, se elas decidissem abandonar o trabalho não havia muito o que fazer para impedi-las.

— As condenadas só podem visitar os próprios filhos — disse o guarda para Hazel no orfanato Queen's, quando ela perguntou sobre Mathinna. — Até isso é um privilégio.

— Mas eu era babá dela na residência do governador Franklin — retrucou ela, aumentando um pouquinho a verdade.

— Isso é irrelevante.

— Eu prometi que iria visitá-la. Para garantir que ela está bem.

— Se você continuar insistindo, será impedida de ver sua filha também.

Ela tentou uma última vez:

— Eu disse aos Franklin que ficaria de olho nela.

— É improvável. Além disso, lady Franklin esteve aqui há poucos dias — avisou o guarda, fazendo um aceno para enxotá-la.

Hazel ficou chocada.

— Esteve? Para quê?

— Ela não disse. Vai saber… Talvez ela tenha… reconsiderado. De qualquer forma, a garota se converteu tanto ao seu estado selvagem natural, em tão pouco tempo, que lady Franklin optou por ir embora sem vê-la.

— O que quer dizer com seu "estado selvagem natural"?

O guarda sacudiu a cabeça e estalou a língua.

— É um erro tentar civilizar os nativos. Os Franklin tinham boa intenção, sem dúvida, mas o resultado é uma criatura que possui tanto a beligerância natural da sua raça quanto uma postura precoce atípica e incomum. Em um intervalo de apenas alguns dias, ela se tornou bastante incontrolável. Tivemos que separá-la das outras crianças.

— Mas ela tem só onze anos.

O guarda deu de ombros.

— É uma pena, mas não tivemos alternativa.

Vários domingos depois, quando Hazel estava esperando com um grupo de mães condenadas no portão principal de Cascades para iniciar a caminhada até o orfanato, a matrona a puxou de lado.

— O superintendente precisa vê-la agora.

— Mas eu estou indo visitar a minha filha.

A matrona não respondeu; simplesmente se virou na direção da sala do superintendente. Hazel hesitou. Mas sabia que não podia desobedecer.

Dentro da sala, o sr. Hutchinson estava de pé atrás da sua mesa.

— Nós recebemos uma carta anônima, srta. Ferguson, informando que você não é quem alega ser.

Ela ficou confusa. Sua cabeça pareceu flutuar.

— O quê, senhor?

— Você não é a mãe da criança que alega ser sua.

Hazel parou de respirar.

— Mas vocês têm… vocês têm a certidão de nascimento. — Sua voz saiu como um pio.

— Temos, sim. Portanto, fizemos uma investigação. As condenadas e os marinheiros com quem conversamos falaram que em nenhum momento durante a travessia você esteve grávida. Uma condenada com quem você era frequentemente vista — ele moveu os óculos para a ponta do nariz enquanto consultava o papel em cima da mesa à sua frente —, a srta. Evangeline, esteve, de fato, grávida. E... onde está... — Ele vasculhou pela mesa. — Ah, sim. A certidão de óbito. Ela foi assassinada, aparentemente. Houve uma investigação e... sim, aqui está. Um membro da tripulação, Daniel Buck, foi condenado pelo crime. Ele foi preso no navio e, mais tarde, recebeu a sentença de prisão perpétua. Você, srta. Ferguson, deu uma declaração como testemunha. — Ele virou o relatório na direção dela, do outro lado da mesa. — Esse é o seu nome?

Era o nome dela. Hazel assentiu.

— Você não testemunhou o que viu?

— Sim. — Ela abaixou a cabeça.

— Você não informou que estava presente no quarto quando a srta. Stokes deu à luz — ele consultou o papel — uma menina saudável?

Hazel não conseguia falar. Ela ficou parada na frente dele, tremendo.

— E então, prisioneira?

— Sim, informei — respondeu ela em voz baixa.

Ele colocou o relatório em cima da pilha de papéis.

— A evidência é inegável. Você declarou ser mãe da criança para receber tratamento preferencial, para receber permissão para ficar com a menina em vez de ser enviada para trabalhar fora da prisão.

Seu coração estava disparado agora, parecendo que ia explodir.

— Fiz isso para salvar a vida da bebê.

— Você amamentou essa criança, prisioneira?

— Não, senhor, mas...

— Então não pode alegar que salvou a vida dela. As mulheres, eu imagino, que a amamentam têm mais legitimidade para fazer essa alegação do que você.

— Mas, senhor...

— Você nega essas acusações?

— Por favor, deixe-me explicar.

— Você nega as acusações, prisioneira?

— Não, senhor, mas...

O superintendente ergueu a mão. Olhou para a matrona e de volta para Hazel.

— Você está sentenciada a três meses de prisão na ala criminal, dos quais quinze dias serão em confinamento na solitária.

— Mas... a minha filha...

— Conforme estabelecemos, a criança não é sua filha. Seus direitos de visita estão revogados.

Hazel olhou para o superintendente e para a matrona com os olhos cheios d'água. Como isso podia estar acontecendo?

Dois guardas a seguraram com força pelos braços e a arrastaram pelo grupo de mulheres com quem ela esperava minutos antes, que agora olhavam para ela em choque.

— Por favor — implorou ela —, digam à minha filha... — A voz dela desapareceu. Digam à minha filha o quê? Que eu não sou a mãe verdadeira dela? Que talvez eu nunca mais a veja? — Digam a ela que eu a amo. — E desabou em lágrimas.

Na ala criminal, a matrona entregou a Hazel um carretel de linha amarela e uma agulha e a instruiu que bordasse a letra C, de "criminal", na manga da sua roupa, na barra da anágua e nas costas do seu uniforme. Hazel se sentou em um barril e abaixou a cabeça para realizar a tarefa. Era difícil passar a linha pelo tecido grosso e ela furou o dedo várias vezes. Quando terminou, o fio amarelo estava manchado de sangue. A matrona gesticulou para que ela se levantasse. Dois guardas seguraram Hazel pelos braços enquanto um terceiro sacou uma tesoura enorme.

— Cuidado com essa daí — pediu a matrona. — Cortem reto.

— Por que isso importa? — perguntou o guarda com a tesoura. — É só pra misturar com barro para fazer tijolos.

A matrona passou a mão no cabelo espesso e ondulado de Hazel.

— Acho que pode virar uma peruca. Cabelo ruivo está na moda agora, sabia?

As celas da solitária ficavam nos fundos da ala criminal, separadas do resto da ala por um muro de pedra. Os guardas entregaram a Hazel um cobertor com cheiro azedo e repleto de pulga e a deixaram em uma cela estreita com uma janela gradeada acima da porta, por onde entrava uma luz filtrada fraca. Largaram um balde pesado no chão cheio de estopa, um composto calafetado usado para tapar buracos em navios. A estopa era feita de corda de cânhamo, explicou um dos guardas, misturado com piche e cera e coberto com sal. A tarefa de Hazel era separar os fios afrouxando as cordas e depois retirar as fibras e colocá-las em um balde de metal.

— Mãos à obra! Se você não separar dois quilos por dia, tomará uma surra de vara — avisou ele.

O outro guarda jogou um pedaço de pão mofado no chão.

— Se estiver de pé quando abrirmos a porta amanhã de manhã, você poderá sair para o pátio por alguns minutos — disse ele ao sair. — Se estiver deitada, ficará aqui dentro o dia inteiro. — Eles a trancaram lá dentro com uma chave mestra.

A cela era fria e mortalmente silenciosa como uma tumba. Hazel tremia em seu manto encostada na parede de pedra na escuridão, e jogou o cobertor oleoso sobre os ombros. Ela ouviu o barulho de martelos e as vozes ecoantes de condenados no pátio ao lado, trabalhando na expansão da prisão. Sentiu cheiro de resíduo de excrementos no balde no canto da cela, mofo subindo pelas paredes, o sangue da própria menstruação. Ela apalpou sua placa oval ao redor do pescoço, tateando os números com os dedos: 1-7-1.

Ela pensou em Ruby no dormitório do orfanato, esperando pela chegada dela em vão. Pensou em Mathinna, isolada em alguma sala sombria. Em Evangeline ao cair para a morte — um relance do vestido, os braços voando no ar.

Ela não tinha feito bem algum a nenhuma delas.

Hazel bateu a cabeça contra a parede. Ela gritou e desabou em lágrimas até um guarda bater na porta da cela, mandando-a ficar quieta, ou ele mesmo faria isso.

De manhã, seu cobertor estava parcialmente congelado. Quando ouviu um sino e o barulho de cadeados sendo abertos, Hazel lutou para ficar de pé.

As pedras do pátio eram traiçoeiras cobertas de gelo. Sua visão estava embaçada, seus membros tensos e doloridos, seus pés bambos conforme ela cambaleava para a frente e para trás.

Pelo resto do dia, ela se sentou na escuridão da sua cela, separando estopa. Conforme seus dedos frios desenrolavam a corda, ela tentava ver a tarefa como um enigma em vez de uma punição, uma maneira de suportar os minutos. *Este vai aqui, esse vai lá.* Uma forma de fugir da tortura dos seus pensamentos. Mas ela não conseguia fugir. Não conseguia parar de pensar em Ruby, sozinha em sua cama, pensando por que sua mãe não tinha aparecido. Hazel fervilhava como uma chaleira em fogo baixo, separando a estopa e pensando em quem a havia traído. Qual das suas colegas de prisão estava com tanta inveja, com tanta gana de vingança, que desejara arruinar a vida de uma criança?

Suas mãos rachavam e sangravam. Sal penetrava nos cortes; parecia que estavam pegando fogo. Ela tentou aguentar a dor como ensinava às mulheres em trabalho de parto: pensar naquilo como parte delas, tanto quanto seus membros. Sem a dor, ela não poderia completar a tarefa. Ela precisava ouvir a dor, respirar em meio a ela. Ficar atenta aos altos e baixos. Existir dentro dela.

No fim do dia, um guarda apareceu para pesar o balde.

— Dois quilos — disse ele. — Exatamente.

Às vezes, ela fazia um som só para ouvir algum barulho. Batia na parede. Tamborilava os dedos no balde de água. Cantarolava. Quem sabe assim ela conseguisse trancar os sons dentro da sua cabeça, junto com o medo, a solidão e a culpa.

Era possível ficar maluca ali. As pessoas ficavam.

Ela se lembrou de coisas que achou que tivesse esquecido. Murmurava trechos de *A tempestade* que havia decorado no navio.

Já houve tempo em que eu era o homem da lua.

Podeis me recusar por companheira, mas vossa criada poderei ser sempre

Quer o queirais, quer não.

Ficou vazio todo o inferno

Os demônios...

Quem me dera que os olhos, a um só tempo

Se me fechassem e estes pensamentos.

Até as rimas infantis que ela cantava para Ruby, aquelas que a faziam se arrepiar toda: *E era rosa rosada...*

Às vezes, a caminho do trabalho ou deitadas na rede à noite, as mulheres condenadas cantavam um lamento que Hazel considerava piegas. Mas agora, em sua cela escura, ela cantava a canção em voz alta, afundando-se em autopiedade:

Eu trabalho todos os dias com tristeza e dor
E as noites passo acordada
Minhas labutas constantes não são recompensadas
E miserável é a empregada condenada.
Ah, será que eu poderia mais uma vez ser livre
E nunca mais ser aprisionada
Mas eu procuraria um trabalho honesto
E nunca me tornaria uma empregada condenada.

Ela passava as unhas quebradas pelos braços. Não obtinha sequer a satisfação de ver o sangue escorrendo. Mas sentia o cheiro e a textura grudenta em sua pele. Pensava com frequência em sua mãe mandando- -a para rua, para roubar. Lembrou de todas as vezes em que sua mãe a obrigou a roubar rum, ou algo que pudesse trocar por rum.

Naquela última vez, ela roubou para sua mãe uma colher de prata.

Como uma mãe podia fazer isso com sua filha? A raiva de Hazel era como um carvão em chamas abrindo um buraco no meio do seu peito. No escuro, no frio, ela o alimentava, sentindo seu brilho.

Quando o guarda abriu a porta na manhã seguinte, ela o viu recuar ao ver seus braços sob o manto puído. Ela olhou para baixo, para os caminhos de sangue seco, depois se virou para ele e sorriu. Que bom. Veja minha dor.

— Você está machucando somente a si mesma, *lassie* — disse ele, sacudindo a cabeça.

A primeira vez que sua mãe ficou bêbada demais para ajudar uma mulher a parir, Hazel tinha doze anos e sabia o que fazer. Sempre aprendeu rápido.

— Nada passa batido diante dos seus olhos — dizia sua mãe, não necessariamente um elogio. Era verdade; quando algo entrava em sua cabeça, ela não esquecia mais. Durante anos, acompanhara a mãe às casas e cabanas de mulheres em trabalho de parto, pois, se não o fizesse, era deixada sozinha em casa. Ela prestava bastante atenção quando a mãe fazia pastas e poções, reparando em cada erva que era misturada com cada líquido, em como fazer uma pomada ou um tônico ou um remédio. Sua mãe permitia que ela ficasse no quarto, para pegar água e triturar as ervas. Ela aprendeu a distinguir as dores e a prever o mais esperado dos choros: o de um bebê recém-nascido.

Sozinha com aquela grávida agitada, Hazel ferveu panos e a deixou confortável, mostrando a ela como respirar e acalmando seus medos. Ela disse à mulher quando fazer força e quando parar. Levantou o recém-nascido escorregadio e o colocou na barriga da mãe para cortar o cordão umbilical, e então ensinou à mulher como amamentar.

Um menino. Chamado Gavin, ela lembrou, em homenagem ao seu pai inútil.

Foi naquele dia que Hazel soube que seria parteira. Ela levava jeito, como a mãe.

Agora, sentada na escuridão, separando fios de corda, ela pensava em todas as condenadas em outras celas, cada uma remoendo suas próprias dores e tristezas. Esse lugar era repleto de mulheres com infâncias desgraçadas, que haviam sido usadas e abusadas, que não se sentiam amadas. Eram amargas e rancorosas, e não conseguiam se desprender de suas mágoas, da indignação de terem sido traídas. Que não conseguiam perdoar. A verdade era que Hazel poderia alimentar seu próprio carvão em chamas até o dia de sua morte, mas que bem isso faria? O calor emanado dele não era suficiente.

Era hora de deixá-lo ir embora. Ela não era mais uma criança raivosa. Não queria mais carregar aquele carvão incandescente; estava pronta para se livrar dele. Sim, sua mãe havia sido egoísta e irresponsável; sim, ela a mandou para as ruas para roubar e virou as costas quando a própria filha foi presa. Mas ela também lhe ensinara as habilidades que a salvariam.

O guarda, aquele desgraçado insensível, estava certo: Hazel estava machucando somente a si mesma.

No final do décimo quarto dia, quando a porta da cela se abriu, Hazel estava toda encolhida em um canto. Ela esfregou os dedos manchados de piche e piscou com a luz.

— Isso aqui está parecendo a toca de uma raposa — disse o guarda, puxando-a para fora pelo braço.

CASCADES

1842

Embora fosse melhor do que a solitária, a vida na ala criminal era uma versão própria de inferno. Hazel se juntou a uma fila de prisioneiras debruçadas em bacias de pedra espalhadas ao longo das paredes sob a luz cinza do inverno. O trabalho não tinha fim. Elas não só eram responsáveis por esfregar as roupas das prisioneiras, mas tinham também que lavar as roupas e lençóis dos navios, do hospital e do orfanato. Com cabos de vassoura, elas pescavam os lençóis encharcados de dentro de uma bacia com água quente, afundavam-nos em uma de água morna para retirar o sabão e depois em uma de água fria — três içadas pesadas. De pé com água até o tornozelo que caía das bacias, elas passavam os lençóis por um espremedor: dois rolos e uma manivela manual. Outro grupo pendurava os itens molhados em meia dúzia de varais esticados no meio do pátio. Lá, as poças de água logo se transformavam em lama.

As mulheres ficavam ensopadas da manhã até a noite. Tremiam de frio. Seus dedos machucados pelo trabalho de separar estopa enrijeciam na água e sangravam nos lençóis grossos. Elas não podiam falar; comunicavam-se basicamente com expressões faciais e gestos. Trancadas dentro de celas de pedra durante a noite por mais de doze horas, elas se amontoavam para combater o frio, como ratos em um esgoto. Duas vezes por dia, elas eram repreendidas pelo capelão em uma capela pequena e escura, separadas das outras condenadas:

Sobre os ímpios ele fará chover brasas de fogo e enxofre, e um vento tempestuoso; eis a porção de seu cálice.

A Terra tremerá diante deles; os céus estremecerão: o sol e a lua escurecerão, e as estrelas retirarão seu brilho.

Algumas das mulheres se rendiam ao desespero. Era possível ver em seus olhos: uma névoa de fumaça. Elas paravam de estender a tigela de comida ou de tentar garantir um espaço nas banheiras. Todos os dias, uma delas era encontrada inconsciente, caída sobre uma pilha de algo. Quando os guardas chegavam com comida, arrastavam o corpo para um canto no pátio e largavam lá durante horas, às vezes dias, antes de descartá-lo.

O único jeito de enfrentar tudo aquilo, Hazel observava, era simplesmente... se deixar levar. Ela não podia pensar; só precisava reagir. Se pensasse demais, ficaria paralisada de medo, e isso não lhe faria bem algum.

Hazel tentava não pensar em Ruby, sozinha no orfanato. Ela concentrava sua atenção na roupa encharcada, nas manchas e sujeiras, na barra de sabão em sua mão. Água quente, água morna, água fria, espremedor. Assim que terminava uma peça, começava outra. Ela não retrucava quando era provocada pelos guardas. Quando precisava se mexer, fazia de um jeito discreto, como um gato. No horário das refeições, ela se encaminhava na direção do mingau sem chamar atenção. Ficava o mais quieta que conseguia. Isso, ela descobriu, era o truque: você não precisava reagir a cada pequena coisa. Só precisava existir. Deixar que sua mente flanasse sobre um fogo baixo.

Uma manhã, depois de um mês na ala criminal, Hazel ergueu os olhos da bacia e viu Olive vindo em sua direção. Ela se sentou nos calcanhares, surpresa.

Olive sorriu.

— Olá.

— O que você está fazendo aqui? — sussurrou Hazel.

O guarda olhou firme para elas. Hazel colocou o dedo sobre os lábios. Olive se ajoelhou ao lado da bacia.

— Eu precisava ver você, então assobiei durante a revista. Como imaginei: três dias na lavanderia. — Olive olhou ao redor. — Não acredito que estou de volta nesse buraco.

Ela olhou para o guarda. Hazel seguiu o olhar. Uma condenada tinha escorregado na lama e ele a estava ajudando a se levantar do chão.

— Você precisava saber — afirmou Olive, baixinho. — Buck é o motivo por você ter perdido Ruby. Ele fez com que um amigo dele do navio abrisse o bico para o Hutchinson.

A boca de Hazel ficou seca.

— Como você sabe?

— Buck esteve aqui. Com uma equipe, construindo celas novas. Ele estava tagarelando sobre isso. O problema é que ele fugiu. Escalou o muro.

— Vocês duas, já chega — gritou o guarda. — Vamos, levantem! — exclamou ele, rabugento, cutucando com o sapato a mulher na lama enquanto ela se esforçava para levantar.

Olive afundou as mãos na água e trincou os dentes.

— Tinha esquecido como esse lugar é gelado. — Ao retirar as mãos fazendo um estardalhaço, ela continuou: — Ele está por aí afora, falando sobre vingança pra quem quiser ouvir. Diz que é só uma questão de tempo.

Hazel lembrou do jeito que os olhos de Buck a fuzilaram quando ela estava diante do capitão do navio, contando a ele o que tinha visto.

— Ele quer Ruby. Anda perguntando sobre ela, tentando encontrar alguém para retirá-la do orfanato.

O coração de Hazel disparou.

— Não. Eles não vão permitir. Eu sou a...

Olive inclinou a cabeça.

— Só que não é. Certo?

Hazel olhou para as paredes de pedra que se erguiam ao seu redor. As roupas pingando água congelada. A mulher ainda jogada sobre as pedras no chão. Buck estava lá fora, tentando pegar Ruby, e ela estava aqui dentro. Presa.

Durante o dia todo, enquanto remexia a roupa suja, trocava de balde e passava cada peça pelo espremedor e depois pendurava no varal, ela reviveu a situação em sua mente. Deitada na esteira de palha na cela de pedra naquela noite, ela ficou olhando para o teto, na escuridão. Será que alguém estaria disposto a intervir? A sra. Crain? A sra. Wilson? Maeve? Uma das mães com um filho no orfanato? Ela pensou na impossibilidade quando quis ver Mathinna e foi tomada por desespero.

As mulheres condenadas são impotentes. As pessoas com poder não tinham motivo para ajudar.

Exceto... talvez...

Ela se sentou, acometida por uma ideia.

Na manhã seguinte, Hazel pegou a plaquinha de latão ao redor do seu pescoço. Ao pressioná-la nas mãos de Olive, disse a ela o que fazer.

Seis semanas depois, quando Hazel foi solta da ala criminal, Olive a estava esperando.

— Está feito — avisou ela.

As mulheres autorizadas a trabalhar estavam enfileiradas no pátio principal comprido e estreito em duas filas, uma de frente para a outra. Batendo os pés no chão alternadamente, nervosa, Hazel observou o rosto dos cidadãos livres enquanto entravam pelo portão de madeira. No fim da fila havia um homem em um sobretudo preto, calça cinza-claro e chapéu preto. Seu cabelo escuro cacheado caía sobre o colarinho da camisa e ele tinha uma barba curta.

Ao adentrar o pátio, ele retirou o chapéu e ajeitou o cabelo. Hazel engoliu seco.

Era Dunne.

Quando ele olhou para as filas de mulheres, Hazel encontrou seus olhos. Ele ergueu a sobrancelha, em confirmação.

Um homem com papada e botas de couro brilhantes havia parado na frente dela.

— Já trabalhou como cozinheira?

— Não, senhor — murmurou ela.

— Sabe costurar?

— Não.

— É boa na lavanderia?

— Não muito, senhor.

— O que é isso, prisioneira? — perguntou o homem em voz alta, olhando ao redor para ver se alguém testemunhava sua insolência.

— Não sou boa na lavanderia. Senhor.

— Você nunca foi empregada?

Ela sacudiu a cabeça em negação.

— Garota inútil!

— Como é o seu bordado? — perguntou a pessoa seguinte da fila, uma camareira mais velha e corpulenta.

— Terrível, madame — respondeu Hazel.

A mulher torceu o nariz e seguiu adiante.

Por fim, Dunne estava parado na sua frente. Ela não ousou erguer os olhos.

— Seu cabelo está curto — disse ele em voz baixa, dando um passo mais para perto. — Eu quase não a reconheci.

De um jeito inibido, ela encostou na nuca.

Ele pigarreou e deu um passo para trás.

— Tenho uma criança aos meus cuidados e preciso de alguém para tomar conta dela — disse ele. — Você tem alguma experiência, prisioneira?

— Tenho. — Ela levantou o olhar, em busca dos olhos dele, mas se lembrou dos modos. Olhando para baixo, acrescentou: — Senhor.

— De que tipo?

— Eu... eu trabalhei no berçário. Aqui, em Cascades.

— Você sabe cuidar de arranhões e de nariz escorrendo?

— Claro.

— Mau humor?

Ela sorriu.

— Sou especialista.

— Vou precisar de alguém que a ensine a ler. Você é letrada?

— "Podeis me recusar por companheira, mas vossa criada poderei ser sempre. Quer o queirais, quer não" — citou ela com ternura.

Ele fez uma pausa. O canto de sua boca tremeu.

— Vou considerar isso como sim.

Ela não conseguiu se segurar; sorriu de novo.

Ele pegou um lenço do bolso e deixou cair nos pés dela. Ela observou o lenço caindo, um quadrado branco límpido. Ao se agachar no chão, ela o pegou e acenou na direção do superintendente.

O sr. Hutchinson se aproximou.

— Bom dia, senhor... — disse ele para Dunne.

— Frum — respondeu ele. — Dr. Frum. Bom dia.

— Vejo que o senhor escolheu a srta. Ferguson. Para que tipo de tarefa? Se me permite a pergunta.

— Para cuidar de uma criança.

Hutchinson fez uma carranca.

— Algum problema, superintendente?

— Bem... devo lhe alertar, dr. Frum, que esta condenada talvez não seja a escolha mais adequada. Recentemente, ela foi enviada à ala criminal por um delito relacionado.

— Posso perguntar o que foi?

— Ela fingiu ser mãe para conseguir tratamento preferencial. Para trabalhar no berçário.

Dunne lançou um olhar observador para Hazel.

— E o que a mãe verdadeira disse sobre isso?

— A mãe verdadeira? Acredito que ela esteja falecida.

— E o pai?

— Eu... nada se sabe sobre o... pai — gaguejou Hutchinson.

— Então essa menina... qual é o seu nome? — perguntou Dunne inesperadamente, virando-se para Hazel.

— Hazel Ferguson, senhor.

— Essa menina, Hazel Ferguson, assumiu os cuidados de uma criança órfã.

— Bem, sim. Mas...

— Ela cuidou adequadamente da criança?

— Até onde sei, sim.

— Houve reclamações sobre a conduta dela?

— Não que eu saiba.

— E como superintendente, você saberia, certo?

— Acredito que sim.

Dunne deu um passo para trás.

— Bem, sr. Hutchinson, é precisamente essa experiência de ter cuidado de uma criança órfã que a qualifica para trabalhar comigo. Sua capacidade para fazer esse trabalho é meu único interesse.

O superintendente sacudiu a cabeça e suspirou.

— Se fosse o senhor, eu me preocuparia com o delito, doutor. Fingir ser outra pessoa. Há outras condenadas que...

— Eu acho — interrompeu Dunne —, que vou apostar minhas fichas na srta. Ferguson.

Hazel se esforçou para manter os olhos baixos e a postura submissa enquanto ele fazia as burocracias para sua alocação. Para ela, era como se eles estivessem conspirando para uma fuga ou um assalto. Quando ele acenou para ela se aproximar, ela o seguiu pelo portão de madeira com a cabeça baixa, como uma empregada condenada obediente. Seguiu-o pela rua até seu cavalo caramelo e sua pequena carruagem aberta de quatro rodas, e, quando ele assumiu o assento do condutor, ela subiu no banco traseiro. Sem olhar para trás, ele entregou a ela um pequeno envelope e então segurou as rédeas. Bateu no cavalo com um chicote de couro e eles seguiram pela rua.

Ela abriu o envelope. Dentro dele estava a plaquinha de Evangeline.

Era um dia frio do início da primavera. Um disco prateado de sol iluminava a grama dos dois lados da estrada com uma luz branca pálida. Galhos que pareciam cerdas subiam na direção de um céu todo pintado de vestígios de nuvens. Enquanto subiam a montanha até a rua Macquarie, Hazel olhou para trás, para as condenadas caminhando com dificuldade e em cima de carroças simples.

Dunne bateu o chicote de novo e o cavalo trotou adiante, deixando todos para trás.

HOBART TOWN

1842

Após algum tempo, eles saíram da extensa rua Macquarie e entraram em uma rua estreita com diversas casas, uma ao lado da outra. Quando chegaram em um chalé de arenito com telhado vermelho e porta da frente azul, Dunne encostou na calçada. Uma placa estava pendurada em um poste no jardim, com os dizeres: DR. CALEB DUNNE, MÉDICO E BOTICÁRIO. Parecia bastante isolada; a casa vizinha ficava escondida atrás de uma cerca alta.

Dunne saltou do assento do condutor e soltou o arreio, depois libertou o cavalo das rédeas e o prendeu em um pilar.

— Onde ela está? — perguntou Hazel, as primeiras palavras que falou desde que deixara Cascades.

Ele caminhou na direção dos degraus da frente da casa, fazendo um gesto para ela segui-lo.

Hazel prendeu a respiração enquanto subia os degraus e entrava na casa. Dunne, à sua frente, entrou em um quarto. Com o coração acelerado, ela correu atrás dele.

E lá estava ela: Ruby. Sentada no chão, construindo uma torre de blocos de madeira.

— Ah! — Hazel respirou fundo.

Ruby olhou para cima, com um bloco nas mãos.

Havia mais de quatro meses que Hazel a tinha visto. Ela tinha crescido incrivelmente. Seu rosto tinha afinado e alongado. Cachos castanhos desciam pelas suas costas. Ela olhou para Hazel por bastante tempo, como se não conseguisse reconhecê-la.

— Dê um tempo a ela — disse uma voz feminina.

Hazel levantou o olhar.

— Maeve!

A mulher estava sentada nas sombras de uma cadeira de balanço, segurando duas agulhas de tricô, uma pilha de lã em sua frente.

— Seja bem-vinda. Estávamos esperando por você.

— O que você está fazendo aqui?

Com um sorriso largo, Maeve levantou a mão e a encostou em sua trança branca.

— Fico feliz que o seu cabelo esteja crescendo.

— Um pequeno preço a pagar para conseguir isso aqui — falou Hazel, colocando um chumaço de fios para trás da orelha.

A atenção de Ruby tinha se voltado novamente para os blocos. Hazel se ajoelhou no chão e se aproximou. Quando entregou um bloco para Ruby, a menina o equilibrou com cuidado no topo da torre.

Hazel queria dar um abraço nela, mas tinha medo de assustá-la.

— Menina esperta.

— Esperta... mama — disse Ruby.

— Esperta, mama — repetiu Hazel, sorrindo em meio às lágrimas.

Dunne ficou parado ao lado de Hazel enquanto ela inspecionava seu consultório, passava os dedos pelos instrumentos, levantava as tampas dos remédios e os levava até o nariz, provava-os na ponta da língua. A morte de Evangeline, Dunne contou a ela, foi o limite para ele nos navios de exílio de prisioneiros. Mas ainda levou mais três viagens para conseguir juntar dinheiro suficiente para abrir uma clínica. Quase um ano atrás, ele se demitiu do seu posto de médico-cirurgião do *Medeia* e comprou esse chalé na rua Campbell, em Hobart Town, com três quartos, um galpão com uma cisterna e um jardim estreito nos fundos.

Há algumas semanas, uma carta sem remetente foi colocada debaixo da porta de Dunne, explicando que Buck havia exposto a mentira de Hazel e estava ameaçando sequestrar Ruby. A carta mencionava que Maeve, uma parteira, havia recentemente recebido sua carta de liberdade; se Dunne adotasse Ruby, talvez pudesse contratar Maeve para cuidar dela até que Hazel fosse solta da ala criminal.

Dunne marcou uma reunião com o supervisor do orfanato Queen's e se apresentou a ele como o pai de Ruby, dr. Frum. O supervisor pareceu aliviado em entregá-la aos cuidados dele; ela estava um pouco doente, segundo ele, e precisava de atenção médica que o orfanato não poderia prover. Uma morte a menos no currículo era sempre boa coisa. Assim que Dunne viu a criança, ficou claro para ele que ela estava com febre tifoide. Ele a trouxe para o chalé e montou um quarto em um cômodo ensolarado de frente para o jardim, e então contratou Maeve, que vivia em um abrigo na rua Macquarie. Os dois foram cuidando de Ruby e deixando-a saudável de novo. Logo, Maeve estava ajudando com afazeres em sua clínica: organizando os instrumentos cirúrgicos, transformando pedaços de pano em ataduras, recebendo pacientes. Ela não era letrada, mas conseguia lembrar cada detalhe das reclamações dos pacientes.

— Não acredito no quanto a Ruby cresceu — disse Dunne a Hazel. — Esses anos todos voaram.

— Para você, talvez — respondeu ela.

Na manhã seguinte, Hazel ficou diante da entrada de Cascades com as outras presas designadas para trabalhar fora. Quando Dunne chegou, ela subiu em sua pequena carruagem sem dizer uma palavra.

Ruby estava esperando na frente da casa quando eles chegaram.

— Você chegou! — exclamou ela.

Hazel queria gritar aos céus, pegar Ruby nos braços. Mas não fez nada disso.

— Claro que sim — disse ela discretamente, descendo da carruagem. — Eu prometi que voltaria, e aqui estou.

Durante o dia inteiro, as duas brincaram de esconde-esconde, construíram casas em miniatura com gravetos e folhas no jardim dos fundos da casa, leram histórias e beberam chá na cozinha.

Hazel mal podia acreditar na sua sorte. Ela podia passar seus dias com Ruby. Podia ser mãe dela.

No chão do quarto de Ruby havia uma casa de bonecas enorme. Dunne tinha visto na vitrine de uma loja, disse ele, e não resistiu. Tinha três andares e muitos quartos, com uma ala de criados no sótão.

— Vamos brincar — disse Ruby para Hazel. — Eu sou a dama. Você, a criada.

— Posso descer a escada, por favor, madame? — perguntou Hazel em uma voz aguda, com o polegar e o indicador ao redor da boneca no sótão. — Está muito escuro aqui em cima.

— Não — respondeu Ruby, como a dona da casa. — Você será punida.

— O que fiz de errado?

— Você falou demais durante o jantar. E correu pelos corredores.

— Quanto tempo devo ficar aqui em cima?

— Dois dias. E se for muito desobediente, vai tomar uma surra de vara.

— Ah. — Uma vara. O coração de Hazel congelou. — Mas eu estou sozinha. Como poderia ser desobediente?

— Você pode deixar respingar seu mingau. Ou molhar a cama.

— Todo mundo deixa o mingau respingar às vezes. E molha a cama.

— Nem todo mundo. Só as meninas más.

Hazel olhou para ela durante um bom tempo.

— Não só as meninas más, Ruby. Meninas boas também, às vezes.

Ruby deu de ombros.

— Está bem. De qualquer forma, é hora de você servir meu chá.

Conforme a temperatura foi esquentando, Hazel e Ruby plantaram flores na frente da casa, nas laterais do terreno, e sementes de ervas em um pequeno espaço entre a casa e o estábulo. Quando as ervas brotaram, elas as penduraram no galpão de arenito atrás da casa, para secar. O jardim da frente virou um alvoroço de cores. Uma acácia amarela cresceu ao lado do estábulo, rosas brancas subiam pela treliça, um arbusto folhoso com flores rosa-claras em formato de trombeta se abria perto da porta principal.

A clínica de Dunne estava prosperando, com novos moradores chegando na cidade portuária. Não era raro que Hazel chegasse de manhã de Cascades com Dunne e encontrasse um aglomerado de gente esperando pacientemente pelo seu retorno. Ele estava se correspondendo com um grupo de médicos em Melbourne que estava montando uma associação de médicos licenciados e estava aprendendo tudo sobre os procedimentos médicos mais recentes. A notícia de suas técnicas inovadoras corria pela cidade.

Curioso com as ervas que Hazel e Maeve estavam cultivando, ele apertou alguns galhos com os dedos e levou-os ao nariz.

— Como são usadas? — perguntou ele.

Agripalma, elas disseram a ele, com suas folhas que pareciam as palmas da mão de uma idosa, ameniza a ansiedade. Um xarope feito com água e casca de *acacia ligulata* alivia a tosse. A casca fervida de *acacia mangium* acalma a pele inflamada. Folhas trituradas de *eremo-phila maculata* podem ser inaladas para abrir a passagem nasal. Chá de erva-de-gato cura inflamação na garganta; amieiro vermelho reduz a urticária.

Hazel podia vê-lo lutando contra o próprio ceticismo. Todos aqueles anos de treinamento — aprendendo a desconsiderar o mundo natural, a desdenhar dos remédios sem receita das mulheres como superstição folclórica — não eram fáceis de superar.

Conforme o tempo foi passando, ela começou a assistir às cirurgias, ao lado de Maeve. Dunne pedia que elas monitorassem as mulheres em trabalho de parto e que depois ajudassem nos partos. Hazel tinha que voltar para Cascades no pôr do sol, mas Maeve podia ficar a noite toda. Logo, Dunne estava delegando a maior parte dos casos obstétricos a elas e somente consultava-as quando elas pediam.

Quando a carta da liberdade condicional chegou, foi quase um anticlímax. Vários meses após Hazel estar trabalhando para Dunne, ele escreveu uma carta formal recomendando a emissão do cartão dela e oferecendo-lhe emprego remunerado e moradia.

— Sua liberdade é um privilégio, não um direito — disse o superintendente antes de soltá-la da prisão. — Se você cometer alguma infração de qualquer tipo será encarcerada de novo. Entendido?

Sim, ela entendia.

Ao ler a carta de cabeça para baixo na mesa dele, ela viu que Dunne havia assinado seu nome verdadeiro. Ou Hutchinson não percebeu, ou não se importou.

A matrona entregou a Hazel a pequena trouxa de roupas esfarrapadas que ela trouxera quando chegou, assim como o exemplar de Dunne de *A tempestade*. Hazel sorriu. Ela o colocaria de volta na estante de livros dele, a que pertencia, junto com os outros títulos de Shakespeare.

Antes de ir embora, ela foi procurar Olive. Encontrou-a com Liza, jogando cartas. Apesar dos muitos períodos na ala criminal, logo elas seriam elegíveis para receber a carta de liberdade também, disseram.

— Hutchinson está feliz em se livrar de nós, as encrenqueiras — afirmou Liza. — Nós nunca fomos boas lavando roupa mesmo.

— Lembra o meu marinheiro? Grunwald? — perguntou Olive.

Hazel assentiu.

— Ele abriu um bar em Breadalbane. Me chamou pra ser atendente. Eu disse a ele que só vou considerar o pedido se ele contratar Liza pra fazer o livro-fiscal. Ele está escrevendo cartas de recomendação pra nós duas.

— Ele sabe sobre… — Hazel apontou para as duas, alternadamente. Olive deu um sorriso de dentes separados.

— Ele não vai se importar. Quanto mais, melhor.

— Eu não vou ficar com uma parte dessa vez, a não ser que seja absolutamente necessário — disse Liza dando uma gargalhada.

Olive se levantou do chão e puxou Hazel para um abraço sufocante.

— Se cuida — disse ela. — Você é uma mulher melhor do que eu, tolerando aquele cirurgião rígido. Mas acho que todas nós agarramos nossa liberdade onde conseguimos.

Mais tarde, na carruagem com Dunne, Hazel olhou para o muro alto e extenso da prisão à sua direita, sentiu o ribombar debaixo dos pés ao atravessarem a ponte e o cheiro de esgoto. E então tudo ficou para trás. Ela tinha cumprido seu tempo naquele lugar. Sentiu como se estivesse vendo um mundo novo: ovelhas felpudas em um campo de flores amarelas, montanhas verde-acinzentadas a distância, borboletas azuis sobrevoando a grama clara. Pegas, preto e brancas, piando nas árvores. Ela teve certo receio de que, se virasse para trás, veria alguém vindo para capturá-la, que seria carregada de volta para Cascades por alguma infração, real ou imaginária.

Hazel não olhou para trás.

Naquela noite, ela e Dunne ficaram parados no corredor, um pouco desconfortáveis, depois que Ruby caiu no sono. Ela havia arrumado uma das camas de solteiro no quarto de Ruby. O quarto de Dunne ficava no final do corredor.

— Você precisa de algo? — perguntou ele, encostado no batente da porta.

— Não, obrigada.

De repente, ela reparou no braço musculoso dele por baixo da camisa de algodão branca. Nos pelos da sua barba curta. No seu cheiro, uma mistura não desagradável de suor e sabonete de lixívia. Ela ouviu seu próprio coração bater dentro do peito.

Ao se sentir enrubescida, deu um passo para trás. Será que ele havia percebido? Ela não sabia dizer.

No quarto de Ruby, Hazel pegou a placa de latão de Evangeline em seu cordão vermelho e a envolveu no lenço branco. (Aquele monograma desaparecendo, o brasão da família.) Ela abriu a primeira gaveta da cômoda e guardou o embrulho debaixo de uma pilha de roupa, e então a fechou.

Um dia, ela mostraria para Ruby. Mas não agora.

HOBART TOWN

1843

Era estranho se sentir tão livre. O vento no rosto quando estava sentada em um banco no cais com Ruby, vendo os navios chegarem. Sentar-se à sombra de um teixo e se maravilhar com a imensa expansão do céu. Descascar uma laranja — ou duas, ou três — com os dedos e colocar os gomos doces e azedinhos dentro da boca. Assistir à massa cozinhar em uma frigideira de ferro fundido. Ir para a cama quando quisesse, dormir até mais tarde se não se sentisse bem, rir alto sem sofrer repressão, guardar seus pertences em uma gaveta sem temer que fossem roubados.

Era estranho se sentir como uma pessoa no mundo.

Hazel costurou para si algumas blusas e calças, com as pernas tão largas que, se não prestasse bastante atenção, pareciam saias. Sua própria mãe sempre usara calças desse tipo; eram mais confortáveis na sala de parto, dizia ela.

— Você ficará conhecida como a esquisita que usa calça — implicava Maeve.

Hazel sorriu.

— Quem sabe eu inicie uma moda?

Em uma tarde quente, Hazel levou Ruby para fazer compras no mercado a céu aberto, sempre cheio, perto do cais, e viu um grupo de mulheres saídas recentemente de um navio de prisioneiras, arrastando--se na direção da rua Macquarie. Ela segurou a mão de Ruby e se virou de costas. Não suportava olhar.

* * *

Hazel estava no mercado com Ruby vários dias depois, comprando frutas e vegetais, debatendo se deveriam comprar cerejas ou ameixas, quando percebeu uma pequena comoção adiante. Um barulho agitado, que parecia vento passando no meio das árvores. Algumas pessoas atravessaram para o outro lado da rua, sacudindo a cabeça e olhando de soslaio para trás.

— O que ela está fazendo aqui, em meio à sociedade de bem? — perguntou uma mulher para outra, ao passarem. — Pensei que a tivessem mandado de volta pra viver com seu povo, onde ela pertence.

Hazel segurou Ruby pelas mãos e abriu caminho pela multidão.

Era Mathinna. Estava parada no meio de um grupo de curiosos, com o rosto erguido e a boca meio aberta. Estava mais alta. Mais magra. Os ossos da sua bochecha salientes e os lábios rachados. O cabelo estava embaraçado. A anágua do vestido coberta de sujeira. Ela olhava ao redor com desinteresse, os olhos vazios, e esfregava os colares de conchinhas verdes que usava no pescoço.

— Vergonha — disse um homem com desprezo. — Está bêbada.

Agora que ele havia dito isso, Hazel percebeu que era verdade.

— Mathinna — chamou ela.

A menina se virou com as sobrancelhas franzidas. E então deu um pequeno sorriso ao reconhecê-la.

— Hazel — disse ela, em um ritmo preguiçoso. — É você. — Ela cambaleou levemente. — Eu ainda tenho *eles* — afirmou, acariciando os colares.

— Fico feliz.

Os curiosos estavam quietos, observando a conversa.

Ao fixar os olhos em Ruby, Mathinna perguntou:

— É a sua menina?

— Sim. Ruby.

— Ru-by — repetiu ela, cantarolando. E abriu um sorriso. — Olá, Ru-by.

— Essa é Mathinna — disse Hazel para Ruby. — Diga oi para ela.

— Oi — sussurrou Ruby, escondendo-se atrás de Hazel, tímida.

Mathinna inclinou a cabeça para Hazel.

— Você conseguiu sair.

Um burburinho se espalhou pela multidão. Hazel sentiu seu rosto ficar vermelho. Embora as ex-condenadas estivessem em todo canto, não era considerado civilizado mencionar esse fato em público. Hazel segurou a mão de Ruby e apontou para um pequeno parque do outro lado da rua.

— Que tal irmos até lá?

— Está bem. — Mathinna estendeu os braços para a frente e para os lados, os dedos todos abertos, e gritou: — Saiam da frente!

Quando a multidão abriu caminho, ela conduziu Hazel para o outro lado. Olhando para a frente, seus passos excessivamente firmes, ela ignorou as pessoas apontando e encarando, sussurrando com as mãos sobre a boca.

Ao chegarem no parque, Hazel disse:

— Eu tentei vê-la no orfanato. Eles não deixaram.

— Eu sei.

— Eles te disseram?

— Não me diziam nada. Eles me colocaram trancada em um quarto. Mas você disse que tentaria, e eu acreditei.

Hazel sentiu uma dor na garganta.

— Quanto tempo você ficou lá?

Mathinna balançou a cabeça lentamente, como se estivesse tentando lembrar.

— Não sei. Eu sequer sabia como fazer para contar o tempo. — Ela ergueu a mão e encostou na cabeça. — Eles me batiam. Raspavam minha cabeça. Afundavam-me em água gelada. Não sei por quê. Diziam que eu era insolente, e talvez eu fosse mesmo.

— Ah, Mathinna. Você era uma criança.

— Eu era. — Sua voz tremeu. Ela olhou para baixo.

E ainda é, pensou Hazel. A multidão do outro lado da rua praticamente tinha se dispersado, embora alguns curiosos ainda estivessem olhando para elas. Hazel fez um gesto na direção de um banco sob um eucalipto, de frente para o outro lado.

— Você quer se sentar com a gente um minuto?

Mathinna assentiu.

No banco, Hazel puxou Ruby para o colo. Mathinna se sentou ao lado delas. A luz do sol passava entre as frestas das folhas e flores da árvore sobre elas, salpicando seus rostos de pontinhos amarelos.

— Quando você saiu do orfanato? — perguntou Hazel.

Mathinna deu de ombros.

— Tudo o que sei é que, um dia, eles me arrancaram de lá e me colocaram em um barco de volta para a ilha de Flinders. Mas nada era igual lá. Meu padrasto tinha morrido. De influenza, disseram. — Ela sacudiu a cabeça de novo. Uma lágrima escorreu em seu rosto. — A maioria das pessoas que eu conhecia estava morta. O resto estava morrendo de fome. E, de qualquer forma, eu tinha desaprendido a língua. Eu estava... diferente demais. Então, eles me mandaram de volta.

— Para o orfanato?

— Sim, durante um tempo. E depois para um lugar deplorável chamado Oyster Cove. Um antigo local para condenados. Todo mundo estava doente e morrendo lá também.

Hazel olhou dentro dos olhos brilhantes da menina, com lágrimas nos próprios olhos.

— E como você veio parar aqui?

— Eu fugi. Consegui trabalho com uma costureira que tem um bar fora da cidade. Ela me deixa alugar um quarto.

— E o que você faz para ela?

— Eu costuro. Sirvo rum. Bebo rum. — Ela riu um pouco. — Vou dormir e acordo e faço tudo de novo. As noites são longas, mas eu durmo durante o dia inteiro, basicamente. Principalmente, para evitar... — Ela gesticulou na direção do outro lado da rua.

— As pessoas são cruéis.

— Estou acostumada.

Ruby apontou para os colares de Mathinna.

— Bonitos.

Mathinna passou os dedos nas conchinhas. Ela pareceu feliz em mudar de assunto.

— Minha mãe fazia esses colares — contou ela a Ruby. — E a sua mãe... — ela ergueu o queixo na direção de Hazel — ...roubou meus colares de volta da mulher que os havia roubado de mim.

Hazel se encolheu.

— Eu não *roubei* exatamente — explicou ela para Ruby. — Eles nunca pertenceram... àquela pessoa.

Mathinna se inclinou na direção de Ruby.

— Você quer um?

Ruby ficou animada e levou a mão aos colares.

— Não. Você não deveria. — Hazel colocou a mão sobre os dedos de Ruby. Ela olhou para Mathinna por cima da cabeça de Ruby. — Eles são seus, Mathinna.

— Não preciso de todos. Eles foram feitos para serem compartilhados. É que eu nunca tive ninguém a quem pudesse dar um. — Ela passou os dedos neles. — A questão é que estão entrelaçados. Você pode me ajudar?

— Eu quero um, mamãe — falou Ruby.

Mathinna tirou o emaranhado de colares pela cabeça e entregou-os a Hazel.

— Você foi a única pessoa realmente bondosa comigo em todos os anos em que vivi com os Franklin.

Hazel sentiu seu coração se contorcer. Ela não havia feito nada de mais, no fim das contas. Era terrível perceber que seus gestos irrisórios haviam sido o único afeto real que Mathinna recebera. Ela pensou no quanto Mathinna andava para lá e para cá na propriedade após os Franklin viajarem de férias sem ela.

Ao olhar para os colares em suas mãos, Hazel respirou fundo.

— Bem... eu me tornei habilidosa com nós.

Ao passar os dedos sobre as conchas, ela desfez os emaranhados até ficarem frouxos, e as conchinhas se separaram em três colares compridos. Ela pendurou os três entre o polegar e o indicador e os exibiu.

Mathinna pegou dois colares e os colocou ao redor do seu pescoço. Depois passou o terceiro pela cabeça de Ruby e segurou a ponta dele, mostrando a ela as conchas verdes iridescentes.

— Eu vi minha mãe fazer esse colar. Ela usava um dente de marsupial para fazer esses buraquinhos, depois esfregava as conchas com óleo de pato para deixá-las brilhantes. Está vendo?

Ruby encostou no colar delicadamente com a ponta do dedo.

— Imagine que você é o fio. — E as pessoas que você ama são essas conchas. Assim, elas sempre vão estar com você. — Quando Mathinna se aproximou, Hazel sentiu o cheiro de álcool em sua respiração. — É bom saber que nós somos amadas. Você sabe que sua mãe ama você, não sabe, Ruby?

Ruby assentiu com um sorriso no rosto.

Hazel pensou na própria infância — na escassez de afeto que tivera. Tanto ela quanto Mathinna tiveram que aceitar qualquer migalha que conseguiam.

— Venha conosco — disse ela de um jeito impulsivo. — Nós moramos a algumas ruas daqui, na casa de um médico. Tem um quarto, um quarto pequeno, mas seria só seu. Você poderia colocar sua vida nos eixos.

Mathinna riu, uma risada que vinha do fundo das entranhas até a garganta.

— Minha vida está nos eixos, Hazel.

— Mas bebendo e... passando as noites em claro... Você é jovem demais, Mathinna. Não foi feita pra esse tipo de vida.

— Ah, não sei, não. Para que tipo de vida eu fui feita?

Durante um tempo, as duas ficaram em silêncio. Era difícil saber o que dizer. Hazel ouvia o canto das gaivotas, as vozes altas dos vendedores anunciando suas mercadorias no mercado do outro lado da rua.

— Se eu tivesse ficado na ilha de Flinders, provavelmente estaria morta — disse Mathinna. — Se os Franklin tivessem me levado para Londres, eu ainda estaria tentando ser uma pessoa que jamais serei. E aqui estou. Vivendo a única vida que me foi dada. — De um jeito abrupto, ela se levantou, cambaleando um pouco. — Não se preocupe comigo, Hazel. Eu sou uma andarilha. Vou ficar bem. — Ela espalmou as mãos no peito e disse: — *Tu es en moi. Un anneau dans un arbre.* Você está em mim, como um anel em um tronco de árvore. Jamais esquecerei.

Sentada no banco com Ruby, assistindo a Mathinna seguir seu rumo pela rua, Hazel sentiu uma tristeza estranha e inextinguível. Elas foram, as duas, exiladas, arrancadas de suas casas e famílias. Mas Hazel tinha roubado uma colher para ganhar aquele status; Mathinna não tinha feito nada para merecer aquele destino. Hazel ficou marcada com a mancha das condenadas, e assim seria considerada por muitos anos, mas, com o tempo, isso ia se apagar. Ela já sentia a mancha diminuindo. Podia passear pelo mercado com sua cesta no braço, de mãos dadas com Ruby, e ninguém ia desconfiar. Mathinna não tinha esse privilégio. Ela nunca conseguiria se misturar à multidão, viver sua vida sem o julgamento e a suspeita dos outros.

— Aonde ela está indo, mamãe? — perguntou Ruby.

— Não sei.

— Ela é gentil.

— Sim.

Ruby passou os dedos pelas conchas ao redor do pescoço.

— Você gostou do seu colar? — Quando Ruby assentiu, Hazel falou, de um jeito mais severo do que pretendia: — Ele é especial. Você precisa cuidar muito bem dele.

— Eu sei. Vou cuidar. Podemos comprar cereja, mamãe?

— Sim. — Hazel suspirou, levantando-se do banco. — Podemos comprar cereja.

HOBART TOWN

1843

O primeiro encontro da Associação de Médicos Licenciados em Melbourne foi marcado para meados de fevereiro, e Dunne decidiu comparecer. Era uma viagem de navio que duraria dias; ele planejou ficar na ilha principal durante uma semana para aprender sobre algumas inovações cirúrgicas. Maeve ficaria em um pequeno quarto vago nos fundos da casa enquanto ele estivesse fora, e ela e Hazel comandariam a clínica. Caso surgissem emergências que elas não conseguissem resolver, era para enviarem os pacientes para o hospital de Hobart em busca de tratamento.

Era uma tarde amena. Nuvens corriam pelo céu azul-claro. Gaivotas sobrevoavam lá em cima, cantando estridentes suas lamúrias. O navio para Melbourne estava programado para sair de Hobart Town às quinze horas, e Hazel decidiu acompanhar Dunne até o cais, uma caminhada de dez minutos. Enquanto andavam, eles conversaram sobre o tratamento de um dos pacientes, um romance de Dickens que Hazel estava lendo que havia um personagem condenado ao exílio, um plano de aprendizagem para Ruby.

— Onze dias — avisou Dunne na plataforma de embarque. — Vocês ficarão bem sem mim?

— Claro que ficaremos.

— Eu sei disso. — Ele apertou a mão dela. — Diga adeus a Ruby por mim.

— Vou dizer.

Ruby estava construindo casas em miniatura com Maeve no jardim dos fundos quando os dois saíram.

Sentada em um banco no píer da rua Elizabeth, depois de Dunne embarcar, Hazel observou os marinheiros do enorme navio de madeira correrem para erguer a plataforma. O ar tinha cheiro de madeira queimada, incêndios que ocorriam além do perímetro da cidade. Ela olhou para as algas verde-fluorescentes no leito da orla e para os barcos atracados no cais. A luz do sol brilhando nas ondas, como estrelas invertidas.

Como costumava fazer quando olhava para a água, ela pensou em Evangeline, lá nas profundezas. Lembrou-se de um trecho de *A tempestade*: "Teu pai está a cinco braças. Dos ossos nasceu coral". Ariel conta a Ferdinand que seu pai, que se afogou, sofreu uma transformação marinha: seus ossos foram transformados em corais, seus olhos em pérolas.

Uma transformação marinha. Talvez isso fosse verdade para todos eles.

Depois que o navio de Dunne foi solto do atracadouro, Hazel vagou pela rua Campbell fazendo uma lista mental das coisas que precisava fazer. Era domingo; a clínica estava fechada. Quando voltasse para casa, ela iria ler um capítulo de um livro de Medicina que Dunne havia sugerido e preparar alguns remédios com as ervas que tinha pendurado para secar. Talvez ela e Maeve levassem Ruby ao monte Wellington para um piquenique no fim da tarde: presunto curado, ovos cozidos, queijo, maças. Elas levariam o bolo de groselha que Maeve havia assado de manhã e deixado em cima da mesa para esfriar.

Ao se aproximar da casa, Hazel viu Maeve ajoelhada na horta de ervas. Era uma cena comum, Maeve colhendo hortelã. Mas havia algo faltando.

Hazel sentiu uma pontada de medo correr pela sua espinha. Por que Ruby não estava com ela?

— Maeve — chamou ela, tentando manter a voz firme.

Maeve se virou com um sorriso.

— Você voltou!

— Onde está a Ruby?

Maeve se sentou nos calcanhares e sacudiu a terra das mãos.

— Nos fundos, com um amigo do dr. Dunne. Eu disse a ele que o doutor não estava, mas ele queria conhecer a Ruby. Disse que estava no navio quando ela nasceu. Eu falei que faria um chá e ele pediu de hortelã.

Maeve estava segurando um galho.

Hazel sentiu sua pele ficar úmida. Ela não conseguia respirar direito.

— Qual é o nome dele?

— Tuck, eu acho.

— Buck. — Hazel suspirou. — Não, não.

— Ah, minha querida — disse Maeve, vendo a expressão tensa de Hazel —, eu fiz...

Hazel correu pelos degraus e adentrou a porta da frente.

— Ruby? — chamou ela. — Ruby!

Não havia ninguém na antessala nem no consultório nem na cozinha. Ela abriu a porta do quarto de Ruby. Vazio. Olhou no quarto de Dunne, depois no pequeno quarto em que Maeve estava dormindo. Ela podia ouvir a própria respiração acelerada. Seus passos firmes.

Maeve, agora atrás dela, falou:

— Eu sinto muito, Hazel, eu não...

— Shh. — Hazel colocou o dedo nos lábios, pedindo silêncio, e ficou imóvel, sua cabeça inclinada como de um cão farejador. Ela foi até a porta dos fundos e olhou pelo vidro.

Lá estava ele, cerca de quinze metros para dentro do jardim extenso, parado ao lado de Ruby enquanto ela se debruçava sobre as casinhas. Perto demais. O cabelo louro estava puxado da testa, a barba malfeita. Sua camiseta e calça pareciam limpas. Dignas até. Mas havia certa estranheza em seu olhar, algo desajustado. Ele estava absurdamente magro. Esquelético. Como se não comesse há semanas.

Hazel viu o brilho de uma faca nas mãos dele.

— Fique aqui — disse ela para Maeve. Deu um passo para o lado de fora e falou: — Olá! — Lutando para manter a voz calma.

Ruby bateu palmas.

— Venha ver minha casinha nova.

Buck olhou para Hazel por um tempo do outro lado do jardim.

Com o coração disparado no peito, Hazel caminhou na direção dele. Ela se sentiu uma gazela em um descampado, ciente do caçador, cada fibra do corpo em alerta. Via a cena na sua frente com total clareza: um aglomerado de insetos sobre a lavanda, dois martins-pescadores sobrevoando as árvores, o colar de conchinhas verdes ao redor do pescoço de Ruby. As unhas encardidas de Buck. A sujeira ao redor da gola.

— Seu cabelo ainda está curto — zombou ele. — E está usando calças. Você parece um garoto.

Calma, pensou Hazel, *não reaja*.

— Não nos vemos há um tempo.

— É verdade. Eu tava só esperando.

— Ouvi dizer que fugiu. Estão atrás de você?

Ele fez um som de gagueira esquisito, uma espécie de riso abafado.

— Talvez. Mas eu sei desaparecer.

— É difícil a vida na floresta.

— Você não faz ideia. — Ele tremia com certa energia maníaca. — Já comeu canguru?

Ela sacudiu a cabeça. Já tinha ouvido histórias de ex-condenados e fugitivos que viviam como selvagens em meio a cobras e lobos e marsupiais na floresta. Bandoleiros, eram chamados. Piratas que perambulavam pela terra em vez do mar. Eles saqueavam fazendas e pequenos negócios, roubando cavalos, rum e armas.

— Você defuma os bichos na fogueira. Amarrados em galhos de árvores. — Ele abriu os braços, demonstrando. — Depois que já estão mortos, normalmente. — Quando ele riu, ela viu seu dente cinza pequenino. — Às vezes, quando damos sorte, conseguimos um carneiro.

Buck passou a ponta da sua faca pela lateral de cabecinha de Ruby. Ela não percebeu, sequer viu a lâmina enquanto olhava para suas casinhas feitas de galhos de árvore. Ele cortou um cacho do cabelo dela e segurou no alto, na direção de Hazel.

— Viu como foi fácil? Podemos sempre usar uma faca afiada. Como você mesma sabe.

Ele soltou o cacho na grama.

Hazel estava respirando pelo nariz, sentindo o ar preencher seus pulmões. Ela sentiu o cheiro de lavanda do jardim, e, mesmo dali de longe, a quadras do cais, o cheiro salgado do mar. Ao olhar para a casa, ela sentiu o cheiro do bolo de groselha fresquinho saído no forno.

— Você deve estar com fome — sugeriu ela. — Maeve fez um bolo. Temos manteiga fresca. Ela disse que você queria um chá.

Buck olhou para ela.

— É bem verdade que não como nada faz um tempo. E confesso que estou com sede. Tem açúcar?

— Tem, sim — respondeu ela.

Ela pensou nas duas missas por dia na capela de Cascades, sermão suficiente para a vida inteira. *Deixe que o ímpio abandone o seu caminho, e o homem injusto, seus pensamentos: e deixe que ele se volte para o Senhor, e Ele terá misericórdia dele.* Buck havia sido uma criança um dia. Um menino. Talvez tenha sido abandonado, ou traído, ou espancado. Talvez nunca tenha tido uma chance. Ela não sabia, jamais saberia. Tudo o que sabia era sua própria história difícil. Como teria sido fácil semear a amargura como ele fizera. Nutri-la até que brotasse como uma flor nociva.

— Nós acreditamos em perdão aqui, sr. Buck — disse ela.

— A vingança me soa melhor — retrucou ele.

Ruby olhou para cima, sentindo uma mudança no tom de voz.

— Mamãe?

— Foi isso que ela te disse? — Buck puxou Ruby pelos braços, colocando-a de pé. — Ela não é sua mamãe, pequenina.

Hazel não se conteve e se engasgou.

Ruby emitiu um som baixinho, um resmungo.

Hazel teve que lutar contra o ímpeto de voar em cima dele. Ela sabia que seria uma atitude tola; havia muito a perder.

— Está tudo bem, Ruby — disse ela, com a voz tremendo de leve.

Com a faca na mão, Buck se movimentou em direção à casa.

— Mostre o caminho.

Hazel ergueu as sobrancelhas para Maeve ao entrarem na cozinha escura. Ela percebeu o momento em que Maeve viu a cena: Buck segurando uma faca, a outra mão segurando o braço de Ruby.

A chaleira estava em cima do fogão. As facas estavam na gaveta. A frigideira e as panelas de ferro fundido estavam penduradas em ganchos do outro lado do cômodo.

Buck intercalou o olhar entre as duas. Olhou diretamente para Hazel por cima da cabecinha de Ruby e sussurrou:

— Nem pense em tentar fazer nada. Eu corto a garganta dela tão rápido quanto mato um carneiro.

Hazel sentia cada respiração em seu corpo. Seus olhos alternavam entre a faca na mão de Buck, Maeve parada ao lado da mesa e o galho verde de hortelã atrás dela.

— Maeve — suspirou ela —, sua visão está muito ruim. Você pegou a erva errada. A hortelã está em uma parte diferente da horta, lembra? — Ela se virou para Buck. — Você pediu chá de hortelã, não foi? Não de sálvia.

Maeve assentiu lentamente para ela e deslizou a hortelã para dentro do bolso.

— Ah, querida. Onde eu estava com a cabeça? Você pode me ajudar, Hazel, e pegar alguns galhinhos para mim? Vou servir o bolo.

— Não — interrompeu Buck. — Ela não vai sair daqui.

Maeve colocou o bolo de groselha e um pedaço de manteiga na frente dele. Ele cortou o bolo com a faca que estava segurando, partiu um pedaço enorme de manteiga e passou por cima. Por alguns instantes, o único som que se ouvia era ele mastigando. O barulho das suas mandíbulas.

— Não quero ser modesta, sr. Buck, mas eu faço um chá de hortelã delicioso — comentou Maeve.

— Vou beber água.

— A água gelada fica na cisterna, lá no galpão. Tenho quente aqui. Fervida para o chá.

Ele franziu a boca.

— Vá buscar a hortelã, então. Você, ela não. — Ele apontou a faca para Maeve, e depois para Hazel. — Nem pense em gritar pedindo ajuda.

— Mas ela está certa. Meus olhos já não são mais como eram. — Maeve passou a mão várias vezes no rosto. — Está tudo embaçado. A hortelã parece qualquer outra erva para mim.

— Deixe-me ir, sr. Buck. Eu sei onde está — pediu Hazel. — Você está com a Ruby — acrescentou ela rapidamente. — Por que eu tentaria fazer algo?

Ruby olhou para ela com seus olhos castanhos enormes. Hazel deu um sorriso trêmulo para ela.

Olhando para Hazel, Buck segurou a faca perto da bochecha de Ruby e a apontou na direção das têmporas.

— Vá rápido — avisou ele.

Hazel pegou um pote de barro pequeno na bancada, saiu pela porta e desceu os degraus da entrada. Debruçada sobre a horta de ervas, ela pegou diversos galhos de hortelã, partindo-os com os dedos. Depois, levantou-se e virou-se na direção da casa, do arbusto verde com folhas grandes e flores rosa-claras em formato de trombeta, que ficava ao lado da porta de entrada.

Maeve encheu uma xícara com o chá do bule e entregou para Buck:

— Açúcar? Ou mel?

— Açúcar.

Ela arrastou o pote de açúcar até ele. Buck adicionou duas colheres generosas de açúcar e mexeu o chá. Ruby, ao seu lado, perguntou:

— Posso tomar um pouco de chá?

— Você já tomou seu chá — respondeu Hazel. — Que tal um pedaço de bolo?

Ruby assentiu.

— Nossa hortelã é forte, sr. Buck — afirmou Maeve. — Fica melhor com bastante açúcar. Não há nada melhor do que um chá doce, não é?

Buck adicionou mais duas colheres. Deu um gole pequeno, e depois engoliu tudo, fazendo barulho. Partiu outro pedaço enorme de bolo e comeu de uma vez.

— Posso brincar com minha casa de bonecas? — pediu Ruby.

— Ela não vai sair daqui — avisou Buck.

— É no quarto ao lado — falou Hazel.

— Quero que ela fique onde eu possa vê-la.

Ruby se virou na cadeira, inquieta.

— Estou cansada de ficar sentada aqui.

— Eu sei — disse Hazel. — Nosso amigo vai embora já, já.

Buck recostou na cadeira.

— Eu não vou a lugar nenhum.

Ele ergueu a faca no ar e passou o dedo na lâmina, como se examinasse se estava afiada.

Hazel olhou para ele, cabelo louro e lábios rachados, o rabo da sereia vermelha e preta em seu antebraço desaparecendo dentro da manga da camisa.

Buck esfregou os olhos com um dedo e piscou algumas vezes.

— Tem carne aqui? Contanto que não seja carne de canguru. — Ele soltou uma risada. — Muito selvagem pro meu gosto.

Maeve pegou presunto curado na despensa. Ele cortou dois pedaços enormes e comeu com as mãos. *Muito bem*, pensou Hazel, *sacie a sua sede com sal.*

Ele bebeu uma segunda xícara de chá e pediu uma terceira. Quando ela entregou, ele bebeu tudo e limpou a boca com o dorso da mão.

— Eu estava pensando — disse ele para Hazel — que nós podíamos terminar o que começamos no navio.

Ela percebeu um fio de suor escorrer pelo pescoço dele até a gola da camiseta.

— Você estava pensando nisso, é?

Ele apontou para a frente da casa com a cabeça. Suor se acumulava em seu lábio superior.

— Em um dos quartos está bom.

Ela o observou de perto. Ele respirou fundo uma vez, e mais uma. Esfregou a parte de trás da cabeça e depois, com curiosidade, olhou para a própria mão. Estava molhada, brilhando. Ele ficou olhando, abrindo bastante os olhos para deixar entrar mais luz.

— A questão é que é tarde demais para isso, sr. Buck.

— O quê? — Ele suspirou. — Mas o que... — Ele se levantou rapidamente, derrubando a cadeira. Suas pernas cambalearam e ele se apoiou na mesa. — Não se mexa! — gritou, segurando a faca como se fosse uma espada.

— Mamãe? — Ruby olhou para cima. — O que está acontecendo com o moço?

— Ele não está se sentindo muito bem.

Ruby assentiu. Não era incomum para ela ver pessoas na casa que não estavam se sentindo bem.

Ao se virar para Maeve, Hazel disse:

— Leve-a lá para fora.

— Ela não vai a lugar algum! — berrou Buck, engasgando-se enquanto falava.

— Não quero deixar você sozinha com ele — retrucou Maeve para Hazel. — Ele ainda está com a faca na mão.

— Olhe para ele. Mal consegue ficar em pé.

Hazel se aproximou mais de Buck. Quando chegou perto e encostou em seu punho, ele apontou a lâmina para ela de repente. E então fez uma careta e despencou na cadeira. A faca escorregou da sua mão e tilintou no chão.

Buck balançou a cabeça, como se tentasse acordar de um cochilo.

— O que... está acontecendo?

Hazel pegou a faca, olhando para ele, e encostou na lâmina. Afiada, de fato. Ela a colocou em uma prateleira.

Maeve assentiu.

— Muito bem. — Virando-se para Ruby, ela completou: — Vamos até o cais para tentar ver as focas nas pedras.

275

Ela pegou a menina pelas mãos e a levou para fora da cozinha.

Quando ficaram sozinhos, Hazel se sentou na cadeira de frente para Buck. As pupilas dele estavam enormes e pretas, sua blusa encharcada de suor. Ela pegou o pote de barro na mesa na bancada atrás dela. Lá dentro, havia alguns galhos de hortelã e três flores compridas e rosa--claras com pontas pintadas, elegantes como sinos. Ela colocou o pote em cima da mesa.

— Existe um ditado entre as curandeiras e parteiras, sr. Buck. "Quente como uma lebre, cego como um morcego, seco como um osso, vermelho como uma beterraba, doido varrido." Já ouviu?

Ele sacudiu a cabeça, incerto.

— Bem, essa é a descrição de um conjunto de sintomas. Começa com "quente como uma lebre". Você está sentindo calor agora, não está?

— Está fervendo aqui dentro.

— Não, não está. A temperatura do seu corpo está subindo. O próximo é "cego como um morcego". — Ela apontou para os próprios olhos. — Suas pupilas estão dilatadas. Está tudo ficando embaçado, não é?

Ele esfregou os olhos.

— "Seco como um osso." — Ela tocou na própria garganta. — Você está sedento.

Ele engoliu.

— Você não está tão vermelho quanto uma beterraba, mas sua pele está estranhamente avermelhada. E "doido varrido", bem…

Resgatar-se do próprio torpor parecia demandar um grande esforço.

— O que… você… está falando?

Ela virou o pote, para que ele pudesse ver.

— Essas belas flores são chamadas de trombeta de anjo, embora alguns chamem de sopro do diabo por um bom motivo. Nós temos um arbusto bem ao lado da porta de entrada. Tenho certeza de que você já viu antes; são muito comuns. Tem um arbusto no jardim do vizinho do outro lado da rua. E até alguns na residência do governador. — Ela colocou o pote de volta na bancada. — Se você der sorte, e acho que há veneno suficiente na sua corrente sanguínea para isso, você ficará delirante antes das convulsões começarem. Provavelmente vai entrar em coma antes de morrer. Portanto, isso é misericórdia.

— Sua… sua vadia imunda! — disse ele.

— Não se preocupe. Pelo que ouvi dizer, não é tão ruim quanto se afogar. Embora talvez seja. — Ela deu de ombros. — Você está se sentindo abobalhado? Com falta de ar?

Ele assentiu, seu pomo de Adão oscilante.

— Não deve demorar. De manhã... — Ela interrompeu a fala. Levantou as mãos espalmadas, como em sinal de pedido de desculpa. — Não há nada que ninguém possa fazer.

Ele se lançou para a frente, lutando para ficar de pé. Apoiado contra a mesa, ele derrubou a xícara de chá vazia, que se espatifou no chão. E despencou ao lado dos cacos.

— Você me paga — resmungou ele.

Ao olhá-lo de cima, ela disse:

— Acho que não, sr. Buck. O senhor veio até a clínica reclamando de dores no estômago. O que aconteceu foi que o senhor havia comido uma flor venenosa, provavelmente para sentir os efeitos dela. Eu não o julguei. Só Deus pode fazer isso. Infelizmente, não existe antídoto. Tudo o que pudemos fazer foi tentar deixá-lo confortável.

Ele se arrastou na direção dela, colocando a mão ao redor do seu tornozelo. Agachada, ela retirou os dedos dele de sua perna, um por um.

— Você não tem mais força suficiente para me dominar, sr. Buck. Esse momento veio e foi embora.

Quando Maeve e Ruby voltaram, Buck estava no galpão, lá atrás. Hazel o tinha levado ofegante e babando até a cisterna, para beber um pouco de água fresca, e depois o deixara trancado. De vez em quando, durante as horas seguintes, elas ouviam um barulho esquisito, um resmungo ou um choro, mas parecia bem distante. As paredes do galpão eram feitas de arenito e revestidas com a madeira que Dunne havia cortado e estocado para que passassem o inverno.

Mais tarde, naquela noite, Hazel abriu a porta dos fundos da casa e caminhou pela grama úmida. Olhou para a lua, uma mancha amarela no céu roxeado. Depois foi até a porta do galpão e ficou ali parada em silêncio, ouvindo. Ela escutou o chiado dos insetos no chão, o cantar preguiçoso dos passarinhos tentando dormir. Lá de dentro não vinha som algum.

Quando ela e Maeve destrancaram a porta do galpão na manhã seguinte, Buck estava morto.

As autoridades ficaram satisfeitas em encerrar o caso. Afinal de contas, Buck era um criminoso que havia escapado da prisão. Um assassino condenado e um fugitivo. Era alcoólatra e um drogado conhecido; não era surpresa alguma que houvesse ingerido uma dose excessiva de um alucinógeno disponível.

Dois dias depois, dois trabalhadores condenados transportaram o corpo de Buck em uma carroça até St. David's Park, um jardim inglês com muros de arenito. Lá nos fundos do parque ficava o cemitério dos prisioneiros, rodeado de arbustos e folhagens, inclusive com o comum e adorável arbusto de flores rosas em pêndulo. Buck foi enterrado sem cerimônia em uma cova sem identificação.

HOBART TOWN
1843

Por muito tempo, o medo ocupou o coração de Hazel. Agora ela sentia somente alívio, como se tivesse matado uma serpente venenosa escondida debaixo da casa. Mesmo assim, ela estava receosa de contar a Dunne a verdade sobre o que havia acontecido. Ela podia viver com isso, mas não sabia se ele poderia.

— Não sei como ele vai reagir. Ele é tão... moral — disse Hazel a Maeve.

— E nós não somos?

Ela pensou por um instante.

— Eu diria que nós vivemos sob códigos diferentes.

Maeve sacudiu a cabeça.

— Eu diria que não sabemos sob que código vivemos até sermos testados. Você está com medo de que ele conte às autoridades?

— Não, não.

Ela sequer tinha considerado isso. Mas... será que ele faria isso?

— Ele não é nenhum santo. Alterou aquela certidão de nascimento. — Maeve lembrou.

— É verdade. Mas isso não é um assassinato.

Uma semana depois, quando o navio de Dunne estava marcado para chegar de Melbourne, Hazel estava de pé na ponta da plataforma com Ruby, esperando por ele.

Ele abriu um sorriso quando as viu.

— Mas que surpresa boa! — Agachando-se, ele deu um abraço em Ruby. — Como você está?

— Eu mostrei meu jardim em miniatura para um homem e depois ele ficou muito doente — respondeu Ruby.

Hazel se retraiu. Não tinha lhe ocorrido que Ruby pudesse contar tudo.

— É mesmo? E ele está melhor agora? — perguntou Dunne.

— Não, não está.

— Ah, querida.

Ele olhou para Hazel, em busca de explicação.

— Sim, é uma... longa história. — Seu coração acelerou dentro do peito. — Viemos com o cavalo e a carroça. Pensei que poderíamos fazer um piquenique em monte Wellington. Não seria bom?

— Muito bom — respondeu ele.

— Em Melbourne estão falando em acabar com o exílio de uma vez por todas — contou Dunne. — Em muitos jornais. Não soa bem para o resto do mundo.

Eles estavam sentados em uma pedra grande e plana, o piquenique espalhado ao redor. O vento vindo do mar batia quente no rosto deles e as árvores estavam cheias e verdes. Gaivotas mergulhavam e davam rasantes; nuvens baixas se formavam no céu. Abaixo deles, ondas grandes estouravam nas pedras perto da areia, com espumas tão brancas como ossos.

— Você acha que vai acontecer mesmo? — perguntou Hazel.

— Eu acho. Tem que acontecer.

Os filhos e netos dos primeiros condenados que chegaram na ilha eram cidadãos estabelecidos agora, disse ele. O lugar estava ficando quase respeitável.

— Seria inteligente que a Grã-Bretanha se lembrasse da rebelião das colônias americanas antes que percam qualquer boa vontade que ainda tenham — sugeriu ele.

Hazel deu um sorriso distraído. *Vá devagar*, pensou ela. *Vá com calma.* Mas esse não era seu estilo. Quando Ruby desceu da pedra para procurar galhos para construir casinhas, Hazel se virou para ele.

— Preciso lhe dizer o que aconteceu.

— Ah, sim — falou ele, recostando-se. — O homem que ficou doente.

Ela respirou fundo.

— Danny Buck estava no jardim com Ruby quando voltei do cais dez dias atrás. Ele tinha uma faca. Disse que mataria ela e ameaçou me estuprar.

Os olhos dele ficaram assustados.

— Meu Deus, Hazel.

— Sabe aquele arbusto na entrada da casa? — indagou ela, seguindo com a história. — Chama-se trombeta de anjo.

— Aquele com as flores rosas?

— Sim. A seiva é tóxica. Em grande quantidade, é fatal.

— Eu não sabia disso.

— Ela é. E, de qualquer forma, foi.

Ele olhou dentro dos olhos dela.

— Foi.

— Sim. — Quando ele não respondeu imediatamente, ela acrescentou: — Nós chamamos a polícia e ele foi levado. A planta é um narcótico; a overdose dela não é incomum.

— Entendi. — Ele suspirou pelo nariz. — Meu Deus! — exclamou de novo.

Durante alguns instantes, os dois ficaram sentados em silêncio, assistindo a Ruby ao longe quebrar galhinhos ao meio e arrumá-los em pilhas. Será que ele estava horrorizado? Chocado? Ela não sabia dizer.

— Eu não... — Hazel fez uma pausa, escolhendo as palavras com cautela. — Eu não me arrependo.

Dunne assentiu lentamente.

— Estou aliviada que ele não esteja mais aqui.

Ele respirou fundo e passou a mão no cabelo.

— Olhe. Na verdade, eu acho que você foi... que o que você fez foi... incrivelmente corajoso. Você viu o que precisava fazer e fez. Você salvou sua vida e a da Ruby. Só lamento não ter estado lá.

Ele segurou a mão dela, e ela deixou. Olhou para Ruby na grama, debruçada sobre um montinho de flores, e de volta para Dunne, seu cabelo escuro enroscado atrás das orelhas, sua barba por fazer e suas sobrancelhas pretas. Ela ouviu o barulho distante da água do mar, jorrando de cavernas.

Hesitante, ela passou a mão no braço de Dunne. Ele se virou para ela, meio desajeitado, derrubando o prato de queijo e as fatias de maçã entre os dois. Ela encostou as duas mãos no rosto dele e o puxou para perto. Sentiu a pele quente dele debaixo da barba e o cheiro doce de maçã em seu hálito, e então os lábios dos dois se encontraram, as mãos dele no cabelo ainda curto dela. Ao fechar os olhos, ela respirou o cheiro dele para dentro de si.

— Mamãe, vamos fazer uma pulseira! — gritou Ruby, correndo na direção deles, segurando um punhado de margaridas.

Quando Hazel se afastou de Dunne, ela sentiu a mesma sensação de quando seus pés pisaram no chão pela primeira vez após quatro meses no mar. Instável, desorientada, o mundo ao redor vibrando.

Após entrelaçar uma corrente de margaridas, Hazel se sentou na pedra enquanto Dunne ajudava Ruby a construir uma vila de casinhas em miniatura no descampado. Conforme a luz na montanha foi se esvaindo, Hazel olhou para os penhascos dentados e repletos de verde à beira do mar. O quanto ela tinha viajado para chegar até ali! Das ruelas estreitas de Glasgow às entranhas de um navio de escravos a uma prisão do outro lado do mundo. E agora, a uma casa de arenito em uma cidade portuária, onde era livre para exercer seus direitos conquistados. A ser mãe de uma criança que precisava dela. A viver em paz com um homem que talvez estivesse começando a amar.

Ela pensou nos momentos que a haviam salvado. Assistir à *A tempestade* em Kelvingrove Park. *Já houve tempo em que eu era o homem da lua.* Evangeline ensinando-a a ler. A generosidade inesperada de Olive e a camaradagem de Maeve. A compaixão de Dunne. Ruby, a dádiva que havia superado a dor, a promessa que Evangeline não vivera para ver. Talvez Hazel tivesse salvado a vida de Ruby, ou quem sabe a menina teria sobrevivido independentemente dela. Mas Hazel sabia, com certeza, que Ruby tinha transformado sua vida.

Ela estava começando a acreditar que pertencia a esse lugar lindo e terrível, com suas mansões construídas por prisioneiros condenados, sua vegetação densa e seus animais estranhos. Os eucaliptos com seus troncos semidescascados e sua folhagem volumosa, líquen laranja que se espalhava como lava pelas rochas. Estava lá, enraizada à terra. Seus galhos seguindo na direção do céu, os anéis do tronco densos como ossos. Ela se sentiu velha, como se tivesse vivido uma eternidade, mas tinha apenas dezenove anos. O resto de sua vida estava à sua frente, como um laço sendo desamarrado.

RUBY

"Se a sociedade não admite o avanço livre das mulheres, então a sociedade precisa ser remodelada."

— Dra. Elizabeth Blackwell, 1869; médica britânica, mentora da dra. Elizabeth Garrett Anderson

ST. JOHN'S WOOD

Londres, 1868

Foi surpreendentemente fácil descobrir o endereço. Munida do nome completo dele — Cecil Frederic Whitstone —, Ruby conversou com um funcionário receptivo do Metropolitan Board of Works, perto da Trafalgar Square, que, em poucos minutos, apareceu com o livro-caixa dos contribuintes de impostos de Londres e localizou um sr. C. F. Whitstone no número 22 da rua Blenheim.

— Advogado — contou o funcionário. — Aparentemente, mora sozinho. Não é casado nem possui certidões de nascimento ligadas ao seu nome. A senhorita vai ficar em Londres por bastante tempo, srta. Dunne?

Ruby tinha vindo à Inglaterra com a dra. Elizabeth Garrett, a médica que havia fundado o ambulatório de St. Mary, em Marylebone, um local para mulheres pobres receberem atendimento médico. Era o primeiro local desse tipo, somente com funcionárias mulheres. A dra. Garrett, apenas quatro anos mais velha do que Ruby, fora a primeira mulher na Grã-Bretanha a se qualificar como médica e cirurgiã. Logo após abrir o ambulatório, ela colocou um anúncio nos jornais de Londres em busca de mulheres formadas que quisessem se tornar médicas e enfermeiras. Em Hobart Town, cinco meses depois, Ruby abriu o *Saturday Review* e se deparou com o anúncio.

Em sua longa carta à dra. Garrett, Ruby explicou que havia crescido com um pai cirurgião e uma mãe parteira, em uma cidade portuária em uma ilha na costa da Austrália. Desde muito nova, ela polia instrumentos médicos, catalogava medicamentos e dava assistência na sala de cirurgia. A cidade foi se expandindo, assim como a clínica da sua família. Em certo momento, seu pai fundou o hospital Warwick, nomeado em homenagem à cidade do interior onde havia nascido. O sonho de Ruby era ajudar o pai a comandar o hospital um dia.

Mas ela havia aprendido tudo o que podia com os pais. As habilidades médicas de sua mãe eram baseadas em remédios feitos com ervas e tentativa e erro, não em formação escolar. Seu pai a ensinara sobre anatomia e conhecimentos básicos de cirurgia, mas, aos 28 anos, ela buscava o tipo de educação formal que ele havia recebido na Faculdade Real de Cirurgiões, em Londres. Não era permitido que mulheres estudassem em faculdades de Medicina na Austrália, portanto, essa oportunidade poderia mudar a vida dela. Ela propôs estudar com a dra. Garrett durante três meses, para que depois voltasse para o hospital Warwick com as informações e técnicas mais recentes.

A dra. Garrett escreveu de volta para ela: "Vou encontrar-lhe uma estadia digna. Você permanecerá por um ano e receberá um diploma".

Um mês após receber a carta, Ruby estava em um navio a caminho de Londres.

Ela nunca havia conhecido uma mulher tão franca, expansiva, ousada e revolucionária quanto a dra. Garrett. Determinada a frequentar a faculdade de Medicina, em 1862, aos 26 anos de idade, ela descobriu uma brecha com base em uma tecnicalidade. A Sociedade de Boticários não havia pensado em proibir mulheres de fazer as provas até a dra. Garrett ser aprovada em todas. Depois, como membro do Comitê das Sufragistas Britânicas, ela apresentou petições ao Parlamento exigindo o voto para parlamentares mulheres.

— A pena de exílio na Tasmânia só terminou há quinze anos — disse ela com sua franqueza característica quando Ruby chegou em Marylebone. — Preciso perguntar: você é parente de alguma condenada?

Ruby ficou pálida. De onde ela vinha, isso ainda não era falado livremente.

— Eu sou — respondeu ela. — Minha mãe é de Glasgow e foi enviada para a Austrália aos dezesseis anos de idade. Muitas pessoas na Tasmânia têm origens similares, embora poucas falem sobre isso.

— Ah, o "estigma detestado" do exílio. Eu ouvi dizer que mudaram o antigo nome, Terra de Van Diemen, para tentar diminuir a associação repugnante à criminalidade.

— Bem, esse não foi o motivo oficial, mas... sim.

— Qual foi o crime da sua mãe, se você não se importa com a minha pergunta?

— Ela roubou uma colher de prata.

A dra. Garrett deu um suspiro exasperado.

— É por isso que não podemos deixar que os homens façam as leis. O resultado são absurdos de injustiça que caem sobre os mais pobres. E mulheres. Esses aristocratas poderosos de alto escalão, em suas togas pretas e perucas enfeitadas, não fazem a menor ideia de nada.

Ruby já tinha ido a Melbourne uma vez, para passar férias em um verão, mas nunca havia imaginado uma cidade tão grande e extensa como Londres, com seus polos norte e sul separados por um canal de águas agitadas e conectados por meia dúzia de pontes. (Ela ficou surpresa ao descobrir que a London Bridge, tão familiar da canção de ninar, estava praticamente intacta.) Ela dividia um quarto em uma hospedaria na rua Wimpole com mais uma das protegidas da dra. Garrett, uma mulher jovem de Lake District, cuja família acreditava que ela trabalhava em uma agência de empregadas domésticas. Na verdade, a dra. Garrett observou quando Ruby chegou, ela era a única das alunas cujos pais encorajavam seu desejo de se tornar médica.

— Entendo que, apesar das dificuldades e limitações, viver em um novo mundo proporciona certas liberdades. Hierarquias sociais não são aplicadas de forma tão rígida. Você concorda com isso?

— Não sei — respondeu Ruby. — Eu nunca vivi em nenhum outro mundo.

— Bem, agora você vai viver e poderá formar sua opinião — falou a dra. Garrett.

Em seu tempo livre, Ruby explorava os pontos turísticos, do Museu Britânico à Catedral de St. Paul, dos parques verdejantes a casas de chá famosas. Ela experimentou drinques de morango, peixe frito com batatas fritas e foi a um mercado aberto em Covent Garden. Assistiu a uma encenação de *A tempestade* no teatro Lyceum e um show de trapezistas em um jardim agradável em North Woolwich. Em um dos seus passeios, ela se viu diante do forte de pedras imponente da prisão de Newgate e se lembrou das histórias que Olive, uma amiga de sua mãe, havia contado sobre a vida dentro daqueles portões — de como ela havia conhecido Evangeline lá e sido condenada ao exílio no mesmo navio que ela. De como uma reformista quaker distribuíra Bíblias e pendurara no pescoço delas colares com plaquinhas — uma das quais Ruby havia trazido com ela para Londres, enrolada em um lenço branco antigo.

Durante sua última semana com a dra. Garrett, Ruby visitara um orfanato. Ao adentrar o portão principal, ela se sentiu tonta. Nunca conseguira lembrar muito os seus primeiros anos de vida no orfanato Queen's, em New Town, mas naquele momento ela havia sentido uma sensação de pânico tão avassaladora que achou que ia desmaiar.

A dra. Garrett lhe lançou um olhar curioso.

— Você está bem?

— Eu... não tenho certeza.

— Vamos nos sentar um instante.

Em uma cadeira na recepção, sob a insistência da dra. Garrett, Ruby tentou identificar os sentimentos que a haviam tomado, aparentemente do nada: pavor, ansiedade e medo.

— É muito natural você ter essa reação — afirmou a dra. Garrett. — Você foi uma criança tirada da mãe. — Ela acariciou a mão de Ruby. — Sua compreensão sobre como é se sentir abandonada é mais um motivo pelo qual precisamos de médicas qualificadas como você, srta. Dunne, trabalhando com populações vulneráveis em lugares longínquos como a Austrália.

Agora, Ruby tinha planos de voltar para a Tasmânia dali a dois dias. Antes de partir, só havia uma coisa que ainda faltava fazer. Ali estava ela, na frente da casa do homem cujo lenço com monograma havia chegado à Austrália 28 anos antes. Ela já havia caminhado pelo bairro meia dúzia de vezes nos últimos meses, tentando reunir coragem para procurá-lo.

A pintura bege da residência estava falhada em alguns pedaços e descascando dos beirais. A tinta vermelha da porta de entrada estava lascada; a cobertura dos dois lados do portão de entrada tinha pontos de ferrugem. Mato brotava entre os tijolos do caminho de entrada.

Ruby tocou o sino e o ouviu ecoar dentro da casa.

Após uma espera desconfortável, a porta se entreabriu e um homem apareceu sob a luz.

— Em que posso ajudá-la?

Era tarde demais para desistir.

— O sr. Whitstone reside nesta casa, por acaso?

— Eu sou o sr. Whitstone.

O homem parecia ter uns cinquenta e poucos anos. Seu cabelo estava ficando grisalho perto das têmporas. Ele era magro, com os ossos do rosto protuberantes e olhos castanhos levemente afundados. Ocorreu a Ruby que provavelmente ele havia sido bonito um dia, embora agora parecesse um tanto frágil, a pele do rosto como um pêssego maduro demais.

E então, como se observasse um objeto no microscópio entrando em foco, ela percebeu sua semelhança com ele. O mesmo cabelo castanho ondulado, a cor dos olhos e a estrutura corporal esguia. O formato dos lábios. Até um gesto inconsciente, uma certa inclinação do queixo.

— Eu sou... — Ela encostou a mão no peito. — Ruby Dunne. Você não me conhece, mas... — Ela colocou a mão dentro da bolsa e retirou o lenço. Estendeu-o, e ele o pegou, examinando-o de perto. — Acredito que você tenha conhecido minha... — Ela engoliu seco. Contemplou cada cenário possível: ele poderia fechar a porta na cara dela ou negar ter sequer conhecido Evangeline. Ou talvez ele tivesse morrido ou se mudado. — A mulher que me deu à luz. Evangeline Stokes.

Ruby percebeu que ele suspirou ao ouvir o nome ser mencionado.

— Evangeline. — Ele olhou para ela. — Eu me lembro dela, é claro. Ela trabalhou brevemente como governanta para os meus meios-irmãos. Durante muito tempo imaginei o que teria acontecido com ela. — Ele fez uma pausa, a mão apoiada na maçaneta. E então abriu a porta. — Você gostaria de entrar?

A casa estava sombria após a claridade da tarde na rua. O sr. Whitstone pendurou o casaco de Ruby no hall de entrada e a conduziu até um salão com cortinas de renda nas janelas. O cômodo tinha cheiro de mofo, como se as janelas não fossem abertas fizesse muito tempo.

— Vamos nos sentar. — Ele apontou para duas poltronas estofadas elegantes. — Como está... sua mãe?

Ela esperou até que os dois estivessem acomodados, e respondeu:

— Ela morreu. Vinte e oito anos atrás.

— Ah, querida. Eu sinto muito por isso — disse ele. — Embora tenha sido... tenha sido há bastante tempo. — Ele forçou os olhos, como se estivesse calculando algo em sua mente. — Achei que ela tivesse ido embora daqui há mais ou menos nesse período, mas talvez esteja enganado. Minha memória não é mais como costumava ser.

Ruby sentiu uma pontada na nuca. Seria possível que ele não soubesse?

— Seu sotaque é incomum — afirmou ele. — Nunca ouvi nada parecido.

Ela sorriu. Tudo bem, então eles mudariam de assunto.

— Eu venho de uma ilha perto da costa da Austrália, chama-se Tasmânia agora. Foi colonizada pelos britânicos. Meu sotaque é uma misturada, acho, de inglês, irlandês, escocês e galês. Não havia percebido como era esquisito até chegar aqui em Londres.

Ele deu uma risadinha.

— Sim, nesse hemisfério nós normalmente mantemos o mesmo sotaque. Você mora aqui agora?

— Só temporariamente.

Uma empregada gorducha, de cabelo grisalho, em um vestido azul e avental branco, materializou-se na porta.

— Chá da tarde, sr. Whitstone?

— Seria ótimo, Agnes — respondeu ele.

Quando a empregada saiu da sala, eles conversaram sobre o clima por alguns minutos — como havia estado terrivelmente chuvoso até a semana anterior, mas agora havia bastante sol e margaridas, e até glicínias. O verão provavelmente seria quente, devido ao inverno longo e gelado que haviam enfrentado. Ruby já tinha se acostumado com o estilo inglês de fazer rodeios, mas ainda assim achava confuso. Na Tasmânia, as conversas tendiam a ser mais diretas.

— Quando você retorna para a Austrália? — perguntou ele.

— O navio parte na sexta-feira.

— Que pena. Você vai perder as rosas. Somos bastante conhecidos por causa delas.

— Nós também temos rosas belíssimas.

Agnes reapareceu, carregando uma bandeja de prata com uma chaleira e duas xícaras de porcelana chinesa, um prato com fatias de bolo de groselha e um pequeno vidro de geleia.

— A residência está com a equipe bastante reduzida — disse o sr. Whitstone enquanto a empregada servia chá nas xícaras e cortava minuciosamente as fatias de bolo em pedacinhos. — Agora somos só nós dois, não é, Agnes?

— Nós nos viramos bem — respondeu Agnes. — Mas não se esqueça da sra. Grimsby. Não queremos que eu vá fazer confusão na cozinha.

— Não, não podemos esquecer da sra. Grimsby. Apesar de eu não ter muita certeza de quanto tempo ela ainda ficará conosco. Eu a encontrei guardando os ovos na caixa do correio outro dia.

— Ela está ficando meio doidinha.

— Bem, eu não me importo muito com o que como. E não temos convidados como antigamente. As coisas andam bem calmas por aqui ultimamente. Você não concorda, Agnes?

Ela assentiu.

— Calmas como uma pluma voando no céu.

Os dois ficaram sentados em silêncio por um instante depois que Agnes saiu. Ruby olhou ao redor, viu o relógio de cordas dourado no canto, o sofá brocado desbotado, as delicadas prateleiras de livros. À direita das poltronas em que estavam sentados havia um baú repleto de bonecos: mulheres de porcelana em cenários pastorais passando por portões e cercas, apoiadas em árvores, deitadas sobre flores de tons pastel.

— A coleção da minha madrasta — explicou ele, seguindo o olhar dela.

Tributos sentimentais a um passado lendário, Ruby pensou, mas não disse nada.

Seu pai e sua madrasta se aposentaram no interior do país havia alguns anos, contou ele. Beatrice, sua meia-irmã, tinha ido embora para Nova York para ser atriz, mas acabou na cidade de Schenectady. Seu meio-irmão, Ned, havia se casado com uma herdeira mais velha e se mudado para Piccadilly, onde ele se aventurara em... algo. Ramo imobiliário?

— Eu lamento em dizer que infelizmente nós perdemos o contato — falou ele, servindo mais chá peneirado na xícara de Ruby. — Então, talvez você possa me contar o que aconteceu com Evangeline.

Ela deu um gole. Morno. Colocou a xícara na mesa.

— Eu nem sei por onde começar. O quanto você sabe?

— Pouquíssimo. Ela trabalhou aqui somente por alguns meses, se bem me lembro. Eu viajei para Veneza de férias, e, quando voltei, ela tinha ido embora.

Ruby olhou para ele de um jeito desconfiado.

— Ela foi acusada de ter roubado o anel que você deu a ela.

— Sim, eu sei disso.

Ela sentiu uma pontada de raiva no estômago.

— Você nunca… — Ela mordeu o lábio inferior. — Você nunca disse às autoridades que deu o anel a ela?

Ele respirou fundo e coçou a nuca.

— Minha madrasta sabia. É claro que ela sabia. Antes de eu ir para a Itália, ela me avisou para ficar longe da governanta. E então… aparentemente Evangeline teve um acesso de raiva e empurrou Agnes escada abaixo. Portanto, na verdade, não foi pelo suposto roubo; foi uma acusação de tentativa de assassinato.

— Agnes. Sua empregada?

— Sim. Ainda está aqui, depois de todos esses anos.

Ainda aqui. Viva e bem. Ruby sacudiu a cabeça.

— Você nunca tentou encontrar Evangeline, ouvir o lado dela da história?

— Eu… não.

Ruby se lembrou de como Olive havia descrito Evangeline na prisão, alimentando esperanças de que esse homem iria procurá-la, e sentiu os olhos se encherem de lágrimas.

— Ela ficou em Newgate durante meses. E depois foi sentenciada ao exílio por catorze anos e trancada em um navio de escravos. Ela foi assassinada por um marinheiro durante a viagem, um ex-condenado.

Ele respirou em silêncio pelo nariz.

— Eu não sabia disso. É realmente… inimaginável.

— Ela era uma mulher sozinha, sem recursos e sem ninguém para defendê-la. Você poderia pelo menos ter testemunhado a favor do caráter dela.

Ele pareceu um pouco impressionado com a raiva dela. Ela mesma estava surpresa. Ocorreu a ela que a franqueza da dra. Garrett talvez a tivesse atingido.

Ele suspirou.

— Veja bem — disse ele. — Foi-me dito, de uma forma bem direta, que eu não me metesse. Que não era apropriado que eu me envolvesse. Que, por pouco, eu não havia causado um escândalo na família e que haviam cuidado de tudo, que eu não podia bagunçar tudo de novo. Se serve de consolo, eu fiquei arrasado por isso.

— Mas não o suficiente para enfrentar sua madrasta. Você já era um adulto, não era?

Ele deu um sorriso sutil.

— Você é bastante… direta, srta. Dunne.

De repente, Ruby sentiu uma espécie de aversão ao homem sentado na sua frente. Ao abrir o fecho de sua bolsa, ela pegou uma plaquinha presa a um cordão vermelho desbotado. Ergueu-a e disse:

— As prisioneiras tinham que usar isso aqui no pescoço no navio. Esse era da Evangeline. É tudo o que eu tenho dela. — Ela o colocou na palma da mão dele. — Além do seu lenço.

Ele esfregou a placa com os dedos, virou-a do outro lado, avistou o número, 171, gravado no verso. E então olhou para cima.

— O que você quer de mim? — A voz dele era quase um sussurro.

Ruby ouviu o *tec, tec, tec* do relógio de corda no canto da sala. Ela sentiu a batida metronômica do próprio coração.

— Você é meu pai biológico. Já deve ter percebido.

Ele olhou para ela à luz âmbar da lâmpada, as mãos nos joelhos esfregando o tecido da calça.

— Você sabia que ela estava grávida — disse ela. — E não fez nada.

— Eu não sabia de fato. Ninguém disse isso. Mas, se é para ser sincero, eu admito que… suspeitava. — Ele respirou fundo. — Creio que há uma covardia moral profunda nas raízes do caráter da família Whitstone. Espero que você não tenha herdado.

— Não herdei.

O silêncio perfurava o ar entre eles.

— Tive a sorte de ter sido adotada — confessou ela, por fim. — Tenho pais que me amam, que lutaram por mim. Não quero nada de você.

Ele assentiu lentamente.

— Com uma exceção, talvez. Eu gostaria de ver o quarto em que Evangeline dormia enquanto morou aqui.

— Está fechado há anos. — Ele encostou o dedo na boca. — Mas acho que não há mal nenhum.

Ele lhe entregou a placa. Ela a envolveu no lenço puído e guardou-a de volta na bolsa. E então o seguiu por um longo corredor revestido de papel de parede listrado de verde e rosa e fez uma curva até uma porta que se abria para um lance de escada estreita. Eles desceram e passaram por uma cozinha grande e depois por uma sala de jantar humilde, onde uma senhora pequenina de cabelo grisalho estava sentada à mesa catando feijão.

Ela ergueu o olhar e apertou os olhos por trás dos óculos redondos de hastes grossas.

— Sr. Whitstone! — gritou ela. — Onde o senhor encontrou a srta. Stokes? Ela não pode entrar aqui, não depois do que fez!

— Ah, não, não — retrucou ele, erguendo as mãos. — Você está equivocada, sra. Grimsby. Essa é a srta. Dunne.

— Acho que vi um fantasma — murmurou ela, sacudindo a cabeça.

O sr. Whitstone lançou um olhar constrangido para Ruby e os dois continuaram andando, passaram pela sala de jantar e desceram por um corredor. Ele abriu a porta à direita e ela o seguiu para dentro de um quarto pequeno.

A única janela que havia, bem alta na parede, estava fechada. À luz fraca do corredor, Ruby viu uma cama estreita sem lençol, uma mesa de cabeceira e uma cômoda com gavetas, tudo coberto por uma camada de poeira. Ela se sentou no colchão. O forro estava irregular.

Evangeline havia deitado nessa cama. Caminhado por esse chão. Ela era mais jovem do que Ruby quando havia chegado nessa casa, tentando encontrar seu lugar no mundo, e havia saído dali grávida e assustada, sem ninguém para ajudá-la. Ruby pensou em todas as mulheres que vinham ao hospital Warwick e ao ambulatório St. Mary em busca de tratamento. Pesadas com bebês na barriga, ou lutando contra dores de doenças venéreas, ou carregando recém-nascidos ou crianças pequenas. Todos os fardos de ser pobre e mulher, como dizia a dra. Garrett. Ninguém para lhe segurar se você caísse.

Ao olhar para baixo, para o chão de tábua de madeira, Ruby foi acometida por uma conclusão: ela já havia estado naquele quarto antes, quando ainda era praticamente um pensamento secreto.

— Com licença — disse o sr. Whitstone. — Volto em um minuto.

Ela assentiu. Já era quase noite. Ela queria voltar para seu alojamento antes de escurecer. Embora não se animasse muito com a longa viagem de volta à Tasmânia, estava ansiosa para dividir o que havia aprendido durante seu ano fora do país.

Ela sabia que aquele momento no quarto de Evangeline não tinha nada a ver com o resto da sua vida e tudo o que viria junto com ela. Ela deixaria essa casa como outra pessoa, mas ninguém jamais saberia que ela estivera ali.

Quando o sr. Whitstone voltou, ele carregava uma pequena caixa de veludo azul. Entregou-a a ela, e ela a abriu. Lá dentro, aconchegado em um tecido de cetim marfim, amarelado pelo tempo, havia um anel de rubi e ouro no estilo barroco.

— Um pouco opaco, creio — disse ele. — Ficou dentro de uma gaveta durante todos esses anos. Minha madrasta insistia que, um dia, ele iria para a minha esposa, mas, no fim das contas, eu nunca me casei.

Ruby retirou o anel da caixa e o analisou minuciosamente. A pedra era maior do que ela havia imaginado. Ela brilhava, como se estivesse molhada. Da cor de cortinas de veludo, de um vestido de uma dama no Natal.

— Deveria ser você a resgatá-lo da desonra — disse ele. — Você é... minha... filha, afinal de contas. Gostaria que ficasse com ele.

Ela virou o anel nas mãos, observando como a pedra absorvia e refletia a luz. Imaginou Evangeline segurando-o naquele quarto quase três décadas antes. Pensou nas mentiras contadas e nas promessas quebradas. No quanto Evangeline devia ter se sentido desesperada — e infeliz. Ruby colocou o anel de volta na caixa de veludo azul e a fechou.

— Não posso ficar com ele — afirmou ela, devolvendo a caixa. — Esse é seu fardo a ser carregado, não meu.

Ele assentiu um pouco triste e deslizou a caixa do anel para dentro do bolso.

Parado na porta, alguns minutos depois, ele tirou uma série de moedas do bolso.

— Deixe-me pagar o seu transporte.

— Não é necessário.

— É o mínimo que posso fazer após você ter vindo até aqui.

Ele despejou diversas moedas na mão dela.

— Bom, está bem.

Ele parecia se demorar, tentando mantê-la ali por mais tempo.

— Queria lhe dizer que... ela era uma menina adorável, a sua mãe. E muito inteligente. Sempre com o rosto afundado em um livro. Havia uma gentileza nela, um tipo de... inocência, acho.

— Você tirou isso dela. Mas sabe disso, não sabe?

Ruby não esperou a resposta dele. Enquanto descia os degraus da frente da casa, o ar estava gelado e com cheiro de chuva. A luz delicada do fim de tarde se espalhava pela entrada de cascalho, pelos paralelepípedos antigos, pela glicínia roxa que subia pela treliça. Quando chegou ao portão, ela empilhou as moedas na superfície plana de uma estaca da cerca.

Agora, ela deixaria Londres para trás e retornaria ao seu lugar e às pessoas que amava. Viveria o resto da sua vida na Austrália, e seus dias seriam atarefados e ocupados. Ela ajudaria seu pai com a clínica, assim como ele havia feito, tempos antes, com seu próprio pai. Conheceria um homem e se casaria com ele, e juntos teriam duas filhas, Elizabeth e Evangeline, e ambas frequentariam a primeira escola de Medicina da Austrália que permitia alunas mulheres, em 1890. No último ano do século XIX, com nove outras médicas mulheres, elas montariam o hospital Queen Victoria para Mulheres, em Melbourne.

Ruby não tinha ilusões sobre o local para onde estava voltando — aquela colônia ainda jovem do outro lado do mundo, construída em solo roubado, que exterminou toda a vida que ali existia e prosperou mediante o trabalho escravo de prisioneiros. Ela pensou na menina aborígene, Mathinna, vagando por Hobart Town como um fantasma, tentando em vão encontrar um lugar para chamar de casa. Pensou nas mulheres condenadas silenciadas pela vergonha ao lutarem para apagar a mancha do que haviam vivido — uma mancha costurada no próprio tecido daquela sociedade. Mas também lembrou das análises da dra. Garrett sobre hierarquias sociais. A verdade é que Hazel tinha conseguido transformar sua vida de uma forma que não seria possível na Grã-Bretanha, onde as circunstâncias do meio social em que nasceu muito provavelmente determinariam a história do seu futuro.

Ruby se virou e olhou para trás. Era a última vez que ela veria esse homem, Cecil Whitstone, sem o qual ela não existiria. Era assim que ela se lembraria dele: apoiado na soleira da porta, um pé para dentro e outro para fora de casa. Ele tinha recebido tanto, e ainda assim tinha feito tão pouco. Se ela voltasse para Londres em cinco, ou dez, ou vinte anos, saberia onde encontrá-lo.

Ela pensou em todas as mulheres que conhecia que não tinham recebido nada da vida, que haviam sido desprezadas e mal interpretadas, que haviam batalhado por cada migalha de pão. Elas eram suas tantas mães: Evangeline, que tinha lhe dado a vida, e Hazel, que a havia salvado. Olive e Maeve, que a haviam alimentado e nutrido. E até a dra. Garrett. Cada uma delas vivia dentro de Ruby, e assim seria para sempre. Elas eram os anéis da árvore de que Hazel estava sempre falando, as conchas do seu colar.

Ruby acenou com a cabeça para Cecil. Ele entrou e fechou a porta.

E ela seguiu seu caminho.

AGRADECIMENTOS

A tentativa de identificar a gênesis de um romance pode ser o grande erro de uma pessoa. A inspiração é tão inconsciente quanto consciente; nossa imaginação é instigada por uma miríade de acontecimentos, crenças e filosofias, pela arte, música e filmes, por viagens e histórias de família. Só quando terminei de escrever *Exílio* que percebi que havia entrelaçado três fios separados da minha própria história de vida para contar esta trama: seis semanas transformadoras na Austrália aos vinte e poucos anos; os meses que passei entrevistando mães e filhas para um livro sobre feminismo; e minha experiência dando aula para mulheres na prisão.

Quando era uma estudante universitária na Virgínia, soube que o Rotary Club local estava patrocinando bolsas de estudo na Austrália, e agarrei a oportunidade. Eu estava obcecada com aquele lugar desde que meu pai, historiador, me dera seu exemplar todo anotado do livro de Robert Hughes de 1986, *The Fatal Shore: The Epic of Australia's Founding*. (Ele havia passado um ano dando aulas em Melbourne enquanto eu estava na faculdade.) Somente um capítulo do livro de seiscentas páginas de Hughes, "Bunters, Mollies and Sable Brethren", reportava especificamente as experiências de mulheres condenadas e pessoas aborígenes. Esse foi o capítulo que mais me interessou. Eu queria aprender mais.

Sendo uma das quatro "embaixadoras" do Rotary no estado de Victoria, visitei fazendas e fábricas, conheci os prefeitos e pseudocelebridades e aprendi canções folclóricas e gírias australianas. Eu me apaixonei pela imensidão das vistas, pela simpatia natural que parecia ser um marco da cultura e pelos pássaros e flores incrivelmente coloridos. Os australianos que conheci falavam com prazer sobre seus parques nacionais, seu espírito pioneiro e seu churrasco de camarão, mas pareciam relutantes em conversar sobre alguns aspectos mais complicados da sua história. Quando os pressionava para falar sobre etnia e classe, eu era gentil e sutilmente repreendida.

Muitos anos depois, em meados dos anos 1990, minha mãe, Christina L. Baker, professora de Estudos Feministas, trabalhou em um projeto de história oral na Universidade do Maine, no qual entrevistou as chamadas feministas da segunda onda que estiveram ativas nos movimentos dos anos 1960, 1970 e 1980. Eu havia me mudado recentemente para a cidade de Nova York e conhecido um número considerável de mulheres jovens que se identificavam como feministas da terceira onda, filhas — literal e figurativamente — das entrevistadas do estudo da minha mãe. Minha mãe e eu decidimos escrever um livro juntas: *The Conversation Begins: Mothers and Daughters Talk About Living Feminism*. A experiência se transformou em uma lição poderosa para mim sobre o valor das mulheres contarem a verdade sobre suas vidas.

Alguns anos mais tarde, após conhecer os recursos limitados disponíveis para as mulheres encarceradas, criei uma proposta para ensinar escrita de memórias na Penitenciária Edna Mahan para Mulheres, a uma hora de distância da minha casa em Nova Jersey. Minha turma de doze detentas de segurança máxima escrevia poemas, ensaios, músicas e histórias; era a primeira vez que muitas delas compartilhavam os aspectos mais dolorosos e íntimos de suas experiências. Elas estavam amedrontadas, aliviadas, e tinham uma honestidade arrasadora. Quando li em voz alta um poema de Maya Angelou que dizia "Você pode me pisotear nessa lama, mas mesmo assim, como poeira, eu me reerguerei", mais de uma detenta desabou em lágrimas por se reconhecer ali.

Como romancista, aprendi a confiar em um certo instinto, uma espécie de sexto sentido. Até deparar-me com o fato histórico pouco conhecido do trem dos órfãos, eu tinha pouquíssimo interesse em escrever sobre o passado. Mas, no minuto em que ouvi sobre o experimento social americano de enviar 250 mil crianças em trens da Costa Leste para o Meio-Oeste, eu soube que tinha encontrado meu tema. A pesquisa que fiz para o romance *O trem dos órfãos* deixou o terreno pronto para outro romance sobre a vida rural no início do século XX nos Estados Unidos: *A Piece of the World*, a história verídica de uma mulher comum da costa do Maine que se tornou a musa da pintura de Andrew Wyeth, *Christina's World*. Esses lapsos de tempo e lugar me inspiraram a ir em busca de uma história ainda mais ambiciosa, dessa vez um século antes e do outro lado do mundo — uma história que tratasse daquelas perguntas que eu tinha sobre o passado complexo da Austrália que nunca haviam sido totalmente respondidas 25 anos antes.

Conforme comecei a me debruçar sobre o assunto, encontrei o site da dra. Alison Alexander, uma professora aposentada da Universidade da Tasmânia que havia escrito e editado 33 livros, incluindo *The Companion to Tasmanian History; Tasmania's Convicts: How Felons Built a Free Society; Repression, Reform & Resilience: A History of the Cascades Female Factory; Convict Lives at the Cascades Female Factory*; e *The Ambitions of Jane Franklin* (pelo qual ganhou o Australian National Biography Award). Esses livros tornaram-se as primeiras fontes deste romance. A dra. Alexander, que é descendente de condenados, transformou-se em uma fonte inestimável e uma grande amiga. Ela me passou uma lista imensa de leituras que devorei inteira, desde informações sobre o sistema prisional na Inglaterra no século XIX a ensaios sobre as tarefas diárias das empregadas condenadas, romances contemporâneos e leituras de não ficção. Nas minhas viagens de pesquisa à Tasmânia, ela me apresentou a especialistas, levou-me a locais históricos e respondeu pergunta seguida de pergunta, proporcionando esclarecimentos e ideias vitais para mim. Ela e seu adorável marido, James, me receberam para jantar em sua casa em Hobart inúmeras vezes. E, principalmente, ela leu meu manuscrito com um olhar criterioso e especialista. Sou grata pelo seu rigor, seu conhecimento enciclopédico e sua bondade.

Alguns livros contemporâneos que li sobre as mulheres condenadas foram bastante significativos, dentre eles: *Abandoned Women: Scottish Convicts Exiled Beyond the Seas*, de Lucy Frost; *Depraved and Disorderly: Female Convicts, Sexuality and Gender in Colonial Australia*, de Joy Damousi; *A Cargo of Women: Susannah Watson and the Convicts of the Princess Royal*, de Babette Smith; *Footsteps and Voices: A Historical Look into the Cascades Female Factory*, de Lucy Frost e Christopher Downes; *Notorious Strumpets and Dangerous Girls*, de Phillip Tardif; *The Floating Brothel: The Extraordinary True Story of Female Convicts Bound for Botany Bay*, de Sian Rees; *The Tin Ticket: The Heroic Journey of Australia's Convict Women*, de Deborah Swiss; *Convict Places: A Guide to Tasmanian Sites*, de

Michael Nash; *To Hell or to Hobart: The Story of an Irish Convict Couple Transported to Tasmania in the 1840s*, de Patrick Howard; e *Bridget Crack*, de Rachel Leary. Livros que li sobre a história e cultura australianas incluem, dentre outros: *In Tasmania: Adventures at the End of the World*, de Nicholas Shakespeare; *30 Days in Sydney: A Wildly Distorted Account* e *True History of the Kelly Gang*, de Peter Carey; *The Songlines*, de Bruce Chatwin; e *The Men that God Forgot*, de Richard Butler.

Um grande número de artigos e ensaios foram úteis, principalmente *"Disrupting the Boundaries: Resistance and Convict Women"*, de Joy Damousi; *"Women Transported: Myth and Reality"*, de Gay Hendriksen; *"Whores, Damned Whores, and Female Convicts: Why Our History Does Early Australian Colonial Women a Grave Injustice"*, de Riaz Hassan; *"British Humanitarians and Female Convict Transportation: The Voyage Out"*, de Lucy Frost; e *"Convicts, Thieves, Domestics, and Wives in Colonial Australia: The Rebellious Lives of Ellen Murphy and Jane New"*, de Caroline Forell. Encontrei informações valiosas online, em sites como Project Gutenberg, Academia.edu, Female Convicts Research Centre (femaleconvicts.org.au), Cascades Female Factory (femalefactory.org. au) e Tasmanian Aboriginal Centre (tacinc.com.au).

Romances do século XIX e leituras não ficcionais que li incluem *Life of Elizabeth Fry: Compiled from Her Journal* (1855), de Susanna Corder; *Elizabeth Fry* (1884), de E. R. Pitman; *The Broad Arrow: Being Passages from the History of Maida Gwynnham, a Lifer* (1859), de Oline Keese (pseudônimo para Caroline Leakey); *For the Term of his Natural Life* (1874), de Marcus Andrew Hislop Clarke; *Christine: Or, Woman's Trials and Triumphs* (1856), de Laura Curtis Bullard; e *The Journals of George Augustus Robinson, Chief Protector, Port Phillip Aboriginal Protectorate, Volume 2* (1840–1841).

Ao pesquisar a história de Mathinna, achei as seguintes fontes bastante ricas: *The Last of the Tasmanians: Or, The Black War of Van Diemen's Land* (1870), de James Bonwick; *Dr. Alexander's biography of Jane Franklin* (mencionada acima); *Wanting*, um romance de Richard Flanagan; *Tunnerminnerwait and Maulboyheenner: The Involvement of Aboriginal People from Tasmania in Key Events of Early Melbourne*, de Clare Land; *"Tasmanian Gothic: The Art of Tasmania's Forgotten War"*, de Gregory Lehman; *"Extermination, Extinction, Genocide: British Colonialism and Tasmanian Aborigines"*, de Shayne Breen; *"In Black and White"*, de Jared

Diamond; e *"From Terror to Genocide: Britain's Tasmanian Penal Colony and Australia's History Wars"*, de Benjamin Madley. Fui inspirada por excertos da performance do Bangarra Dance Theatre de "Mathinna", coreografado por Stephen Page.

Sou grata ao dr. Gregory Lehman, vice-chanceler da Liderança Aborígene na Universidade da Tasmânia e descendente do povo trawlwulwuy, do nordeste da Tasmânia, por criticar as seções sobre Mathinna e a história do povo aborígene da Tasmânia.

Empenhei-me para ser o mais historicamente fiel possível, mas, em suma, *Exílio* é uma obra de ficção. Por exemplo, enquanto a história da família de Mathinna é real, ela tinha cinco, e não oito anos, quando os Franklin a levaram para Hobart. A questão sobre se os cidadãos livres lançavam lenços aos pés das mulheres condenadas é controversa; optei por inclui-la. Os fatos do romance foram conferidos pela dra. Alexander, pelo dr. Lehman e por outras pessoas; as pequenas mudanças que fiz nos registros históricos foram realizadas conscientemente e a serviço da minha história.

Hoje, vinte por cento dos australianos — um total de quase cinco milhões de pessoas — são descendentes de condenadas britânicas exiladas. Mas só recentemente muitos australianos começaram a abraçar sua herança de famílias condenadas e a ficar em paz com o legado da colonização. Eu dei sorte de pesquisar para este livro nessa época; muitos locais históricos e exposições em museus são novos. Embora os descendentes de condenadas hoje formem três quartos da população branca da Tasmânia, quando visitei a ilha pela primeira vez, muitos anos antes, o museu das condenadas da Fábrica Feminina de Cascades só tinha três anos de existência. As exposições permanentes que exibiam a história, arte e cultura aborígenes no Tasmanian Museum & Art Gallery tinha aberto duas semanas antes. Além desses lugares, visitei Runnymede, um local de Patrimônio Nacional preservado como uma casa dos anos 1840 de um capitão de navio baleeiro, em New Town, Tasmânia; a Penitenciária de Condenadas de Hobart; o Local Histórico Richmond Gaol; o Museu Marítimo da Tasmânia; e locais e museus de condenadas em Sydney e Melbourne.

Tenho sorte de ter uma editora, Katherine Nintzel, disposta a ler e criticar múltiplos rascunhos e se engajar em cada nuance, não importa o quão sutil fosse. Neste romance, ela foi como uma treinadora pessoal da minha mente, motivando-me a mergulhar mais fundo e trabalhar do jeito mais dedicado que já havia feito na vida. Não consigo dizer como sou agradecida por sua sabedoria e paciência. Obrigada também a toda equipe da William Morrow/HarperCollins pelo apoio incansável: Brian Murray, Liate Stehlik, Frank Albanese, Jennifer Hart, Brittani Hilles, Kelly Rudolph, Kaitlin Harri, Amelia Wood, Molly Gendell e Stephanie Vallejo. A Mumtaz Mustafa pela capa original deslumbrante. A Lisa Sharkey pelos sábios conselhos. Eric Simonoff da WME, Geri Thoma da Writers House e Julie Barer do The Book Group foram conselheiros confiáveis.

Bonnie Friedman leu cada página do manuscrito mais de uma vez e se engajou comigo de forma tão profunda que eu senti que tinha uma verdadeira aliada, uma leitora que entendia o que eu estava tentando fazer, se não melhor do que eu mesma, e me inspirou a chegar até o fim. Amanda Eyre Ward parou tudo para lê-lo, quando precisei de um novo olhar (e rapidamente percebeu que a história de Mathinna deveria iniciar o livro). Anne Burt, Alice Elliot Dark e Mathew Thomas me forneceram ideias bem-vindas. Carolyn Fagan foi um apoio inestimável em cada estágio.

Escrever um romance pode ser uma empreitada solitária. Sou grata pela camaradagem da Grove Street Gang, um grupo de leitura de escritores que inclui Bonnie, Anne e Alice, assim como Marina Budhos e Alexandra Enders. Kristin Hannah, Paula McLain, Meg Wolitzer, Lisa Gornick, Jane Green, Jean Hanff Korelitz, Maureen Connolly, Pamela Redmond, Laurie Albanese, John Veague e Nancy Star foram grandes amigos e aliados de escrita. Obrigada ao meu firme Grupo de Escritores Montclair e ao grupo de romancistas radicados em Nova York, Word of Mouth (WOM), assim como MoMoLo and KauaiGals (vocês sabem quem são!).

Minhas irmãs — Cynthia Baker, Clara Baker e Catherine Baker-Pitts — são tudo para mim. Elas leram os primeiros rascunhos, ajudaram com as narrativas e são minhas companheiras de aventuras da vida. Agradeço ao apoio moral do meu pai, William Baker, da sua companheira, Jane Wright, e minha sogra, Carole Kline. Meus três filhos, Hayden, Will e Eli, que me trazem alegria infinita. E o que resta dizer sobre o meu marido, David Kline, que esteve comigo em cada passo e deixa minha vida mais linda em todos os sentidos?

Este livro foi impresso em 2023 pela Cruzado para
HarperCollins Brasil. O papel do miolo é o pólen natural $70g/m^2$
e o da capa é o cartão $250g/m^2$.